酸菜仙儿 著

倒霉女神和她的幸运宠物

四川文艺出版社

图书在版编目（CIP）数据

倒霉女神和她的幸运宠物 / 酸菜仙儿著. -- 成都：四川文艺出版社, 2021.8

ISBN 978-7-5411-5954-1

Ⅰ.①倒… Ⅱ.①酸… Ⅲ.①言情小说—中国—当代 Ⅳ.①I247.5

中国版本图书馆CIP数据核字(2021)第118232号

DAOMEINÜSHEN HE TADEXINGYUNCHONGWU
倒霉女神和她的幸运宠物
酸菜仙儿 著

出 品 人	张庆宁
出版统筹	赵丽娟　杨琴
选题策划	木本水源　众和晨晖
责任编辑	彭炜
责任校对	汪平
特约编辑	陈乐意　刘小玖
封面设计	李一
版式设计	唐昊

出版发行　四川文艺出版社（成都市槐树街2号）
网　　址　www.scwys.com
电　　话　028-86259287（发行部）　028-86259303（编辑部）
传　　真　028-86259306
邮购地址　成都市槐树街2号四川文艺出版社邮购部　610031
印　　刷　大厂回族自治县德诚印务有限公司
成品尺寸　145mm×210mm　开　本　32开
印　　张　9　字　数　180千
版　　次　2021年8月第一版　印　次　2021年8月第一次印刷
书　　号　ISBN 978-7-5411-5954-1
定　　价　49.80元

版权所有·侵权必究。如有质量问题，请与出版社联系更换。028-86259301

目录
CONTENT

1　是谁说交男朋友，不如养条狗？　/ 001

2　赔了"夫人"又折兵　/ 008

3　宠物店奇遇记　/ 014

4　这么大岁数了，还这么叛逆　/ 021

5　跟谁没大没小的呢　/ 027

6　人生已经如此艰难　/ 033

7　为你我受冷风吹　/ 039

8　冤家宜解不宜结　/ 045

9　超时空同居　/ 053

10　天无绝人之路　/ 062

11　是可忍孰不可忍　/ 070

12　论成为复仇天使第一步要干什么　/ 077

13	复仇失败	/ 088
14	世界之大无奇不有嘛	/ 093
15	谁还不是个小可爱了	/ 101
16	多大点事儿呀	/ 106
17	就算薅羊毛也不能可我一个人薅啊	/ 115
18	狗粮吃过吗	/ 125
19	我是她男朋友	/ 135
20	喜欢你还需要理由吗	/ 141
21	不管几岁,快乐万岁	/ 146
22	生活真是防不胜防啊	/ 152
23	今晚的月光真美啊	/ 157
24	出来混早晚是要还的	/ 163

目录

CONTENT

25 哑巴吃黄连 / 168

26 邓展能，你好大的胆子啊 / 176

27 "丑媳妇"总要见公婆啊 / 184

28 准女婿上线 / 190

29 远亲不如近邻 / 196

30 铲屎官，您好 / 213

31 是时候作出改变了 / 226

32 很欣慰，你成长了 / 233

33 终于走运了 / 248

34 倒霉女神和她的幸运宠物 / 268

1

是谁说交男朋友，不如养条狗？

秦钦听说徐来把唐静的肚子搞大了以后，她的第一个反应是：徐来在双十一的时候抢购的100个安全套哪去了？他当时说这些套套等他们明年4月份结婚以后用，他还不想那么早要孩子，先过过二人世界。

秦钦问："怎么还区别对待呢？"

徐来说："天地良心！我用了，我用了呀！"

秦钦说："那你真行！"

徐来说："不是我行，是套不行，明儿个我得给差评！"

秦钦怒极反笑，又说："徐来，你真行。"

这回徐来不说话了，他低着头，很久才沉声说了一句："对不起，秦钦。"

秦钦问："所以呢？"

徐来还是低着头，不敢看秦钦的眼睛，说："所以……这房子马上要到期了……我不打算续租了……"

秦钦说："是啊，你刚买了婚房嘛，这我知道，房子还是那个房子，换个女主人呗。"

徐来没说话，秦钦一屁股坐在沙发上，她抬头环视了一下自己所在的空间，三室一厅，地段和周边的配套都不错，要不是徐来，就凭自己这点儿工资，还真租不起这么大的房子。

一开始徐来想租个两室的，一间他们睡，一间给自己剪片子用，但是秦钦的父母不同意他们有婚前性行为，所以就租了个三室，他俩一人一间。当时秦钦想，父母也是傻，这有什么用，门一关，谁知道谁，没想到徐来这几个月真的听从了她父母的要求，秦钦还想，徐来真是世间少有的君子了，值得托付终身，现在想想，她还真是她爸妈的亲闺女，一样的傻。

徐来看了一眼秦钦，不知道秦钦在想什么，他试探着开口道："东西……我都不要了……你想拿什么就拿什么……秦钦，真的对不起……趁咱们俩的关系还不是那么深……"

秦钦"噌"地站了起来，给徐来吓了一跳，话也咽回去一半。

秦钦红了眼睛，说："还不是那么深？我车都给你买完了！"

当初说好的，徐来出房子，秦钦出车，这基本上是现代婚姻的标配，秦钦家没什么钱，她决定自己准备陪嫁。当初徐来看中的是本田，一台12万多的标准小轿车，秦钦没那么多钱，她在一家半死不活的报社做编辑，一个月才开3500元，这几年省吃俭用的也才攒下几万块，可是徐来喜欢，怎么办，她问了问和自己关系还挺好的男同事张哥，张哥圆脸上的肥肉一颤，说："你买飞度啊，飞度便宜，也就七八万吧，虽然是两厢车，但和锋范在外形上几乎一模一样，就差了一个屁股！"

秦钦想，就一个屁股，应该也差不了多少吧。

于是秦钦拿出了全部的积蓄，买了一辆飞度回来。她上大学的时候就在家那边考了驾照，但从没上过路，相当于跟没考过一样。提车那天，徐来开着车，秦钦坐在副驾驶，她特高兴，觉得他俩就这样开向新生活了。

徐来说："车……还是你的名字……你想怎么处理都行……"

秦钦又坐下，说："你想得可真明白。"

徐来又不说话了。

秦钦想，自己和唐静比到底差在哪儿？唐静明明还比自己黑呢，她这个该死的闺蜜，上大学的时候她俩最好，因为别的女生都成天吵着减肥，就她俩，成天只知道吃，因为这项不合群的爱好，两个人走在了一起。唐静比秦钦家里条件好，出去吃饭都是唐静请秦钦的多，秦钦请唐静的少，秦钦一直都挺过意不去的，所以工作以后总请唐静吃饭，认识徐来以后也一样，可是吃着吃着，唐静竟然把自己的男朋友也吃了，谁能想到她胃口这么大。

谁能想到，自己就谈了这么一次恋爱，认认真真，奔着结婚，竟然只是为了给另一个幸福吉祥的一家三口当垫脚石。

秦钦突然问："她几个月了？"

徐来好像没反应过来，问："你指谁？"

秦钦瞪着徐来，仿佛在重新认识他，秦钦在心里暗暗骂出她词汇量里最狠的话，然后她想到，他们谈恋爱的时间本来就不长，徐来作为电视台的摄影师又总出差，他们好像确实也没有多了解对方，她连他喜欢穿四角内裤还是三角内裤都不知道。

秦钦说："我指谁？不是指你老婆，难道还是指母狗啊？！"

徐来看着秦钦，又低头想了想，仿佛在组织语言，说："确实……确实有一条狗。"

什么？？？

秦钦有点儿蒙，徐来接着说："你也认识，唐静养的那只金毛，奥斯卡，唐静这不，这不怀孕了吗，养狗可能对孩子不好……哎呀，不管好不好的，总还是注意一点儿好，主要是我妈，我妈不让她再养了，你也知道老人都事儿多……"

秦钦问："所以呢？"

徐来说："所以唐静说，给你。"

秦钦又笑了，说："她这是跟我等价交换呢，用狗换你。"

徐来一时说不下去了，他看了看窗外又说："秦钦，是我的错，对不起。"

秦钦没说话，但也没哭，就在那儿看着徐来，徐来咬了咬牙，接着说："这狗特别乖，养了这么多年，有感情，我出门之前她还跟我哭呢，她这么哭,对孩子也不好,我也……"

"心疼"两个字跑出来只撞了一下徐来的上牙膛,就又咽回去了。

"让别人照顾她也不放心,她说你也挺喜欢它的,以前你去唐静家还总给它买火腿肠呢,你也知道,这狗特别乖,不吵不闹不惹事,你也不忍心让它在大街上流浪,或者进狗肉馆吧。"

徐来说完抬眼看了看秦钦,看她是什么反应。秦钦还是那个表情,没哭,没挣扎,就是看着特别倔,她瘦小的一张脸因为这股子倔劲儿而变得有些僵硬,但徐来知道她的倔强多半是装出来的,她平时有点儿软弱,好说话。

果然,在很久以后,秦钦问了一句:"狗在哪儿?"

徐来马上说:"就在我车上,我这就给你牵上来。"

徐来说着就转身去开门,匆匆忙忙的样子,秦钦想,她答应了,徐来挺高兴,她不记得他们谈恋爱的时候她曾有几次让他感到过快乐,但是最后也能让他高兴一次,好像也不错,毕竟是初恋,再不堪,也舍不得恨他个彻彻底底。

狗被领进门的时候秦钦吓了一跳,这只大金毛可比之前秦钦看到的时候胖了不少,秦钦心里暗暗一紧,想这家伙每天得吃多少钱的口粮?以她现在的经济状况有可能养不起。

徐来手里拎着一大袋狗粮,看着只剩一半了,奥斯卡蹲坐在徐来身边,看着秦钦。

徐来把狗粮放在地上,说:"不用怎么喂,你吃什么它吃什么就行。"

秦钦反问:"我吃什么它吃什么?"

徐来说:"是,好养。"

秦钦问:"那你拿半袋狗粮干什么?是给我的吗?"

徐来又露出了那种为难的表情,他今天更换频次最高的表情。

徐来说:"如果……如果你给它买狗粮的话,请买这个牌子的……它喜欢吃这个牌子的……"

秦钦又冷笑，徐来放开手里的牵狗绳，狗还是没有动，好像它仍然被什么东西束缚着。

秦钦看着狗子，狗子也看着秦钦。

又过了好一会儿，徐来说："秦钦，谢谢你啊。"

秦钦条件反射一般想说不用谢，转念一想，干吗不用谢，他全家都得谢谢她才对。

徐来又说："那我走了，秦钦……"

秦钦又将眼神收了回来，连同刚才她看着奥斯卡的时候眼底流露出来的淡淡的温柔，她自己都不知道，现在也都收了回来，在重新看向徐来的那一刻，变了色。

徐来又说了一遍："要是没什么事儿，那我……"

秦钦突然生气，凭什么他交代完所有对不起自己的事儿以后说走就走？凭什么呀？他今天像个晚会总导演一样给她出了一个又一个精彩绝伦的好节目，男友表演如何背叛，闺蜜表演如何隔空背叛，男友和闺蜜以及他俩的孩子集体表演如何戳心窝，男友表演如何让自己马上无家可归，男友和闺蜜的狗表演如何在养自己都费劲儿的基础上还要再养个大胖子，以及贯穿始终的一个引人深思的小节目：

如何与自己的父母解释明年 4 月份结不上婚这件事。

好好好，每一个节目都是那么优质、精良、让人猝不及防又动情气，掌声都给你，秦钦想，可是这么精彩纷呈的一台晚会怎么能少了一个完美收尾呢？

秦钦快步走到门口，将门反锁，然后转身靠住，"砰"的一声，她的后背和铁门配合，给徐来鼓了一声巨响的掌。

秦钦说："不行！"

徐来嘴唇立刻白了，他有点儿害怕自己走不了了，社会新闻中的那些血淋淋的故事都告诉自己不要和被背叛的男女朋友共处一室。他本来不想来的，可是唐静非得让他来送东西，说狗都可以不送但那个必须要送过来,不然她就会很生气,生气对孩子就会不好,对孩子不好他妈就会和自己翻脸,他不能让他妈翻脸,他妈翻脸是徐来一生中最深刻的童年阴影。

徐来本能地往后退了退,边退边说:

"秦钦……你冷静……你冷静……"

秦钦看着徐来的样子突然觉得很好笑,这尿样儿,应该拍下来发给唐静,让她看看她抢去的男人,不过就是一个尿货而已,她突然想到,小时候自己在电视上看到的所有晚会的结尾都有一首《难忘今宵》,现在虽然很少再唱了,但她此刻就是很想听,于是秦钦对徐来说:

"你给我唱首《难忘今宵》再走。"

徐来问:"什么?"

秦钦说:"《难忘今宵》!你又不是青少年,咱俩没什么代沟,我都会唱,你肯定会唱!"

徐来愣了。

秦钦有点儿不耐烦,她说:"赶紧唱啊!不唱不能走!"

徐来看着秦钦试探性地开口唱道:"难、难忘今宵……难忘今宵……无论天涯与海角……"

徐来唱了两句停了下来,秦钦问:"怎么不唱了?"

徐来说:"记不住词儿,我、我可以用手机看着歌词唱吗?"

秦钦说:"行。"

徐来赶紧拿手机找歌词,又问:"我能、我能听着伴奏吗?"

见秦钦没反应,又解释道:"我唱歌跑调……我还、我还没给你唱过歌儿呢,我想好好唱。"

秦钦点点头。

徐来又低头摆弄了一会儿手机,然后又问:"李谷一老师那一版的行吗?"

秦钦又点点头。

伴奏响了起来，徐来开始唱，唱得还挺用心，唱完第一段又唱第二段，秦钦就在徐来越来越跑调的歌声中湿了眼眶。

秦钦想，有伴奏有什么用啊，不还是一样地跑调，闹或者哭又有什么用啊，不还是一样地要面对现实。

徐来唱完，秦钦把身体移开，低着头，轻声说："你走吧，走吧，徐来。"

徐来赶紧把门打开，打开门的时候，他好像就拥有了安全感，他转过身，手控制着门，然后准备给这场"难忘今宵"来一个大高潮。

他从衣兜里掏出一张红色的请帖，请帖看上去很繁复，很厚实，很漂亮，他把请帖放在鞋柜上，然后深呼吸，对秦钦说：

"秦钦，不管怎么样，我想告诉你一声。"

秦钦看着请帖，苦笑着说："比咱俩订的那个高级多了，怎么也得6块钱一个吧。"

徐来说："不不不，给别人的还是2块5一个的那个，这个好的是唐静特意为你挑的。"

秦钦笑得更苦，问："你们就不怕我去闹？"

徐来突然很认真地说："秦钦，是我们对不起你，如果你觉得去婚礼上闹一闹能够解恨的话，那你就去吧，我和唐静都是这个意思。"

徐来说完，转身把门带上了。秦钦想起上大学的时候，有一次她和唐静在图书馆学习，图书馆的火情警报突然响了，大家赶紧争着抢着往外跑，秦钦也跟着往外跑，但没唐静跑得快，在楼梯间里，秦钦分明看到唐静跑着跑着突然停了下来，在人群中转头回看自己。后来秦钦问唐静，你当时为什么要回头找我，唐静说，我当时想，能和你死在一起，也不错。

房间里安静下来，空空荡荡的。秦钦想，真是空空荡荡的。

角落里传来一声喘息，秦钦看过去，奥斯卡还在看着自己，它换了个姿势，趴在地板上。秦钦想，也不是空空荡荡，还有它呢。

2

赔了"夫人"又折兵

秦钦喝光了冰箱里所有的酒,因为那都是徐来留下的,徐来不带走,她又带不走,浪费了,秦钦想,就把酒都喝了。

第二天房东来敲门秦钦才清醒过来,她醒来浑身难受,还不如死掉。

房东是个姓房的四十多岁的大姐,家里有十多套房产,靠租金过日子,所以无论从哪个层面上来说,人家都是"房姐"。

房姐用捂鼻子来拒绝秦钦身上滔天的酒气,嫌弃地说:"你怎么才起来啊,下午2点人家新房客就过来了,我和你们家小徐说过了呀!"

秦钦反应了半天,问房姐:"现在几点了?"

房姐说:"12点半了,我是来验房子的,你快点儿啊!"

秦钦说:"房姐,我昨天晚上不小心酒精中毒了,吐了一宿,你能不能再宽限我两小时?"

房姐说:"人家本来就是要12点搬进来的,你家小徐说再给宽限两个小时收拾东西,我好不容易跟人家说好的,到你这儿怎么又多两个小时了?你家到底谁做主?"

秦钦想了想,说:"以前是他,但就在昨天,他变成狗了,你看看,"秦钦指了指趴在地板上的奥斯卡,"现在就只能我说了算了!"

房姐说:"是你也不行!我不管你俩怎么着,赶紧收拾,下午2点我带人过来!"

关了门,秦钦看了看狗,问:"奥斯卡,你饿吗?"

奥斯卡伸出舌头，好像在笑，她想昨晚自己醉成那样，奥斯卡到底有没有向自己表达过需求，比如饿了或者渴了，或者想散步什么的，狗不是都必须得遛吗？

对了，它有没有拉屎？

秦钦在房子里转了转，找了找狗屎，没看见，也没闻到什么味道，她摸了摸奥斯卡的头，说："对不起哦。"

她从厨房找了个铁盆，然后把狗粮倒了进去，摆在奥斯卡面前，又去厨房烧了水，她多烧了点儿，她和狗子都得喝。

烧完了水，秦钦重新坐到沙发上，静了一会儿，又去洗漱，然后开始收拾东西，收拾到一半她突然想起来，一会儿自己去哪儿呢，拿着行李，还带了一条狗。

要去哪儿过夜？

回老家吗？

坐火车能带狗吗？

狗能帮自己拿一下行李吗？

想到一半，秦钦发现奥斯卡看起来有些烦躁，坐立不安，时不时地发出一些哼哼唧唧的声音，秦钦走过去摸了摸奥斯卡的头，问它：

"你怎么了？"

"怕没地方住吗？"

"你怎么看着比我还焦虑，我已经够焦虑了。"

秦钦转身去检查自己烧的水，用手一摸，差不多已经凉了，她找到杯子给自己倒了一杯，又找了个小盆给奥斯卡。

"怎么也不把餐具给我带两个。"秦钦抱怨，她把盆放在狗面前，说，"你也喝点水冷静一下。"

"想听歌儿吗？你喜欢听啥？"

秦钦又把手机从充电器上拔下来，打开音乐播放器，杯子是徐来新买的，就用过两次，挺大的杯子，又特别沉，秦钦不想带走，最后一次用它，就像她最后一次享受这个灰色的沙发，和玻璃窗投过来的午后阳光。

喝完水，又最后检查了一下行李，确认再没有什么要带走的东西，房东也带着新房客过来了，秦钦看看表，正好2点，倒是挺准时。

新房客也是一对情侣，看起来比秦钦小，男孩儿又瘦又高，硬朗精神，女孩儿白白净净，温柔胆怯。房姐检查了一遍房间，挺干净，问秦钦："押金退给谁？"

秦钦说："我。"

房姐从兜里给她数了3500块钱，秦钦心里挺高兴，一会儿可以拿这个钱去住宾馆。

房姐说："你再检查检查，别忘带什么了。"

秦钦看到鞋柜上的那张红色请帖，她又想起唐静在楼梯间里回头看她的样子，她拿起来，顺手塞到背包的外兜里。

女孩儿指了指茶几问："您这杯子还要吗？"

秦钦说："不要了，太沉，装不下了。"

女孩儿看了看杯子，她用手指轻轻摩挲杯子把儿的动作被秦钦看见了，秦钦想，这姑娘和徐来的品位还挺像。

秦钦微笑着说："我喝过了，但是你可以用来养花。"

女孩儿也微笑，对秦钦点头。

秦钦交了钥匙，左手拉杆箱，右手一只金毛狗，身上还背了一个大书包，头也不回地走了。

外面天挺阴的，看着要下雨。

秦钦找到了自己的车，轻按钥匙上的按钮，白色的小车子应声回答："biubiubiu"

因为这三声"biu"，秦钦差点儿又要哭出来，好像自己也不是太惨，毕竟还有一辆移动资产呢。

秦钦把后备厢打开，把行李放进去，又把车后门打开，想把狗放进去，但是狗不进去，在抗拒。

秦钦问狗："你想和我一起去找住处吗？你想挑一挑？"

奥斯卡抬头看她。张着嘴，哈哈哈地喘气。

秦钦又问："你想让我遛你？"

奥斯卡看向别处，还是张着嘴，哈哈哈地喘气。

秦钦把门关上，锁好，带着奥斯卡去找住处。

这附近有四家宾馆，两家客满，一家指着秦钦说你行它不行，一家指着狗说，它不行你行。

秦钦有点儿累，低头看奥斯卡，似乎更累，秦钦在最后一家宾馆的大厅坐着休息，奥斯卡也坐下，看起来仍然有点儿焦虑。

看来没地方住，谁的心都是一样地焦虑。

总得继续找，秦钦在网上查找短租公寓，可基本也都是要求不能带狗入住，她硬着头皮和一家看着还行的短租公寓老板说自己可以加钱，可是老板却强硬地回复她：

带狗就要"狗带"！

还说自己的客房被宠物深深地伤害过，曾经清理过整整三天才把一屋子的狗毛清理干净。

休息了一会儿，秦钦领着奥斯卡走出去，没走几步，外面开始下雨，秦钦最讨厌淋雨了，她听说现在空气不好，雨也不干净，她怕自己被淋秃顶，而且雨这种东西，冰冰凉凉的，落得哪里都是，很不舒服，这里离车子有点儿远，秦钦想要不要回那个宾馆避会儿雨，可奥斯卡却拉着秦钦往前跑，秦钦没办法，只能跟着跑，她觉得自己实在是不适合养狗，她太瘦，又没力气，又没脾气，迟早换狗当主人。

跑的时候秦钦想，千万别摔倒，千万别摔倒，如果摔倒那就更倒霉了，怎么从昨天开始自己就这么倒霉呢？她从前的人生虽然平淡，但还是挺顺的呀，小学是两道杠，初中是升旗手，高中成绩在前 10 名，大学保送研究生，研究生毕业就进报社，进了报社就认识了徐来，认识了徐来就准备结婚了,她一直是周围人心目中的第一乖宝宝,她也希望自己一直是个乖巧的孩子,因为她不想要什么起伏,不想要什么艰难险阻,她只想要顺顺当当的,她的成长经验一直在告诉自己,只要乖一点,做好别人要求她的事,人生就一定会顺利起来。

可怎么从昨天开始,她的人生上上签就不灵验了呢?怪谁呢?怪徐来,怪唐静,还是怪这只正在牵着自己一路疯跑的狗?

还是,怪自己?

怎么可能?她这么乖!

等跑到车子前,秦钦和狗基本都湿透了,秦钦掏出钥匙,然后打开后座门,让狗进去,自己则跑到后备厢拿了一把伞和一条浴巾,浴巾披在狗身上,伞放在脚底下。

终于有个顶给他们挡雨了。快入秋了,天黑得越来越早,雨下得越来越大,秦钦这才觉得自己有点儿饿了,饿就饿吧,又饿不死,她回头看狗,发现奥斯卡依然很焦虑,它不断地用身体蹭着座椅,发出哼哼唧唧的声音。

"你饿了吧?"

秦钦这才反应过来,为什么刚才奥斯卡特别想回到车里,原来是因为饿了,车里有狗粮,真聪明,秦钦打开伞,去后座拿狗粮和铁盆,雨更大了,秦钦小心翼翼,尽量不弄湿袋子。

她本来想打开后门坐在奥斯卡身边,但是奥斯卡太胖了,她只能回到副驾驶,倒了狗粮,拿着盆伸到奥斯卡面前。

"吃啊,吃点儿。"秦钦跪在副驾驶的座位上,使劲儿向前伸,伸了一会儿,奥斯卡还是一副要死要活的样子,甚至看起来要更痛苦。秦钦想,既然不是因为饿,那可能是因为冷,她把盆放在下面,转身去研究车里的空调,前面有一些按钮和转钮,秦钦低头研究,有一个转钮是一半红色一半蓝色,秦钦把它转到红色的部分,可并没有热啊。

为什么不热呢?奥斯卡在后面仍然哼哼唧唧个没完,她想起自己小时候发烧也是在妈妈怀里哼哼唧唧个没完,秦钦急了,她怕狗发烧,毕竟他们现在连住的地方都没有,而且发烧真的很难受的。

她看到有个带风扇图样的大旋钮,转了。

不热。

又看到一边是蓝色条一边是红色条的大旋钮,转向红色一边。

还是不热。

怎么办,她想了想自己身边有谁会开车,最好还是男性,能够交流得明白一点,她想到了自己的同事张哥,看看时间,已经7点半了,这个时候张哥通常会辅导孩子作业,辅导孩子作业的张哥就不是那个平时和蔼可亲、温柔憨厚的老张大哥了,秦钦想,还是算了吧,如果刚巧赶上辅导数学作业,那后果可能不堪设想。

她想到了秦科,她那不学无术的小表弟,唯独对车最感兴趣,虽然去年才拿到驾照,但是秦钦知道他在未成年的时候就已经开得很溜了,他爸给老家那边的小老板开车,他趁着他爸喝醉酒,偷偷开过好几次。有一次他爸喝到不省人事,都快到家了被尿憋醒了,发现自己正坐在车里,车正高速行驶在路上,他爸被吓出一身冷汗,以为自己的车成精了进化成无人驾驶车辆了,定睛一看才看见一个熟悉的后脑勺,秦科转过头嘿嘿一笑,说爸你醒啦,我来接你了。他爸下意识地就想给他一脑瓢,使了全身的力气把手抡起来才意识到儿子在开车呢,于是他大喊了一声看路!就把胃里所有的东西都喷到儿子的后脑勺上面了,那一股令人崩溃的热流,让这对父子从此再也没有和解的可能。

秦钦打过去,表弟接得挺快。

3

宠物店奇遇记

"姐,啥事儿?"

"那什么,有个事儿问你,就是车上的空调怎么打开?"秦钦说。

"什么车?"表弟问。

"飞度,怎么开?"

"姐,你买车啦?"

秦钦说:"就那个带红带蓝的钮我也转了,带风吹过的那个图案的钮我也转了,怎么还没有风出来?"

表弟说:"那你把火打开了吗?"

秦钦问:"什么火?"

表弟在那边大叫:"发动机啊!就是开关!整个车的开关!你懂不?"

秦钦感叹:"啊……原来是这样啊……"

秦钦插入钥匙,转动到底,车子好像有了生命。

表弟又问:"姐你买车啦?"

秦钦说:"我没买。"

表弟没说话,秦钦举着电话,继续研究空调。

表弟这时突然开口:"姐,你是缺心眼儿吗?"

秦钦怒道:"我不是!"

表弟说:"姐,我知道你买车了,你瞒不了我。"

秦钦问："你怎么知道的？"

表弟说："嗡……"

他"嗡"了有一会儿，秦钦才明白过来他这是在学引擎的声音，她有点儿后悔，她应该等把电话挂了之后再发动车子就好了。

秦钦说："再见。"

挂断电话，暖风送来，玻璃上立刻上了薄薄的雾气，秦钦转头看向奥斯卡，却惊讶地发现，奥斯卡的屁股下面流血了，还有白色的黏液，秦钦彻底傻了。

她想，这应该不是发烧感冒的状态吧。

邓展能把门打开，看见一个被浇成落汤鸡的女人在用尽全身的力气托举一条大狗，手里还死攥着一把被撑开的雨伞，可能是因为手实在是没有力气了，伞耷拉下来，像被大雨直接打断花茎的花朵，伞尖儿直指着邓展能的裆部，他下意识地往后退了一步。

秦钦从来没去过宠物店，甚至在宠物店门口笼子里的那些宠物面前驻足的时候都没有。眼前给她开门的这个人，年纪轻轻，顶着圆寸，戴着耳钉，单着眼皮，有着有点儿黑却非常健康光洁的皮肤，脸有点儿小，下巴有点儿尖，嘴角的轮廓性感清晰，秦钦的世界里从未出现过这样的男孩，就像她的生活中从未接触过宠物一样，她无法定义。

她看见他往后退了一步，她更着急了，又往前上了一大步，说：

"不好意思，我的狗流血了，能不能帮帮忙！"说着又要上前，邓展能制止："停，停！站住！把伞给我！"

邓展能伸手接过秦钦的伞，就像卸掉了她身上的武器一样，然后赶紧侧身说："快进来！"

他们一前一后小跑到最里面的一间房，越往里，体感温度越高，邓展能迅速扯过两条毯子盖在地上，秦钦和狗一起躺下去，狗躺在毯子上，秦钦躺在地上，都起不来了，都喘着粗气。

邓展能问:"你还好吧?"

秦钦说不出话来,她摆摆手,然后指了指狗。

邓展能蹲下来,摸了摸狗的肚子,说:"这狗怀孕了,就快生了。"

秦钦"噌"地坐了起来,瞪大了眼睛,不可思议地看着邓展能,突然想起了什么,咬牙切齿地骂了一句"王八蛋",然后低头找电话。

电话被泡水了,屏幕上闪着异常的白光,这光芒闪烁的频率和脑子进水以后的状态非常吻合。

她问邓展能:"能治吗?能借我一下电话吗?"

邓展能笑着说:"治什么,生就完了。"

他同时把电话递给秦钦,秦钦艰难地站起来,拨通了徐来的电话。

最生气的时候,她也没有骂出声,但是现在她实在忍不了了,吼出一句:"你大爷的……"

她记得徐来曾经和她说过,自己的大爷快80岁了,毕竟那么大岁数了,说他不太敬老,那说什么呢,好像也没谁了吧,这股气就在秦钦犹豫的时候卸掉了。

徐来在那边试探性地问:"秦钦?是你吗?怎……么了?"

秦钦说:"狗怀孕也是你干的吗?"

徐来:"什么?"

秦钦突然吼道:"我说!狗肚子里的孩子也是你的吗!"

吼完,秦钦眼眶都红了,她实在受不了,徐来和唐静就这么把她当傻子,真的太欺负人了。挂断电话,转身对邓展能说谢谢的时候,眼泪还是掉下来了。

秦钦说:"我能哭一会儿吗?"

邓展能说:"你最好别哭,你哭,狗有可能也想哭,生产很容易抑郁的,你最好不要给它添堵。"

秦钦说:"那算了,我憋着好了。"

邓展能跪在地上观察狗的情况,秦钦也学着邓展能的样子跪着。

邓展能指了指身后的灰色沙发，说："你去沙发上坐着吧。"

秦钦看了看自己湿透的裤子，没有动。

邓展能问："你不知道这狗怀孕了吗？"

秦钦说："我以为它只是胖。"

邓展能问："这不是你的狗吗？"

秦钦说："这是我前闺蜜和我前男友的狗，现在他们有孩子了，就把狗送我这儿来了，我是万万没有想到他们这么没有人性。"

邓展能站起来，随口问道："以前养过宠物没？"

秦钦想了想，说："没养过，我妈说我就是宠物，就不用再养宠物了。"

邓展能笑着说了句"所以是妈妈不让养？"他说出口的时候已经进洗手间了。

秦钦说："也不是，我确实也怕它和我争宠。"

邓展能回来的时候手里拿来一个小盒子，里面放着纱布、棉球、酒精什么的，他蹲下来，拿起一只小剪子在狗屁股那里小心翼翼地剪掉周围的毛，他说："我现在要给它接生了。"

秦钦抹了一把脸上的水问："你经常给狗接生吗？"

邓展能转头看了一眼秦钦，然后又开始去剪狗腹部的毛，他说："我不是兽医，不经常。"

秦钦跪累了，盘腿坐在地上，来了兴致问："用打麻药吗？你这里东西还挺全的。"

说着又伸手去摆弄小盒子里的瓶瓶罐罐，又问："宠物店也管接生业务吗？这都是啥？新灭尔灵……这是用来干什么的？"

邓展能有点儿无奈，他其实有点儿担心这狗会难产，因为之前狗狗并没有得到很好的照顾，而狗的主人，则是一副新手亲爹的样子，什么都不懂，还在那儿巴拉巴拉地影响他，而且她裤子上的水漫延到他这里，有那么一小块，贴在他的皮肤上，凉凉的，是与众不同的触感。

017

奥斯卡一直哼哼唧唧，哼哼唧唧，不知道什么时候是个头儿。

秦钦坐立不安，想伸手去摸摸奥斯卡的毛，又怕影响它发挥。

秦钦说："我有点儿紧张。"

邓展能此时半坐在地上，一只手臂随意拦着膝盖，一副悠哉的样子，扯着一侧的嘴角浅笑，对秦钦说："别紧张，第一次有孩子都这样。"

大概哼哼唧唧了半个小时，奥斯卡屁股的地方终于冒出了一个小狗头，它被裹在胞衣里，像一颗透明蛋。

秦钦不自觉地张了张嘴，有点儿吃惊。

等它落了地，邓展能赶紧拿到奥斯卡的嘴边，但奥斯卡舔了两口就不舔了，邓展能只能伸手撕开胞衣，然后用纱布去擦小狗的口鼻。

秦钦觉得有点儿恶心，但又觉得挺神奇，一条小生命，就这样被扒拉出来了。

邓展能问："它是第一次怀孕吗？"

秦钦说："应该是吧，你需要我问问我前男友吗？"

邓展能说："不用了，我看着像是第一次。"

大概每隔20分钟就会有一只"透明蛋"冒出来，像电影结束后，一波又一波的彩蛋，可能新生的事物都是会给人带来快乐的，前两只小狗出生的时候秦钦一直在无意识地傻笑，可她笑着笑着就笑不出来了，当第三只被扒出来的时候，她想到了一个很现实的问题：

这么多，怎么养？

没想到一共五只，三公两母。

邓展能有点儿微微出汗，指着其中一只说："就是这只不怎么会吃奶。"

他边说边用手按摩奥斯卡，以便小狗们能够品尝到更多的奶水，甘甜的乳汁会告诉这些还没开眼看世界的小家伙们，使劲儿喝奶才是狗生最完美的开始。

按摩得差不多了，邓展能也累了，他学着秦钦的样子盘腿坐起来，他腿长，盘起来的时候膝盖顶到秦钦的裤子，沾了更多的水。

新生命总是会带来一些奇妙的东西，比如，带来了邓展能对秦钦的好奇，他晃了晃顶在秦钦腿上的膝盖，问："怎么样？有孩子的感觉。"

秦钦紧锁眉头说："心情十分复杂。"

邓展能说："别这么有压力，你看看它们，还是挺好看的。"

他说让看看，秦钦就把头伸过去仔细看看，看了挺长时间，仿佛在进行一场科学研究，终于她说："真湿！"

邓展能笑着说："你也挺湿的。"

秦钦这才注意自己，白T恤湿透，淡粉色的波点胸罩隐约可见，胸罩中间那个粉红色的蝴蝶结上本来有一颗红色的水钻，但现在不知道哪去了，蝴蝶结也开线了。

秦钦下意识说："呀，钻掉了！"

邓展能摘下手套，不紧不慢地从地上捏起一颗小东西，举到秦钦面前，微笑着问："是不是这一颗？"

秦钦盯着那颗水钻，邓展能盯着她。

有谁在放烟花，咻，砰，这么清晰。

秦钦没马上接住，她抬眼看了看邓展能，问："你多大了？"

邓展能看着秦钦的大红脸蛋子，笑着说："我26岁。"

秦钦想，还好还好，还是个孩子呢，这屋子里有什么？孩子和狗啊！看到就看到吧，自己都30岁了，在年龄上这么有优势，还能怕被看两眼！

秦钦问："你这耳钉上的钻石是真的吗？"

邓展能说："当然是真的！"

秦钦说："那和我这个看着也没太大区别，我这个也挺闪的。"

邓展能这辈子最难受的就是有人说他的耳钉不好看，而秦钦这个比较，相当于侮辱他的审美，他立刻抗议："这怎么能比！我这副明明……"

"我知道我知道"秦钦一边说一边伸手把水钻拿过来，举在邓展能的耳边说,"你这个确实更大。"

邓展能哑口无言,就那么瞪着秦钦看了半天,终于说出一句话来:"你要洗澡吗?"

4

这么大岁数了，还这么叛逆

秦钦马上问："是热水吗？"

邓展能的表情有所缓和，说："就是平时给狗洗澡的地方，你要是不嫌弃……"

秦钦马上说："我不嫌弃！"

邓展能看着有点儿迫不及待的秦钦，站起来带路。

邓展能带着秦钦走到最大的池子跟前，说："这都是给狗洗澡的地方，没有固定的花洒，因为所有的宠物都不会老老实实地站在水龙头下面让你洗，只有这个。"他把一个水龙头延伸器抻了出来，"一般都是工作人员用这个给宠物洗澡。"他一手拿着延伸器，一手做出洗澡时的揉搓动作，"像这样。"

邓展能每说完一句话都会看秦钦一眼，看秦钦有没有听懂。

"知道怎么用吗？"邓展能问。

"知道。"秦钦答。

"真知道？"邓展能又问。

"真知道。"秦钦又答。

邓展能看着秦钦，秦钦真是一脸的坚定，谁再多说一句都是废话，他没说话，可也没走。

秦钦也看着邓展能，看了一会儿觉得这男孩儿什么都挺好，就是没有眼力见儿，大概还是年纪太小不懂事儿，于是她提示说：

"我有点儿迫不及待了。"

邓展能淡定地说："是，我看出来了。"

秦钦想，看出来了还不赶紧出去？

邓展能问："你有能换的衣服吗？"

秦钦这才想起来，怨自己怎么总是眼光不长远，心思不细腻。

她说："我出去取一下行吗，我车就在对面，行李就在车上。"

邓展能说："你洗吧，你把钥匙给我，我去。"

秦钦说："不用了，我去吧，正好我还得给奥斯卡拿点儿狗粮。"

邓展能说："我这里有狗粮。"

秦钦说："不，他只吃那个牌子。"

邓展能问："什么牌子？"

秦钦想了一下，说："我记不住，我还是给你拿进来吧。"

邓展能说："那我跟你一起去吧。"他迈开大步就往门口走，拿起雨伞的那一刻，他想起秦钦之前拿伞对着他的那一刻，他下意识地握紧了伞把儿。

外面的雨已经见小了，秦钦打开车门，邓展能帮秦钦拿出箱子，当他拿起狗粮包装袋的时候，由衷地说了一句："好品位。"

秦钦问："什么好品位？"

邓展能说："这狗粮味道不错的。"

秦钦问："你怎么知道？你吃过？"

有辆车开过来，邓展能把秦钦往身后带了带，没说话。

秦钦快步先走进去，邓展能在后面发现货架上的东西乱了，就顺手收拾了一下，余光斜了一眼挂在墙壁上的电视，才发现监控没关，平时主人可以在电视上看到澡堂子里自己狗子的沐浴全程，现在，那个身上只剩下内衣裤衩的女人正在银幕上使劲儿掰水龙头呢。

邓展能想，她果然还是不会用。

邓展能一着急就过去了，在门口冲着里面大声说："这水龙头不是掰的，是捏的。"

"原来是这样啊！"

这句话伴着水声传出来，邓展能放下心，可心刚放下就虚起来，于是快步走到大厅，一眼屏幕没敢看，直接把电源拔了。

秦钦洗完了澡，才有力气谈费用和奥斯卡的去留这些正事，洗澡的时候她就一直在想，她要怎么跟这个小男生谈这件事，才能顺她的意，她现在有点儿犯困，看了看手机上显示的时间，已经快10点了。

秦钦进来的时候，邓展能正坐在地上，把一袋刚拆封的狗粮往狗食盆里倒，倒得差不多了，邓展能摸了摸奥斯卡的头，笑着说："咱们俩口味相同。"

然后，秦钦看见邓展能把手伸进狗粮袋子里，捏了两三颗，一仰头，像扔花生米一样扔进了嘴里。

他仰头的时候余光扫到了站在门口的人，邓展能转过头，看见一脸惊讶的秦钦也是一愣，然后左腮轻盈蠕动，声音清脆自然，问："你要尝尝吗？我最喜欢的口味。"

秦钦连忙摆手加摇头，说："不了，吃不太惯。"

邓展能轻松地坐在沙发上说："是，一般人都不吃。"

秦钦心里想，是，你可真不一般。

邓展能问："有事儿？"

秦钦说："想和你谈谈费用，和这狗。"

邓展能问："什么费用？"

秦钦说："就是接生的钱，是多少？"

邓展能看了看仍然站在门口的秦钦，问："你干吗离我那么远？"

秦钦说："远吗？"

邓展能把手肘立在沙发扶手上，然后用手扶着自己的脸，歪着头，还笑着看她，问："你喜欢站着和别人说话吗？"

秦钦马上往前走了两步，有什么可紧张的呢，他不就吃了口狗粮嘛，又不可能是狗变的。

哎？他应该不是狗变的吧？

"你是不是太累了？"邓展能问。

"你过来，过来坐，坐着说。"邓展能坐直了身体，拍了拍沙发，邀请她。

秦钦过去坐下，看着他，郑重其事的态度，像在谈一笔上亿的大买卖："请问费用是多少？"

邓展能看起来倒是精神得很，他看着秦钦说："我不要钱。"

秦钦问："真的不要？"

邓展能眯了眯眼睛，笑着说："这么晚了，你又刚洗完澡，谈钱不好。"

秦钦低着头不说话，她看了看奥斯卡，奥斯卡闭着眼睛仿佛累坏了，孩子们挤着它，也都像是睡着了。

她突然抬起头直直地看着邓展能："我说，你还是要吧，你看你，跟着折腾到这么晚，太辛苦了，我都不知道怎么谢谢你，你、你开个价吧。"

邓展能有点儿认真，说："这有什么，你敲开了我的门，我还能看着它难产死掉吗？帮个忙而已，你随时可以带它们走。"

秦钦又想了想，说："那我，那我也要向你表达感谢，不管怎么样，就是要谢，反正，就是要谢谢你，能不能给我一个机会。"

秦钦自己都没发现，因为着急，她下意识地离他更近了些。

邓展能看着秦钦，发现她眼睛挺大，嘴唇有点儿小性感，肤质一般，她刚才应该什么护肤都没做，脸看起来干干的。

邓展能轻轻地说："好……"

秦钦听到这个"好"字，兴致更高涨了，她凑得更近，眼睛里放着异样的光芒，甚至还笑了笑，说：

"那我把狗给你，一大五小都给你！"

邓展能这才反应过来，他稍稍往后仰了仰，收起了刚才放松又惬意的姿态，表情严肃，用俯视的角度，好像法官在看一名罪犯说：

"你要遗弃它们？"

秦钦马上说："不！是无偿送给你，报答你的，你看它们多可爱，是刚生出来的，你可以卖掉它们赚钱，你们宠物店不是也做这种生意的吗？但一定得是善良的人！一定得对它们好！"

她最后两句说得很郑重，像一个母亲。

邓展能说："我们不做这样的生意。"

秦钦说："我刚才洗澡的时候，看见隔壁还睡着两只，那不是要出售的吗？"

邓展能说："它们以前都是流浪狗，别人送到我这儿来的，生过病，现在出院了，暂时还没找到人领养。"

秦钦说："那、那、那你也可以帮它们找人领养。"

邓展能说："那你这不还是要遗弃它们吗？"

秦钦前倾的身体收了回来，低着头，又回到了之前的那个姿态。

她说："我养不了它们，我不是想遗弃，但是我真的养不了它们。"

邓展能没说话。

秦钦接着说："如果就奥斯卡一只狗还行，现在又多了五只，我既不会伺候月子，又不会照顾孩子……"

秦钦抬起眼睛，又看着邓展能，说："我现在连住的地方都没有，真的，我只有那辆车，就刚才你看到的，然后我还不会开。"

邓展能问："你不会开你买车？"

秦钦说："这本来是买给我男朋友的，当初说好了他出房子我出车，但是他走了……"

秦钦又不说话了，邓展能起身拿柜子上的烟盒和打火机，然后问秦钦："可以抽烟吗？"

秦钦说："可以。"

他点烟，坐下之前，顺手把空气净化器打开。

秦钦大着胆子问："能给我一支吗？"

邓展能没说话，从烟盒里拿出一支递给秦钦，秦钦伸出五根手指一起捏住，像吹笛子那样。

邓展能举起打火机，轻轻一声响动，火苗蹿了出来，吻住秦钦的烟头。

"我说。"

"什么？"

"你倒是吸啊！"

"现在就可以开始吸了吗？不是得先点着了才能吸吗？"秦钦把烟从嘴里拿下来问。

邓展能嗤嗤地笑，说："你之前没抽过烟吗？"

秦钦说："没有。"

她又把烟塞进嘴里，邓展能又把打火机凑上去。

"我说。"

"又怎么了？"

"不是吐气，是吸气，你以为你要点燃烤串炉子里的炭火吗？"

秦钦猛吸一口，然后使出全身的力气咳嗽，奥斯卡都被她咳醒了。

邓展能问："还要吗？"

"要要要。"秦秦说，她一边"咳咳咳"，一边"要要要"，仿佛在和自己较劲。

邓展能手里夹着自己的那支，然后把秦钦的那支放进嘴里，点燃了，又递给秦钦，说："你慢点儿，这么大岁数了还这么叛逆。"

5

跟谁没大没小的呢

秦钦心想：我多大岁数啊我？没大没小的，跟谁俩呢这是。本来要说的，后来想想还有求于人家呢，就没说，只把烟拿过来，看了看，然后塞进嘴里，轻轻吸了一口，赶紧吐出来。

邓展能看着秦钦小心翼翼的样子，看了好一会儿。秦钦知道邓展能在看自己，兴许还在心里继续嘲笑自己，可现在既然不能骂，那就夸一夸吧，不然气氛太尴尬了，可是夸什么呢？

秦钦想了想说："你这吸烟的节奏掌握得挺好，一下子就点燃了，一看就很有经验。"

邓展能说："吸烟就像那些小狗崽儿吸奶一样，都是与生俱来的本能。"

秦钦说："那我怎么没有这个本能？"

邓展能指了指最不会吸奶的那只，说："你就跟它一样，太笨，得送到嘴边。"

秦钦没说话。

邓展能突然问："这狗叫什么名儿？"

秦钦突然陷入了未曾有过的沉思，她把目光放在奥斯卡身上，但只是寄存在那儿，并没有看它，就这样发呆了好一会儿，直到烟灰因为太长而掉落，差点儿烫到她的脚，她才回过神来，坚定地说：

"叫奇奇。"

"什么？"邓展能本来想把烟掐掉，现在停在半空中。

"奇怪的奇，奇奇，它以前的主人叫它奥斯卡，但是我不想再让它叫唐静取的名字，给我了就得叫我取的名字。"

秦钦说话的时候一脸执拗，腰板也不自觉地挺了起来。

邓展能看着秦钦，问："为什么叫奇奇？"

秦钦移开目光，仿佛陷入很深邃的回忆中，然后她悠悠地说：

"因为——奇奇冰激凌。"

说完她看向邓展能，没想到邓展能的表情非常专注甚至还带着点儿隐隐的期待，秦钦一下子就来了兴致，说：

"你太小，你都不一定能知道那个，其实也不叫奇奇冰激凌，就是优尔食品最早推出的脆皮冰激凌，但我们那时候都叫它奇奇冰激凌，因为优尔那时候的商标上不是有个白胖白胖的小男孩儿叫奇奇嘛，所以我们都那么叫，现在早就不生产了，但我觉得现在优尔食品推出的所有的冷饮都不如奇奇冰激凌好吃，那是我小时候最喜欢吃的冰激凌，我第一次知道奶油冰激凌外面还能裹着一层巧克力脆皮，这是我小时候最美好的记忆，所以我的狗……"

秦钦说得挺激动，转头发现邓展能的表情变得更加意味不明，这让秦钦有些忐忑，刚才挺直的倔强的腰板瞬间塌了下来，涎着脸试探着说：

"不好意思啊和你扯远了，我这人一谈到吃就是这样，你千万别介意啊，你要是不喜欢这个名字就叫回奥斯卡也行，我不会介意的，或者你、你起个新名字这都可以啊！你、你就当我没说，就当狗没名儿……"

邓展能顿了一下，把烟蒂按到烟灰缸的中央，好像在思考着什么，轻轻地笑了，然后意味深长地说："是个好名字。"

秦钦问："那、那你同意留下它们了？"

邓展能又不说话了，秦钦觉得这男孩儿岁数不大，笑的时候挺明媚，说话的时候挺放松，可他不笑不说话的时候竟有几分老成，说好听就是老成，说难听就是显老，总之让她十分煎熬。

邓展能转过头又问:"那你叫什么名儿?"

"秦钦,就是秦国的钦差的意思。"

邓展能说:"那真是雄心壮志了。"

秦钦突然盯着邓展能,眉毛又拧到一块儿,说:"但是我现在是真的没有地方住!我是真的没有办法照顾它们!我真的不是想遗弃它们!"

秦钦知道邓展能在观察她,所以即使难看,她也坚决地保持着一张丧气的脸,等着眼前这个男生通过她夸张的表情,对她做出正确的评判。

他们俩就这样相互相面,明明是在很严肃地确认一件正经事,可看的时间久了,两个人的思想都有点儿开小差。

邓展能轻轻咳了一声,突然说:"好,秦钦,你要喝水吗?"

秦钦觉得自己有点儿跟不上邓展能的思路,但她现在确实是口渴,她点点头,邓展能起身,拿了两瓶矿泉水,给了她一瓶,问:

"矿泉水可以吗?"

秦钦说:"正好。"

两个人坐在沙发上同时举起瓶子喝水,然后邓展能说:"我叫邓展能。"

秦钦点点头,咽下嘴里的水,说:"你好,邓展能。"

邓展能说:"我很不喜欢遗弃,不管是被人遗弃,还是遗弃别人,我都很讨厌。"

秦钦马上说:"我并不想遗弃它们啊,我只是,只是希望它们能过得更好。"

邓展能笑着说:"所以呢,这不就是遗弃吗?所有的遗弃都是有原因的,而对于这条狗来说,你和你那个前闺蜜没有任何区别,她是因为自己要生孩子,你是因为它生了孩子,你更恶劣一些。"

秦钦有点儿蒙了,她想了一会儿,说:"对不起,我之前没想到,我是这么无耻……"

邓展能摆摆手说："没关系，无耻的人很多的，你不要有心理负担。"

秦钦说："好的，谢谢。"

邓展能说："不客气。"

两人又各自喝了一口水，秦钦觉得自己既然都已经无耻了，那还是把奥斯卡放在这儿吧，不然自己就白无耻了。

于是她坐直了身体，严肃地说："所以还是把奇奇和它的孩子们放在这儿吧。"

邓展能没说话，继续喝水。

秦钦看不出邓展能的态度，有点儿着急，她问："行吗？行吗？我可以给你钱，行吗？行吗行吗？"

邓展能说："你多喝点儿水吧，你缺水缺得太严重了。"

秦钦拧开瓶盖说："你得给它们找一个好人家，行吗？我就这一个要求，行吗？一定要爱狗的，不无耻的，不会遗弃的，最好还有点儿富的，行吗？"

邓展能说："我尽力。"

秦钦说："还有奇奇，它刚生完孩子，你好好照顾它行吗？"

邓展能说："你可以随时过来看看。"

秦钦马上说："我不是不放心你。"

邓展能看着她说："我也不是说你不放心我。"

这件事一谈妥，秦钦总算是松了口气，眼里都是感激，心中无限感慨，她举起水瓶子对邓展能说："今天真的太感谢你了，你就是奇奇的救命恩人，再生父母，也是我的……"说到这儿秦钦卡壳了，翻着白眼儿想了半天他是她的什么。邓展能就那么看着她，等着她说自己是她的什么，心里想着她这个人工白眼儿翻得可真利索。

秦钦想了半天没想出来，觉得时间拖得太久就更尴尬了，于是直接略过总结道："总之，谢谢你，我代表我自己和奇奇一家敬你一杯，先干为敬！"

说完，她就在邓展能面前把瓶装水一饮而尽，喝完了才想到自己还没和邓展能碰杯呢，又把嘴里没来得及咽进去的水吐回瓶子里，连说了两句"碰一个"，又用力怼了邓展能的瓶子三下，这才又皱着眉头把瓶里的水全喝干。

邓展能不动声色地抿了抿嘴，用力顶住来自秦钦的一个又一个冲击波。

邓展能这次真的有点儿不知道要说什么了，冷静了一下，才问："你需要风筒吗？"

秦钦说："不耽误你了，我这就走了。"

邓展能问："你去哪儿？"

秦钦说："我先回车里睡一觉。"

邓展能站起来说："你就睡沙发吧，我这就走了。"

秦钦说："那你老板能同意吗？"

邓展能说："我老板人特好，又年轻，又英俊，身材又好，又体贴，他一定会同意的。"

秦钦说："那你可真幸运。"

邓展能挑了挑眉毛说："是，我老板也特别幸运。"

秦钦说："幸运真好，我这两天不知道为什么总是遇见倒霉事儿。"

邓展能说："哪有什么倒霉不倒霉的，都是生活的常态而已。"说着便往外走，"我去给你拿风筒。"

秦钦连忙说："真的不用了，我头发快干了，你这里可真暖和。"

邓展能没听她的，把风筒往她手里一塞，说："你不吹，你的手机也得吹一下吧。"

秦钦想，哦，是哦。

邓展能往门口走，秦钦也跟在他后面。

邓展能边走边说："时间不早了，你收拾好了快睡，明天早上 8 点半会有店员过来，我会和店长说的，你什么时候离开都可以。"

秦钦这时候才注意挂在墙上的屏幕，找话："你这儿条件不错啊，还有电视呢，主人等在外面可以看看电视。"

邓展能没敢接茬，看了一眼挂在电视边上的电源，秦钦也看了一眼。

到了门口，邓展能回头，秦钦抬头，两人的目光就接上了，邓展能说："那我就走了，这门你会锁吗？"

秦钦说："我会，锁个门我还是会的。"

邓展能点点头，推门的时候，秦钦说："谢谢你啊，小邓。"

她走到门口的这一路上一直在想她要不要称呼一下他，称呼什么呢，想来想去，就用小邓吧，又亲切又舒服。

邓展能又回头，弯起嘴角笑了笑，没说话。

锁好门，秦钦又有点儿精神了，她回身看到电源，插进插座，电视亮了，屏幕上播放着一个固定的场景，有点儿眼熟，好像自己曾经来过这里，就在不远的刚才……

看着看着，有一颗威力巨大的二踢脚在秦钦的心里炸开，她想起邓展能之前说的话，这水龙头不是掰的是捏的……

她猛吸了两口气，哼出一首老歌来：人生已经如此的艰难，有些事情就不要拆穿……

6

人生已经如此艰难

秦钦的手机是在凌晨五点的时候开机的,她看着奥斯卡和五个孩子,觉得当妈可真不容易,于是想到了自己的妈妈。

电话接通的时候,秦钦她妈正在下楼梯,他们家住在老旧小区的七楼,没有电梯,可秦钦她妈这个岁数上楼下楼依然健步如飞,从不大喘气。她妈认为,这都是因为她每天早上坚持五点起床去菜市场买新鲜菜的原因,她妈相信菜必须吃新鲜的才能健康,所以就算是买一把小白菜,也要五点钟去菜市场买,因为那个时候的小白菜,距离出土的时间最短,最新鲜。

秦钦她妈非常惊讶地问:"你怎么这么早给我打电话?"

秦钦说:"没什么,就是有点儿想你。"

她妈说:"别整没用的。"

秦钦说:"妈,做母亲真不容易。"

她妈停住:"啥!你是不是和徐来犯错误了?!"

秦钦连忙解释:"没有没有,我就是,我就是昨晚第一次看见生孩子,我就挺感慨的。"

她妈接着走:"谁生孩子啊?你同事?"

秦钦说:"不是,是一条狗。"

她妈又停住:"你看狗生孩子你想我?!"

秦钦说:"都是生命啊,有什么分别。"

她妈接着走:"你还有正事儿没?没有我挂了,耽误我买菜!"

秦钦说:"妈,我和徐来分手了,徐来和别人生孩子了。"

她妈说:"啊啊啊啊啊!"

这回她妈可没停住,门口楼梯处正好结了块冰,她妈一脚踩空滑了出去,直到撞在对面的一堆破自行车上才停下来,自行车纠缠连带着齐刷刷地倒在她妈身上,秦钦她妈就这样一直"啊"了下去。

左腿骨折,左侧第三根肋骨骨折,秦钦匆匆赶回家,都没有和奇奇说一声再见。见到她妈那一刻,她妈躺在病床上一动不能动,却仍然向她嚎出了一句中气十足的话:"你要气死我!"

她爸说:"行啦行啦!你难受,她就好受了?"

秦钦想,妈妈虽然肋骨折了,但是被肋骨包裹的那个肺啊,活得还是很有力量的。

秦钦向主编请了长假,回老家照顾她妈,主编是个很爱唠叨的人,尤其请假的时候最爱唠叨,不过唠叨归唠叨,他每次都能给假,而且秦钦已经好几年没休年假了,又是妈妈生病,主编唠叨完就给假了,报社这个地方,虽然赚得少,但好在相对稳定。

她爸在林场工作,需要值夜班,她和她爸一商量,前两个月还是由自己来照顾,其实她照顾她妈也是有私心的,她连住的地方都没有还不回家啃几天老?

但啃老就容易吗?她妈每天早上都逼着她五点起床去菜市场买当天的排骨炖汤,秦钦说:"妈,你这不是自欺欺人吗?猪又不是当你面杀的。"

她妈说:"你知道你为什么上楼喘吗!就是因为不健康!你知道你为什么不健康吗?就是因为你吃的东西不好,不新鲜!你还不快给我买菜去!再不去那好东西都被别人给买走了!"

秦钦没办法,只好出去买。

买回来炖上一锅,然后和她妈两个人抱盆啃。

就这样啃了快一个月,她妈渐渐能坐起来了,有一天她突然对秦钦说:"我之前躺着看你,觉得你胖了是角度的问题,今天坐起来看发现你确实是胖了。"

秦钦手里的排骨啃到一半,她愣了一下问:"是吗?"

她妈说:"是啊,明天你去楼下药房的秤上称一下,他们家的秤准。"

秦钦把剩下的那块肉撸进嘴里,把骨头吐在垃圾桶里,然后又拿了一块,说:"不去,胖就胖吧。"

她妈也愣了一下,也重新拿了一块排骨,看了她一会儿,才说:"你小心找不着对象。"

一个多月以后,秦钦终于受不了了,于是向她爸提出不想再早上五点去买排骨了,她爸说:"我都知道,闺女,你不容易,回去吧,回去好好上班。"

秦钦差点儿哭出来,她十分可怜她爸,这么好的一个男人怎么就摊上她妈了呢,走的时候父女俩依依惜别,秦钦说:"爸,你受苦了。"

她爸说:"没事儿你放心吧。"

她妈在旁边支着左腿说:"有什么不放心的,你爸比你有耐心多了。"

秦钦说:"我不是不放心你,我是不放心我爸,你别那么霸道行不行?"

她妈气得又要发功大吼,秦钦赶紧说:"你看看,你看看你,我说什么来着!"

她妈说:"你赶紧给我回去吧你!"

回去的路上,秦钦想这是她上大学以后第一次和她妈单独相处了这么久,她妈确实是不显老,而且越来越固执、霸道,好像一块风干了好些日子的牛蹄筋,让每一颗与它交过手的牙齿都尝到了苦头。

他爸一直给她送到车站,然后他们在车站意外地看见了秦科,秦科背着一个破旧的大书包向他们一颠儿一颠儿地跑过来。

他爸说:"你怎么来了?"

秦科喘着气，笑呵呵地说："我知道你不放心我姐，我帮你送她回去。"

秦钦和他爸同时从鼻子里喷出了一股短暂而笃定的热气。

"哼！"

不可能。

秦科说："哎！不信我？"

秦钦说："不信。"

他二大爷说："你到底要干啥？"

秦科嘿嘿一笑，说："送我姐是真的，另外……我还想去大城市找找工作，闯荡闯荡，实现自己的人生理想啥的……"

他二大爷说："你爸知道不？"

秦科说："二大爷，这车还有半个小时就开了。"

"咋地？"

"你老了，拽也拽不动我了。"

"你啥意思？"

"你给我爸打电话，他半个小时内也赶不过来。"

他二大爷这才反应过来，刚说出"哎你小子……"秦科马上打断："我妈已经同意了，我妈说了，只要我高兴，咋整都行。"

"你妈就惯着你！"

秦科又嘿嘿嘿地笑说："你知道就别管了，我也是大小伙子了，出去见识见识不也挺好，行啦，我俩走啦，你放心吧二大爷，有我在呢。"

他二大爷说："就是有你在我才不放心呢！"

上了车，秦钦对秦科说："你可别想蹭我的房子住，我现在没地方住。"

秦科把行李送到上方的行李架上，然后嬉皮笑脸地对着秦钦说："你不是有辆车嘛！"

秦钦这才反应过来，吼道："你给我下去！别想打我车的主意！"

秦科涎着脸说："你把车钥匙给我我就下去。"

秦钦说："我没有车！"

秦科说："行了，姐，你刚才都露馅儿了。"

秦钦白了秦科一眼，气鼓鼓的，盘算着找个什么火车钻进隧道的机会把秦科推下车。

两个人就这样一路无话。

等到了地方，停了车，大家拿着行李排队下车，秦钦故意没有和秦科在一起走，秦科想帮秦钦拿行李，秦钦也没让，等轮到了秦钦下车，秦钦一脚绊在行李箱上，然后"啪"的一声降落在这座城市的地面上，秦科看见，赶紧挤了过去和列车员一起扶起秦钦。

趴在地上的那一刻，秦钦看着前方数不清的移动着的双脚，突然感觉到一种自带宿命感的绝望，觉得这个城市有一股邪气就这样把她给逮捕了，接下来的命运只有挣扎。

"你没事儿吧？"列车员过来问。

秦钦坐在地上活动了一下手腕和脚踝，然后摇摇头，说谢谢。

秦科把秦钦拽了起来，问："真没事儿啊？"

秦钦说："真没事儿。"

她怕挡住后面下车的旅客的路，还特意向旁边走了两步，说："你看，没事儿吧。"

秦科拉过行李，撇着嘴说："你看你，还是得有个人在身边吧，要不谁扶你。"

这时候恰巧有微风拂过，她抬头看着自己瘦小的弟弟，觉得在这个孤单的城市里，有个亲人在身边，其实也挺温暖。

温暖个屁！

秦钦坐在出租车上，回忆起半年前的这个场景，心里就会有一万头愤怒的公牛在群殴。她早就应该想到，她那个不学无术、娇生惯养又缺心眼的弟弟还是那个不学无术、娇生惯养又缺心眼的弟弟，不可能因为出门在外、相依为命和生活不易就有所改变,有些人,不懂事儿就是不懂事儿,一辈子都不懂事儿,跟年龄和阅历没有任何关系。

"师傅,您能再快点儿吗?"她嘱咐完司机师傅突然有些后怕,自己不正和"有些人"一样吗,这么大的年纪,仍然没有长进,而且好像还越来越差劲儿,从和徐来分手以后的这半年,自己真的越来越倒霉,记忆中只要听话就能办好的事现在竟然不灵了,那股邪气果然把她关进了霉菌爬满四面墙的地牢,什么时候放她出来,还是无期徒刑,她也不知道。

她从前只偶尔看看星座月运势,后来发展成要看周运势,再后来每天都要看日运势,现在不仅要看日运势,还要不止看一个占星师出的日运势,她发现运势上说的好事从来没有发生过,坏事儿倒是一说一个准儿。她曾为此特意建了一个微博小号,天天转发各式各样的大锦鲤,怎么说这半年来也有1000多条锦鲤被她转发出去了,可是却毫不见效,她听说人都有倒霉的日子,过去就好了,她现在就是不知道这种日子什么时候能过去,最怕一辈子都过不去了。

秦钦越想越后怕,电话响了,阻止她最后走上吓死自己的道路。

房东打来的,说自己家马上要动迁了,为了得到更多的拆迁款,他们祖孙三代一家五口决定搬进她现在住的那间51平的小房子里,告诉她两天内必须搬走。

7

为你我受冷风吹

果然，果然。

倒霉的事儿已经不是一件接着一件了，它们都开始几件接着几件地来找她了，手拉着手，肩并着肩，吹着高亢的口哨，迈着坚实的脚步。

秦钦想象着那个美好的画面，从心底泛出阵阵毛骨悚然的笑意，她对房东说：

"咱们一家六口是不是能分到更多的钱？"

房东老太太没太听明白，问："你什么意思？"

秦钦说："如果您不介意，我不介意给您当个孙女或者孙子媳妇儿什么的。"

房东这下明白了，怒吼："赶紧搬走！"

房东急了，大嚷："钱都退你，赶紧走，一天都别给我留！不然我让我儿子半夜敲你门去！"

电话被强行挂断，秦钦感叹，这世界上怎么能有这么多厉害的老太太，自己老了以后是不是也会自然而然地变得这么厉害？想想也不对，她小时候还以为长大了就能自然而然地有钱呢，现在不还是一样的穷。

到了事故地点，付打车钱的手都在瑟瑟发抖，一想到自己又一次流离失所就心痛，但一想到自己那个开黑车还不小心撞上宾利不知道有没有受伤的弟弟还在围观人群的中央等着自己，她就心绞痛。

挤到前面定睛一看，就看见自己的那台车正冲着人家的车屁股，看起来已经害羞到没脸了,而人家的翘臀好像也就破了点儿皮,还坚挺得很。

秦钦不开车也知道,不能撞豪车,否则后果很严重。

生气是什么感觉?大概就是她这半年来每一次看到他弟弟时的感觉吧。

而她的弟弟正在和一位黑脸大哥吵架,秦钦以为大哥是这宾利的车主,结果站在吃瓜群众中听了一会儿才发现,这大哥是打黑车的乘客,大哥主要的意思是秦科撞车耽误了他的行程,他想让秦科赔打车钱,而秦科的意思是,就不。

秦钦拿出手机查了一些法律条款,想到今晚自己又要流离失所,上次无家可归的时候自己还有台车能在里面凑合一宿,这一次连车都没有了,真是一位优秀的弟弟。

弟弟这么优秀,姐姐也不能输,想到这里,秦钦趁着大家的关注点都在秦科和黑脸大哥身上,偷偷溜到车门处,她鬼鬼祟祟地打开门,又快速打开副驾驶前方的夹层,她记得秦科的驾驶证一般都放在这里,果然一摸一个准儿,然后迅速把驾驶证塞进自己的包里。

她调整了一下状态,又清了清嗓子,走上前去,站在大哥身边,说:"大哥,我听了半天终于明白了,这小子不地道啊!"

秦科这才发现他姐,眉头一皱说:"姐,你来了,你怎么……"

秦钦立马打断秦科,伸出五根手指在秦科眼前摇啊摇:"哎哎哎!谁是你姐!你休想拉拢正义的热心市民!"

"姐,你什么意思?"秦科问。

秦钦义正词严地说:"我说过了不要拉拢我。"然后又转向黑脸大哥说,"大哥,这小子真是太嚣张了,开黑车,还追尾,还和你吵架!我觉得你应该报警啊!"

秦科刚才因为与黑脸大哥争吵,脸上微微泛红,这一刻自己的脸色彻底被他反常的姐姐给吓白了。

黑脸大哥说:"这小子是挺嚣张,我也没别的意思,我就是想让他赔我个打车钱,他耽误我事儿了,我本来是想去苏家屯的杨记买个猪蹄,这我去晚了,人家肯定都卖没了。"

秦钦说:"哎哟!竟然耽误了您这么大的事儿!然后他还有理了!这小子不给他点儿颜色瞧瞧能行吗!"

秦科目瞪口呆。

黑脸大哥说:"我告诉你小子,你要是不赔我打车钱我就肯定报警了。"

秦钦怕秦科反悔,赶紧说:"他不可能赔你!一看他就不像是讲理的人!您赶紧报警吧,太气人了!"

黑脸大哥看了看秦钦,真的拿起手机拨打了110。

秦科彻底傻眼了,一句话都说不出来。

拐角处就有派出所,警察很快就到了,了解了事情经过后,警察问:"那这车是谁的呀?"

秦钦在旁边一直没吱声,这时候才走出来,抱歉地笑了笑说:"我的我的。"

黑脸大哥、秦科和警察都很惊讶。

黑脸大哥说:"嘿?原来你真是他姐啊!"

秦钦说:"正因为是他姐我才不能包庇他,警察叔叔,我是真的不知道他拿我的车开黑车赚钱,然后还撞了!他现在虽然年轻,才19岁,但是已经长大成人了,绝对不能做违法乱纪的事儿,所以必须承担相应的法律责任!警察叔叔,请您千万别宽大处理他,一定要好好教育惩戒他,好让他重新做人!"

秦钦说完,警察叔叔愣了,似乎有点儿不知道该怎么接,几秒钟后,才清了清嗓子说:"行,我们会依法处置。"

秦钦追问:"请问警察叔叔想怎么处置?"

警察又有点儿蒙,他觉得自己当警察这么多年,应该不会看走眼,

041

眼前这位姐姐的表情怎么还有点儿兴奋呢。

警察叔叔说:"这个你就不用操心了,我们会公正执法的。"

秦钦说:"是是是,我相信您一定会给他一个终生难忘的教训!"

又转过头对秦科说:"你赶紧跟着警察叔叔接受教训去吧,别忘了带上自己的驾驶证啊!"

驾驶证三个字说得格外用力。

警察叔叔说:"对啊,把你的驾驶证带着。"

秦科不情不愿地去车里掏驾驶证,边掏边哎,哎?哎?哎?哎?一直哎了下去。

警察叔叔说:"怎么着,还无证驾驶?"

秦科说:"不能啊!我成天带着啊!"

秦钦说:"怎么不能!我之前就提醒过你,不能开黑车,不能忘带驾驶证,更不能两件一起做,不然是要被拘留的啊!"

拘留两个字说得格外用力。

警察叔叔点点头说:"行,那跟我走吧。"

此刻的秦科已经完全傻掉,他照着警察叔叔的话刚迈出一条腿,秦钦就迅速而小声地蹿到他耳边说:"弟,我被房东赶出来了,今晚没地方住了,你放心,你就是再坑姐姐,姐姐也得给你找个住的地方,不能让你也跟着姐姐一块受苦。"

秦科瞬间瞪大了眼睛,大喊一声:"我去……"

警察叔叔就说:"骂什么人啊,快跟我走!"

等警察叔叔带着弟弟和大哥走远,突然有点儿羡慕她弟弟,她叹了一口气,给保险公司打电话,然后开始找宾利的车主,吃瓜群众走了一波又来一波,一波一波,像无情的海浪。她突然觉得自己很像是旧时天桥上的杂耍艺人,生活果然处处都是舞台,她被迫尽力表演,只不过没有人会给她叫一声好。

"真逗。"

秦钦听到有人说了一句,她抬头一看,有什么亮闪闪的东西晃了她的眼,她仔细一瞅,是耳钉,再一看这个戴耳钉的年轻男人,长腿,圆寸,他站在那里,不比他的耳钉暗淡。

这个人好像在哪儿见过。

这个好像在哪儿见过的人走近了一些,他脸上带着笑,问:"你不认识我了?"

秦钦想了想,突然恍然大悟,说:"啊!我知道了,你是车主!"

车主撇了撇嘴,又点点头说:"对,我是车主。"

秦钦说:"真的不好意思,我弟弟撞了你的车屁股。"

车主说:"还好,我的屁股结实,不过你恐怕是要没脸了。"

他指了指车。

保险公司的小哥到了,见到现场就"哎哟"了一声。

他说:"姐,你知道这车多少钱吗,你可真会撞。"

秦钦深吸了一口气,说:"我已经很难受了,别再戳我的心了。"

保险公司的小哥哥仔细看了看两辆车的车况,又拍了几张照片,然后对秦钦说:"等一等吧,等公司那边对宾利的维修费用评估完了我告诉您,这车修起来可能会超过10万,您最好做个心理准备。"

秦钦说:"能超吗?他这车看着没啥事儿啊?"

保险公司的小哥说:"这个不好说,得看具体情况。"

秦钦问:"能超多少?"

保险公司的小哥说:"那也不好说。"

秦钦说:"怎么这也不好说,那也不好说,那现在有什么是好说的?"

保险公司的小哥也挺无奈,说:"好说的就是……要不你跟这位车主先好好说说?"

秦钦最讨厌的,就是这种对未来的不确定感,尤其是赔别人钱,她还希望别人给她点儿呢。

她心里烦躁,抬头看看车主那一身优越的皮囊和浅浅的笑,她就更烦躁了，其实她从他问她认不认识自己的时候就想起来他是谁了，那个年轻的"接生婆"，但她不敢认他，怕认了他他就要把奇奇还回来，而当她得知自己可能要额外付给他修车费的时候她又有点儿想认他了，毕竟熟人好说话，认或是不认都是因为钱，她觉得自己挺差劲的。

秦钦的确是认认真真地掂量了一下认不认的问题，她看了一看那个带着小翅膀的宾利车标，心想不知道奇奇有没有坐过这辆车。

想好了，秦钦终于抬起头说："那您就先修车吧，具体多少钱等保险公司告诉我了我再把额外的费用准备出来，真的不好意思了。"

8

冤家宜解不宜结

保险公司的人叫来了拖车，周围的吃瓜群众也都吃饱了散场了，秦钦也打算离开，刚一转身，邓展能突然叫住了她："秦钦，你等一下。"

秦钦还真没想到邓展能叫得出她的名字，她没敢转身，但也没敢继续走。

邓展能在她身后说："你认出了我对吧，但你不敢认我，为什么？你怕我把狗还给你？你现在还没有地方住吗？"

秦钦让自己冷静了一会儿才转过头，说："对，刚刚，又没有了……我现在还不如半年前条件好呢，至少那时候我还有辆车，现在呢，我这车本来就是两厢车，都被撞成一厢车了，不仅没屁股，连脸都没了。"

说完秦钦就转过头继续走。

邓展能就跟着她，天黑了，路灯开始发光，光线打在秦钦头上，仿佛给她的脑袋开了光。她想起上大学的时候，每天傍晚，天黑下来，她就会条件反射一样地感到无法抑制的孤单，那时候有唐静，一起吃个炸地瓜条都能令她感到世界的善良与热情，现在没有唐静，没有徐来，没有父母，没有秦科，什么都没有，这一节马路上连个卖炸地瓜条的都没有，可是就算他们都在又怎么样呢，她就不孤独了吗？还是会的，总有些时候，孤独还是会来找她，预防不了，治愈不了，她现在知道，有些孤单只能自己去相处，谁也救不了她，谁也救不了她的孤独。

秦钦走了几步就转头看邓展能，问："请问还有什么事儿吗？"

邓展能说:"你饿不饿?"

秦钦不饿,然后继续往前走。

邓展能说:"我饿了,特别饿,想吃炸地瓜条。"

秦钦不说话。

邓展能又说:"我有点儿事儿想和你说。"

秦钦停了下来,转过身说:"对不起,赔多少钱我会照付,但奇奇还是得跟你,你别想遗弃它!"

说完又转头走,走得更快,像逃跑。

邓展能说:"哎你这人!怎么成我遗弃它了?是你半年前把它遗弃了。"

邓展能也跟着加快脚步,心想,真有趣,我这个坚持夜跑十几年的人还撵不上你了?

秦钦这次连头都没回,她大声说:"反正要是敢把奇奇给我就是遗弃,是你说的,你很不喜欢遗弃,不管是被人遗弃,还是遗弃别人,你都很讨厌!"

邓展能笑着点头:"你记我说的话记得挺牢,你倒是挺能装的,你等一下,我真有话说!"

秦钦说:"我不……我不好意思了!"

然后两条小腿开始发力,相互交叉的频率越来越快。

邓展能说:"你停下!"

秦钦说:"不好意思!这是个下坡!惯性太大了!根本停不下来!"

邓展能却减慢了速度,声音也轻了许多,说:"奇奇快死了。"

秦钦突然停了下来,喘着气,有一辆车从她身边飞驰而过,秦钦心想这车肯定超速了,不然为什么它会比其他车都快这么多,想明白这件事,她才回过身轻轻问:

"你说什么?"

邓展能也停了下来,他说:"奇奇生病了,相当于人类的癌症,活不太久了。"

秦钦看着邓展能问："真的？"

邓展能也看着秦钦点点头。

秦钦又看了会儿邓展能，然后低下头，看看地面，又抬头看看路灯，她想起那个雨夜，想起奇奇的样子，觉得如果它和另外一只金毛站在一起，她都不一定能认出哪个是它来，她们本来也不熟，但一想到它要死掉了，她就觉得那么难过，就像奇奇冰激凌再也不会出现在这个世界上，她的孤独又长了一岁，又强壮了一点，离终老又近了一步。

邓展能问："你想去看看它吗？"

秦钦点头，她想。

邓展能说："那现在……"

秦钦说："现在不行……我得先去搬个家……"

邓展能问："你又搬家？"

秦钦又点点头。

邓展能笑着说："你怎么总无家可归，像条流浪狗。"

秦钦对他翻了个白眼，问："一会儿去行不行？！"

邓展能忙说："行行行！"

秦钦就转身往前走。

邓展能跟上她问："你住哪儿啊？"

秦钦说："就北市场那片老楼里，走走就到了。"

邓展能说："那我跟你一起去吧。"

秦钦看了看他，说："谢谢你，可是不用了，你不是饿了吗，吃饭去吧。"

邓展能问："你不饿啊？"

秦钦说："我饿也不吃。"

邓展能问："你为啥不吃？"

秦钦顺口就说："我要减肥。"

邓展能上下打量她,说:"你不吃晚饭也减不了肥的。"

秦钦说:"我说你这个年轻人说话能不能注意点儿?"

邓展能满不在乎:"说实话还不行?"

秦钦说:"我真的很想尊敬你,虽然你比我小那么多岁,但是你救了我的狗,我弟弟又撞了你的车,而且你还有可能是我的债主,但是你……"秦钦停下来看着邓展能,"你能不能别总拆穿我?有首歌唱得好,人生已经如此的艰难,有些事情就不要拆穿……"

后两句秦钦唱了出来,她主要是怕他以为歌词是自己编的,那样就没有说服力了。

邓展能笑着说:"你歌唱得不错。"

秦钦问:"你到底听过这歌没?"

邓展能说:"听过,《说谎》,所以才没有好下场。"

秦钦说:"我的意思是说,这歌告诉我们的道理,人生很艰难,所以不要拆穿别人。"

邓展能马上说:"这歌告诉我们的明明是,生活很艰难,所以不要说谎,不然自欺欺人的生活只能更艰难。"

秦钦觉得自己这一天非常莫名其妙,比如现在,她和一个小自己4岁的小男生在街头讨论《说谎》的歌词,这到底是为什么呢?

秦钦泄了一口气,继续走,邓展能也跟着走。

秦钦说:"跟你说不明白。"

邓展能回:"是你活不明白。"

秦钦说:"行,你厉害。"

秦钦带着邓展能走进了家门口的馄饨店,破旧的门脸,连正经牌子都没有,但非常好吃,又很便宜,她经常去的,现在马上就要搬家了,不知道以后还能不能再吃到,她有点儿愁眉不展,进去一看卖馄饨的大姨也是一脸的愁眉不展,两个愁眉不展对在了一块儿,立刻召唤出抱怨的小神龙来。

老板娘说:"以后我也不一定卖馄饨啦,外面的店铺租金太贵了,那样成本就加上去啦。"

秦钦说:"以后我也不能总过来吃啦,舍不得您的馄饨,特意再来一次。"

老板娘问:"咋啦?"

秦钦说:"还不是因为这一片要拆迁,被房东赶出来啦。"

老板娘一撇嘴说:"这老东西,就她最奸,哼,这辈子就爱穿露大脖领子的破烂儿!"

秦钦说:"房东身材是挺好的,这么大岁数……"

秦钦还没说完老板娘马上抢过来说:"都下垂了!还露着呢!这么大岁数也不怕受风得病!"

秦钦低头吞了口馄饨,又突然想到什么,说:"要不您也把孩子都叫过来一起住,好像还能多要点儿拆迁款,我房东就是这么干的。"

老板娘说:"我哪能跟她比,她可老乱套了,自己孩子的亲爹都整不明白。"

秦钦一脸惊讶:"真的啊?"

老板娘说:"对呀,一般人都不知道,我和她以前都是变压器厂的,我出来得早,她和她老公一直在厂子里待到退休,她老公是厂里干推销的,常年不在家,她就和那个副厂长扯到一起去了,后来就意外怀孕啦,她都不知道是她老公的还是副厂长的,哎呀,这么多年了也不敢去做什么DNA,她老公死要面子,撑着嘴硬就说是自己儿子,他骗别人可骗不了我,她三儿子嘴边那个媒婆痣跟副厂长长一个地方了,就是副厂长后来点掉了,不是厂里的老人儿根本不知道!"

反正以后也做不成邻居了,这么大岁数搬走了能不能再见面还不一定呢,大姨也就唠得畅快。

秦钦张着大嘴表示难以置信,她这个表情给得很到位,老板娘更卖力气了,八卦果然是女性世界里可以忘年、忘忧、忘仇的灵丹妙药。

两个人互动得简直密不透风。

邓展能吃完馄饨就安静地坐在那里,一直没说话。

秦钦好像想起了什么,突然转过头问他:"哎,你那宾利是你的吗?"

"不是啊,别人送我的。"

秦钦心想,我就知道,又问:"是女人吗?"

邓展能说:"是啊。"

秦钦心想,我又知道了,又问:"多大岁数了,送你车的女人。"

邓展能想了想说:"属猪的,今年也有60岁了。"

秦钦心想,唉,我怎么什么都知道,又问:"你不是在宠物店工作吗?"

邓展能说:"对啊,怎么了,这耽误开车吗?"

秦钦连忙说:"不耽误不耽误!一点儿都不耽误!"

她说完又想到一会儿还要回他家去看奇奇,又问:"你和她现在住在一块儿吗?"

邓展能说:"不,我现在自己住。"

"房子……也是她给你买的?"

"对呀。"秦钦看着邓展能,表情复杂地点点头。

吃完饭,秦钦付钱,邓展能也没拦着,理所当然地等着付账,秦钦在亮出二维码的时候暗暗地朝邓展能翻了两个白眼,被老板娘看到。

老板娘问秦钦:"这是你什么人?"

秦钦说:"祖宗。"

老板娘没明白,又问:"啥?"

秦钦说:"小祖宗。"

老板娘这才悟了,打了个哈欠问:"哦,又是个表弟呗。"

秦钦点头微笑。

秦钦带着邓展能回去的时候房东和他儿子已经等在外面了,一副严阵以待、要和人拼命的样子，大富当前，人类的神经总是敏感的，总怕会有刁民阻碍自己致富。

因为经常搬家，秦钦总会留下一些大纸壳箱子在不用的时候把它们拆开压扁备用，这时候她倒是体现出自己多年来搬家练就的一身精湛的收纳技能，可刚开始展示这项神通就被邓展能拦住了。

邓展能问："他们给你退押金了吗？"

秦钦说："还没，房东说让我先收拾。"

邓展能看了看周围，说："这么多东西，你今天怎么能收拾得完呢？"

秦钦得意地笑着说："你小看我。"

邓展能心想，这是真傻，然后说："合同给我看一下。"

秦钦把合同掏出来递给她，邓展能扫了一眼，说："你先等一下，我去聊聊。"

秦钦站了起来，那一家人好像听到了这边的风吹草动，都目光凛冽地看了过来。邓展能走过去，笑着问："抽烟吗？"

房东和她儿子见邓展能掏出来的烟还不错，都没拒绝，一人一支点好，邓展能等着他俩都吐出第一口烟的时候说："合同上没到期吧？"

上了烟，老太太和她儿子的状态都有所缓和，老太太说："押金都退。"

邓展能笑着说："应该不止退押金吧？"

老太太立马又警觉起来，说："你什么意思？"

邓展能看了看她儿子，笑了笑，露出一口白牙，说："姨真会装傻，看不出来我是谁？"

老太太问："你谁？"

邓展能回答："我爸是王兵啊，他年轻的时候和您一个厂的，我小时候您还给过我水果糖呢。"

老太太的刁劲儿又上来了："别套近乎啊，我可不认识他，更不认识你！"

051

邓展能仍然是那一副浅笑的样子,说:"您肯定忘了我了,我爸是变压器厂的老人儿了,出去的早,不记得也正常,但我可没少听我爸说起您的事儿,说您身材好,穿衣服带劲儿。"

老太太马上问:"你说你爸是谁?"

秦钦走了过来,邓展能又看了一眼秦钦,说:"我爸是她姥爷,我是她小舅。"

面对着刚刚认下自己的长辈,秦钦一脸的不知所措。

房东老太太看看秦钦,又看看邓展能,吐出一口高质量的烟圈,哼笑道:"你确定你是她小舅,不是她小舅子?"

邓展能笑着说:"我辈分大,她都五岁了,我妈才意外怀孕有了我,我听我爸说,您后来也意外怀孕来着……"

秦钦和房东的儿子同时看向房东老太太,都使用了不知情的目光。

老太太好像被点了穴,紧接着又好像被换了血。

秦钦不知道房东的态度为什么会变得这么快,但是在往邓展能家行驶的出租车上,秦钦身上揣着押金和同等数目的违约金,但搬还是要尽快搬走的,一个星期之内搬走就行,即使搬不走也可以再缓和两天。

在出租车上,秦钦问:"你爸真叫王兵?你不是姓邓吗?"

邓展能靠在椅背上,转头看向窗外,听见秦钦这么问他,他又转过来,样子有点儿慵懒,说:"我瞎编的。"

9

超时空同居

秦钦跟着邓展能回家,邓展能住在市中心的一所挺好的小区里,一梯两户,一边是七十多平的一室一厅,另一边是九十多平的两室一厅。

邓展能打开两室一厅的房门,秦钦看到了一只狗和两只猫,蹲在门口,狗看着挺蠢,猫看着挺胖。

邓展能弯腰从鞋柜里拿出两双塑料拖鞋,指着那只狗说:"这是鲍勃,斗牛犬,和前女友谈恋爱的时候养的,后来分手了,狗跟我。"

接着又介绍:"这两只猫比较热情,是布偶猫的串种,意外怀孕生出来的,太丑了没人要,这个安静的叫纳瑞,因为长得像雪纳瑞,这个炸毛的叫纳瑞第,因为是纳瑞的弟弟。"

秦钦问:"能摸吗?"

邓展能说:"这两只随便摸。"

秦钦想下手,但是看着它俩的样子无从下手,想一想,只打了招呼。

秦钦跟着邓展能往里走,进了北面的房间,这才看见趴在垫子上的奇奇,奇奇看起来没什么特别的,没胖没瘦,毛色也挺好,看见他俩进来倒是挺热情,从垫子上站起来了,也不知道是因为邓展能还是因为秦钦。

邓展能蹲下,温柔地摸了摸奇奇的头,和秦钦说:"它现在叫迪伦。"

秦钦皱了一下眉毛问:"为什么叫这么难听的名字?听起来像个男的。"

053

邓展能看着秦钦，态度很强硬："因为鲍勃·迪伦是我最喜欢的老头儿，我已经有鲍勃了，正好差个迪伦。"

说完转头冲着狗叫了两声"迪伦"，然后伸出手，手掌朝上，狗顿了顿，也伸出手，放在他手上，咧着嘴，看起来心情挺好的样子。

秦钦突然问："邓展能这名字谁取的？"

邓展能说："我妈。"

秦钦说："多好听。"

邓展能一头雾水，问："怎么了？"

秦钦低头也摸着狗狗的头，小声说："可惜没遗传。"

邓展能："切。"

秦钦说："它看着挺健康的。"

邓展能说："你觉得它看着健康那是因为你还不了解狗，如果你养过狗，你就会看出来它其实并不健康。"

邓展能盘腿坐下，随手从床上捞了个垫子，示意秦钦坐上去。

邓展能说："它得了胰岛瘤，这种病发现就基本是晚期了，虽然做过手术，但是也只能维持了。"

秦钦没说话，但手也没离开过狗狗的身体，她有点儿舍不得，她在想它半年前和自己在一起的样子，都快想不起来了，现在摸着它的皮毛，也还是陌生的手感，她与这狗没什么缘分，她突然觉得她与这个世界都没什么缘分，她今晚连睡哪儿都不知道。

想到这儿她又有点儿开心，幸好这狗没跟她。

她抬头问："它的孩子都去哪儿了？"

邓展能说："都给别人当大宝贝儿呢，放心。"

"不会吃奶那个？"

"那个也挺好，我姑姑在养，嘴壮着呢。"

秦钦低眉看着狗，问："它知道吗？"

邓展能"噗嗤"笑了，说："知不知道的，你问它，问我干吗？"

秦钦抬眼，发现邓展能虽然有点儿黑，但看起来很干净，打扮得也很利落，头发短而整齐，每一根都得到精心地修剪，没有任何漏网之鱼，因为头发短，他的头型也可以看得一清二楚，额头饱满不张扬，后脑勺圆润且漂亮，她觉得他妈妈一定很细心，让自己的儿子睡出了这么漂亮的脑壳，还有发际线，如那些著名的海岸线般迷人，甚至还有一个不明显却也无法忽视的美人尖，这样的脑袋，真让人忍不住想伸手摸一摸。

就这么看了一会儿，邓展能问："干吗看我？"

秦钦说："我发现你有美人尖儿。"然后又撩起自己的头发帘说，"我也有，你看。"

邓展能看了看，很认真地说："我这个确实是美人尖，但你那个不是，你那个是 M 型脱发。"

秦钦想起了赔偿评估还没有下来，于是忍了忍，继续低下头去撸狗，邓展能也不说话了，他坐在地上，靠在床沿上，手臂自然地交叉着搁在双膝上，看着秦钦撸狗，房间里没了声音，没人把控气氛，气氛便使坏一般往奇怪的方向走去。

秦钦没话找话："你这房间隔音挺好的嘛。"

邓展能："嗯。"

然后，又没声音了，气氛走得更远了。

秦钦站起来说："那我走了，不耽误你休息了。"

邓展能也站起来，说："你去哪儿？"

秦钦心想，我去哪儿也不能赖这儿不走啊，随口说："我去网吧。"

邓展能说："你怎么总跟个未成年叛逆少女似的。"

秦钦问："什么叫总？"

邓展能说："又抽烟，又包宿。"

秦钦说："因为我当未成年少女的时候太乖了，这些都没干过，现在非常后悔。"

其实她是想省钱，毕竟保险公司的估值还没下来。

秦钦拿起包儿，最后又看了一眼趴在地上的金毛，说："行了，我走了。"

邓展能点点头，还说："楼下就有一个网吧，环境还挺好的，大概100多块钱就能包一宿。"

秦钦有点儿意外，问："现在网吧都这么贵吗？"

邓展能走到门口说："我不说了嘛，环境还不错。"

邓展能给秦钦开门，秦钦走出来，邓展能跟着也出来了。

秦钦说："你不用这么客气送我，你回去休息吧。"

邓展能说："我不是要送你，我不住这里，我住隔壁。"

秦钦问："那这是谁的房子？"

邓展能说："我家人的。"

秦钦问："怎么这么晚了都没回来？"

邓展能有点儿惊讶，问："你不都看到了？"

秦钦问："哪儿呢哪儿呢？"

邓展能说："哦，对，你就有一个没看见，户主，是个小祖宗，它住主卧来着。"

秦钦看着他想了半天，这才想过味儿来，惊讶道："你的宠物自己有房啊！"

邓展能说："我不能和它们睡，它们被丢给我是有原因的，都不是省油的灯。"

秦钦说："谁说的，累极了都一样，我就能。"

她话说完才想到：是啊！我就能睡啊！

于是直勾勾地看着邓展能开锁，门打开了，还看呢。

邓展能转头问："你怎么还不走？"

秦钦盯着他看，想用眼睛把话说清楚，无奈她近视眼，这话必然说不清。

邓展能看了半天，面无表情，秦钦忍不住带着疲惫的笑容问："小邓，你的那些家人，只有家没有人，不会寂寞吗？"

邓展能看着秦钦，仍然面无表情，说："你又来了。"

秦钦问："什么又来了？"

邓展能说："你说话绕弯子，我不喜欢。"

秦钦瞪大眼睛掐住腰，说："行！你又直又白！"

邓展能说："对，我就这样，你也可以对我直白一点。"

秦钦不屑地冷笑："你知道我多大岁数吗？我像你一样直白，那我得多不好意思啊我！"

邓展能伸手按亮电梯，电梯很快开门。

"那再见。"邓展能面无表情地伸出手臂指了指电梯。

秦钦立马箍住邓展能的手臂，拦住他说："我直白！"

邓展能看着秦钦，问："你想直白什么？"

秦钦说："我想住。"

"住什么？"

"我今晚想住你这个房子，行不行？"

"……"

"行不行？"

她的目光中透露着浓浓的诚恳与迫切，祈求与哀伤，在这短短的几十秒中，不停地向邓展能展开猛攻。

邓展能的表情渐渐有了点儿变化，他看着秦钦，然后对她缓缓地说出四个字："不能白住。"

秦钦立马回答："你说吧，多少钱？"

说完见邓展能没反应，于是马上又补充："五十块？行不行？"

邓展能忍不住说："五十块你就想睡我这一屋子小宝贝儿？"

秦钦说："那、那、那它们不也睡我了吗？"

邓展能又忍不住笑，他嘴角翘起来的时候，有一个浅浅的弧度，有点儿好看。

邓展能问:"你不反悔?"

秦钦说:"我还怕你反悔呢。"

邓展能点点头,说:"告诉我你的手机号码。"

秦钦乖乖地报出号码,邓展能拿出手机记录,然后又说:"把身份证给我看一下。"

秦钦又乖乖地找出身份证给邓展能,邓展能正反面看了看,然后拿出手机拍了一张照片,又还给秦钦,说:"那好。"

邓展能向秦钦勾了勾手,秦钦低头凑了过去。

邓展能小声说:"我有个毛病。"

秦钦抬头问:"你还有什么毛病?"

邓展能皱眉,问:"'还'是什么意思?"

秦钦说:"不好意思,你接着说。"

邓展能说:"我有个毛病。"

秦钦专注地看着邓展能的眼睛,用力点头。

邓展能说:"你知道为什么我会和宠物们分房睡吗?"

秦钦:"不知道。"

邓展能说:"因为我睡觉的时候,喜欢裸睡。"

他站在那里,双手随意地插在运动裤的裤兜里,背微微有点儿驼,秦钦刚才还看着他的眼睛,现在不看了,眼神走着走着就到了他的胸,那是秦钦刚好平视的位置,她想他裸睡得有多裸,内裤穿不穿?

邓展能看出她有点儿走神儿,就问:"你想什么呢?"

秦钦说:"我想你跟我说这个干什么?"

邓展能说:"我是想说,我不喜欢粘着不属于自己的毛发睡觉,一根,都不行。"

秦钦想,连一根毛都不行,那内裤那么大面积的一块儿布就更不行了……

"所以呢?"

邓展能说:"所以我一般回家都是先去宠物那里看看,遛遛狗,撸撸猫,看看书,打打游戏,等一切收拾妥当,我就会……"

邓展能盯着秦钦,然后音量突然放低,音调拖长,秦钦不由自主地凑近脑袋,以便能够听清。

"我就会……把所有的衣服都留在宠物的房间里,等明天阿姨来了帮我清理。"

秦钦一开始没反应过来,看着邓展能,看了一会儿,突然就明白他是什么意思了,于是恍然大悟,惊讶地缩起脖子张大嘴,盯着邓展能充满笑意却格外明亮的双眼。

愣了很久,都没缓过来。

秦钦问:"你不怕被别人看见?"

邓展能说:"这一层的两间都是我的。"

秦钦又问:"冷吗……"

邓展能说:"好凉快。"

秦钦说:"好变态……"

邓展能说:"今天,你要住这里,你说我,怎么办?"

秦钦想了想,说:"我可以闭上眼睛,或者躲起来。"

邓展能说:"你这样,我就好像进了一个不分男女厕所的饭店一样。"

秦钦问:"那你想怎么样?"

邓展能说:"你来给我粘毛,而且要干净,不干净,不让住。"

秦钦想了想,说:"行。"

粘毛器是滚筒式的,需要一张一张的往下撕,去宠物的房间弄会继续粘到毛,去邓展能的房间又会把毛带进去,于是两人就在走廊里粘。

当秦钦注视着邓展能的衣领并举起粘毛器的时候,邓展能微微扬起了头,说:"谢谢。"

秦钦本来觉得有点儿怪,两个人现在离得挺近,这并不是一个让人感到舒适的距离,但如果退到舒适距离区去,她又看不清那些细微的毛。她拿着粘毛器在他身上来来回回地磨蹭,倒像是一种变相的抚摸,尤其是到了裤子的部分,她蹲下来,抬头看看被她变相抚摸的这个人,竟然还在坦然地玩手机,于是她加重了力道,变得粗暴起来,一下一下地使力,抚摸变成殴打。

邓展能有点儿站不住了,因为秦钦一直在用粘毛器猛攻他的大腿内侧,他看见她脑顶上的旋涡,发现她的头皮倒是挺白,一般的头皮都是青白色的,她是他见过拥有最白头皮的人。

这时候电梯门开门,穿黄色冲锋衣的大哥拎着塑料袋出现在轿厢里。

秦钦正在专注于邓展能的大腿内侧,这一开门让秦钦十分尴尬。

她忍不住抬头问:"你不说这层就你一个人住吗?"

邓展能说:"是啊,这是我叫的外卖。"

邓展能接过大哥手里的塑料袋并道谢,外卖大哥临走的时候还不忘补上一句:"哎呀,挺会玩儿啊你俩。"

秦钦觉得自己的腿有点儿蹲麻了。

邓展能问:"你好了吗?"

秦钦说:"我已经滚过一遍了,你看看你还满意吗?"

邓展能说:"行,可以了,就是下次可以温柔一点儿,温柔你懂吧?"

秦钦蹲在地上,很想说,不懂。

但是她看见邓展能正在掏钥匙,就忍住了。

邓展能把钥匙递给秦钦,问:"你怎么不站起来?"

秦钦说:"站不起来了,得缓缓,你先进去吧。"

邓展能说:"你腿麻了?"

秦钦说:"麻了。"

邓展能问:"要我扶你进去吗?"

秦钦连忙说:"不用,一会儿就好了。"

邓展能还挺热情,说:"没事儿,你也挺累了,别蹲在这儿,进去休息吧。"

秦钦有点儿感激这个青年,见他弯下腰,她刚想再次客气一下,就听见邓展能说:"呀,你衣服上也粘了好多毛。"

秦钦想,可不是嘛,谁进去谁不粘啊。

邓展能又直起身说:"如果我扶你,你刚才就白帮我粘了,算了,你还是自己爬回去吧,再见。"

说完拿走粘毛器转身进了屋。

秦钦就真的爬了回去。

一进屋,一屋子猫猫狗狗都看着她,每一个都好像带着你怎么又回来了的眼神,秦钦坐在沙发上,没和任何一只互动,也没有任何一只和她互动,秦钦也无心去观察它们之间有没有互动,她就像孤儿院新来的那位小朋友,被观察,被孤立,自己也和自己生着"生人免近"的闷气。

10

天无绝人之路

第二天秦钦带着一身的毛被同事们一路嫌弃坐到了办公桌前,她刚把包儿塞到自己的脚底下,张哥就拿着茶杯走过来问:"你穿的啥?新买的毛皮大衣吗?"

秦钦抬头问:"好看不?"

张哥翻了个白眼,说:"小姑娘家的,你可收拾收拾自己吧!"

秦钦听完还挺高兴,站起来问张哥:"张哥,我是不还小?"

张哥没搭理她,低头去吹杯子里新泡的茶水,然后小口抿了一下,抿完又吐出来,说:"呸!一嘴毛!"

两人不欢而散。

散了五秒张哥又回来了,凑过来问秦钦:"知道今天来新领导吧?"

秦钦说:"我知道啊,要不我能这么早看见您老人家吗。"

张哥说:"知道你还不收拾收拾,你看人家罗齐丽丽,化一早晨妆了,你看人家这准备多充分。"

秦钦说:"我也挺充分的,我来的路上一直在准备自我介绍。"

张哥说:"自我介绍有什么用啊,你看人家,知道是来了个中年男领导,人家投其所好,人家小嘴抹通红,人家小脸儿抹煞白……"

秦钦忍不住问:"咱们新领导好这口儿?"

张哥很严肃地说:"所有中年男人都好这口……"

秦钦看着张哥眼中透露的严肃,眼中渐渐有了掩盖不住而实际上也并没有想掩盖住的惊讶，张哥是摄影记者，秦钦刚来报社还当记者的时候就跟着张哥，眼见着张哥这么多年肚子越来越大，头顶越来越秃，而摄影技术却毫无长进，两人都是近视眼，又有多年配合出的默契，互相用眼神说两句话简直毫无障碍。

张哥说："是的……我也是这样……"

秦钦叹了口气，说："张哥，怪不得这么多年你的摄影技术毫无长进……"

张哥也叹了口气，说："秦钦，怪不得这么多年你这个人毫无长进……"

张哥的眼底有无限的惋惜，惋惜到他忘了刚才发生的一切又低头喝了一口茶水，喝完又想起来了刚才吐过，于是又吐了。

秦钦觉得张哥有点儿可怜，她笑着安慰张哥说："没事儿张哥，男领导对女员工一向宽容。"

张哥说："那前提你也得是个女的啊！你是吗？你看人家罗齐丽丽才是呢。"

说完俩人都被主编叫去开会了。

会议室不大，人也不多，报社这几年没忙过什么大事儿，净忙着裁员了，主动的被动的乌泱乌泱走了近三分之二的人，留下的都各有各的理由，比如张哥，是老油条了，从这家报社成立开始就一直在这儿工作，当年也是一头猛虎，近几年老婆事业如日中天，和别人合伙开的培训机构越做越强，张哥退居二线，安心在家相妇教子，每个月总有那么几天的时间还可以请假给老婆贴身呵护，在这里领领五险一金，泡泡菊花枸杞，拍拍社区活动照片，他就觉得挺好。比如罗齐丽丽，本名叫罗齐丽，非说自己当年上户口本的时候工作人员操作失误少打了个丽字，大学学的是播音主持，每天吵着要参加女团，但是唱歌真的跑调，跳舞还可以，来报社是因为她爸是某房地产广告部负责人，目的是找个好对象，理想是在报社生完孩子拿到生育险之后当家庭妇女。比如自己，自己这样的才是报社里真正干活儿的,不过真正干活儿的不如能拉广告的,自己也知道,主编不撵自己走的最大原因是他认为自己是研究生毕业,认识的生僻字比较多,他一有不认识的保证喊小秦,其实哪能认识那么多生僻字啊,不过是知道在输入法上先输入个U,主编快六十岁了不懂也不愿意懂电脑操作而已。

坐在会议室里,秦钦突然觉得很悲观,也不说不清悲在哪里,直到有人打了个响亮的喷嚏,秦钦才反应过来是新领导进来了。

"不好意思啊。"新领导为刚才的"见面喷"道歉,迎来了同志们集体的掌声。

新领导叫胡兵,又高又瘦,戴眼镜,穿西服,看起来挺中年,但并不怎么油腻,秦钦还挺高兴,觉得这人看起来挺实干的,应该也能喜欢实干的人。

"就先从你开始吧。"

胡总让自我介绍,也不知道为什么就直接对着罗齐丽丽,眼神温柔,还面带微笑,不知道是因为她的小嘴儿抹通红,还是小脸儿抹煞白。

罗齐丽丽当然说的比做的好多了,毕竟播音主持不是白学的,张哥坐在对面,用眼神对秦钦说:"你看我说啥来着。"

这时候又一个响亮的喷嚏,紧接着一连串喷嚏,声大的,声小的,紧挨着的,带口水的,像在放爆竹,且一个人打出了一个春节的气势。

在场的各位都惊呆了,不约而同地想,这位新官儿来得妙,自带开门炮。

早就有人向领导递上了纸巾,好不容易停下来了,胡总鼻涕一把眼泪一把地问:"咱们报社有宠物吗?"

主编连忙答:"没有啊!"

胡总又问:"那有谁家里养宠物吗?我毛发过敏。"

大家都不约而同地将目光投向秦钦,秦钦一时没反应过来,下意识地说了一句:"我不养宠物啊!"

胡总这时候才注意到秦钦，说："行啦，隔这么远我都看见你身上的毛了。"

秦钦这才想起来，赶紧站起来道歉。

胡总马上说："要不这位同事你先出去吧，不然我没法接着讲啊！会议精神一会儿主编给传达一下就行了！"

会议室异常安静，秦钦愣在那里。

这时候主编小声说："小秦，还愣着干吗，快走啊，一会儿胡总说什么了，我让老张告诉你。"

张哥也用眼神示意秦钦，先出去。

秦钦这才反应过来，点了点头，在大家的注视和胡总新一轮的喷嚏中独自一人走出了会议室。

出来以后，看着空无一人的办公区，有点儿不知所措，秦钦没想到，自己第一次见到新领导，就被他当着所有人的面赶了出去，会议室里传来同事们继续做自我介绍的声音，陆陆续续地传到自己的耳朵里，听不太清内容，但感觉状态都挺好。

可胡总的声音是异常洪亮的，就和他的喷嚏一样，也许是有点儿激动，秦钦隐约听到胡总说："刚才有人跟我说，同事们好久都没吃梅菜扣肉了，让我和食堂说一声，做顿梅菜扣肉吧，我想说，还惦记梅菜扣肉呢？都快揭不开锅了……"

然后秦钦清晰地听到了胡总的三声咆哮："广告！广告！广告！"

散会，张哥走过来说："别的我也不废话了，整个会议精神和新领导的神经都落在两个字上……"

秦钦说："广告广告广告……"

张哥说："哎，你听到了？"

秦钦说："我还听到了梅菜扣肉。"

张哥问："还有呢？"

秦钦说："吃不到了。"

张哥说："事就是，启动全社拉广告计划，胡总说，先从市内的优秀企业拉起，每个人都有分配，你是优尔集团。"

秦钦乐了："优尔集团可比咱报纸好卖太多了，我现在120斤的肉和1米65的身高有四分之一都是他们供养的，咱应该找人家打广告去。"

张哥说："是啊，所以这是全社人挑剩下的，你当时不是出去了嘛。"

秦钦忍不住说："我们报社的人也太草率了吧！"

张哥说："这有什么的，大家都是趋利避害，留在这儿的要么就是家里不差钱，要么就是能为报社弄到钱。"

秦钦问："那你去哪儿拉广告？"

张哥说："我当然是让我媳妇儿帮我搞定了。"

张哥说这话的时候，表情就像个小媳妇儿。

果然，这两种情况还常常发生在一个人身上，真是好气！

张哥说："哦对了，领导说了，拉来了有奖励，拉不来就开除。"

秦钦觉得，那个熟悉的、隐晦的、令人烦躁的、如同大姨妈一般却比大姨妈频繁许多的东西又来磋磨她的命运了，她已经三十岁了，没房没存款没对象没孩子，现在又要没工作，报业江河日下，换行业又怕来不及，她想要稳稳当当，奈何稳稳和当当合起伙来不要她。

张哥看着秦钦说："你放心，妹妹，梅菜扣肉哥还是会请你吃的。"

秦钦有点儿耍脾气说："我现在差一顿梅菜扣肉吗？！我现在差的是梅菜扣肉自由！

张哥说："你别这样，你看主编快六十岁的人了，不还是要拉广告。"

秦钦问："他去哪儿拉广告啊？"

张哥说："去众泽集团。"

秦钦一动都没有动，报社就是众泽集团下面的子公司，主编去众泽拉广告，就好像儿子对爸爸说：

"爸爸，给我十块钱儿零花！"

她之前从来没有想过，但是现在她突然想到跳槽，可是跳到哪里去呢，哪里就比这里的工作更容易呢？哪里都是一样的难，自己从研究生毕业开始在这里工作，在这里习惯了，那些困难的工作做惯了也会变得相对简单些，去别的行业做新人怎么都是从头再来，人家说万事开头难，那么从头做起是不是会难上加难？

想到这儿又放弃了这个念头，拉拉广告好像也是可以的。

张哥走后，秦钦又被主编叫过去，让她回家换件衣服，秦钦本来挺高兴，平时向主编请假非常不容易，这次竟然还是他老人家主动给假，正好她可以回家继续收拾东西，刚想收拾收拾走人，没想到罗齐丽丽突然站起来叫秦钦：

"秦姐，我这有粘毛器！"

你有粘毛器你不早说，或者晚一点说，早不说晚不说偏偏这个时候说，到底是故意的还是故意的？

主编乐呵呵地说："粘毛器好啊！丽丽就是体贴！"

罗齐丽丽也对主编笑呵呵的，好像两只相熟的笑面虎在菜市场上打了个照面，秦钦不情不愿地走过去拿粘毛器，罗齐丽丽单腿跪在椅子上，皮质旋转椅的椅背挡住了她全部的身体，只留下个冲着主编笑呵呵的小脑袋和伸得老长的手臂，粘毛器就悬在她的手指上。

秦钦道谢，独自在角落里粘毛，她想起邓展能，想她昨晚给他粘毛的样子，想着想着，她想到了一个和邓展能毫无关系的好主意。

她走到主编那里，向主编讲明她必须要回家换衣服的原因，因为粘毛器粘不到后背，后背也有毛，不处理掉胡总依然会打喷嚏，然而刚才来上班这一路孟姐、吴姐、姜姐、小张、小王、小李、小罗都表示过对她这一身毛的嫌弃，自己也不好意思麻烦她们，又不能让男同事帮忙，毕竟还是个未出嫁的大闺女……

主编笑呵呵地打断她说："你可以走了，如果你以后想出去，和我说一声就行，不用说那么多。"

秦钦第一次觉得主编存量不多又许久未洗的卷发有一种诗一般的造

型感，总之就是，分外好看。

走之前，秦钦屁颠儿屁颠儿地跑过去和张哥小声说："张哥，我今天请假，皮卡路竟然啥都没说就同意了！"

皮卡路这个外号是张哥叫响的，当年报社效益还不错的时候经常组织大家聚餐，有一次大家酒足饭饱后坐一起聊天，大家带着表扬的氛围一人一句暗示主编邋遢，说主编太辛苦了，为了工作吃睡都在报社，有时候忙到没有时间洗脸，衣服自然也来不及换，身上散发着一股优秀新闻工作者的热忱之味，让人动容什么什么的，张哥那天喝醉了，本来他靠在椅背上昏昏欲睡，不知道为什么突然十分不服气地来了一句："谁说咱主编邋遢了？！人家明明活得很精致！头发都没多少了还知道烫个皮卡路呢！"

在场的所有人都愣住了，主编也有点儿醉了，但笑面虎的本质依旧坚挺，他笑呵呵地说："小张，我哪有时间像你们年轻人一样烫头啊！"

张哥也不知道是反应过来自己说错话了在装醉还是真的醉得很厉害，竟然低头捞起一个未开封的酒瓶子，用牙把盖子启开，然后站起来说："那主编这就是天然皮卡路！这就是天生丽质难自弃！牛啊！"

没等大家有反应，又举起酒瓶说："来！让我们大家为了主编的天生丽质，干杯！"

说完自己又咕嘟咕嘟地灌掉一瓶，见底儿后张哥就彻底不省人事了。后来他又躺了两天才来上班，上班后对当天发生的事情一问三不知，不过装傻也没有用，主编从此变成了人人口中的皮卡路。

现在的张哥早已不复当年的勇猛，他冷静地看着秦钦说："废话，领导让大家去拉广告，当然可以随便拎包儿就走了。"

"啊！"秦钦恍然大悟。

"你呀，"张哥叹了一口气，"就是太乖了。"

太乖是好话吗？也得分年龄段，小时候就是好话，长大了就是坏话，30岁还收到这一句简直就是奇耻大辱，可是小时候一直学乖长大改不过来了又是谁的锅？

想来想去，只能怪自己没有利用好自己的青春期，青春啊，一去不复返，真是少壮不叛逆，老大被人欺。

还有没有挽救的机会？秦钦站在报社的大门口思考这个问题，想来想去，觉得现在唯一可以挽救的机会大概就是拉到优尔的广告了。

于是她向出租车招了招手，决定体面而倔强地杀去优尔集团，刚挥了两下就看见同路线的公交车飞驰而过，于是下意识地放下手臂拔腿就去追公交了。

11

是可忍孰不可忍

到了优尔集团,向前台亮出了报社的工作证,表示自己想要采访公司总裁方先生,前台的小姐也比较淡定,估计这种事情也见得多了,她说:"你是来参加今天的新品发布会的吧,记者都在体验馆呢。"

秦钦问:"方先生也在吗?"

前台小姐说:"他今天不在,但是小方总在。"

秦钦想,小方总,那应该也是说话算数的人吧,毕竟都姓方嘛。

"请问体验馆在哪儿啊?"

"就在前面左转。"

"谢谢。"

一进体验馆,秦钦很惊讶,体验馆竟然空无一人,不是有新品发布会吗?

秦钦左右看了看,走了走,体验馆就像个高端超市一样,主色是白色,空调也凉爽,只不过展示的产品都是优尔集团的产品,各种面包、蛋糕、雪糕,大部分秦钦都吃过,有些只见过没吃过,有些连见都没见过,不知道是不是前台小姐口中的新品。

秦钦拿出手机拍照,拍了两张,突然有个年轻的小伙儿走进来,胸前挂着工作证,手里拿着两支已经拆封的雪糕,急匆匆的样子,他走到秦钦面前,打断她说:

"不好意思,您能帮我拿一下吗,我一会儿就回来。"

秦钦还没怎么反应过来，但双手已经下意识地伸出去了，小伙子赶紧递给她，秦钦一手捏着一支雪糕棍儿，问："请问您是……"

"千万别走啊！我马上回来，一会儿再说！"没等秦钦说完，小伙儿撂下这一句就跑了，像撤完舞台道具的场务在灯光亮起来之前赶紧离场一般。

秦钦一手举着一支雪糕，刚才一着急，手机放在货架上，有微信却不能看，因为手里的两支雪糕都已经拆封，放不下，她站在这空无一人但却满是美食的地方，像一个稻草人，气氛诡异。

拿了一会儿，还不见小伙子进来，秦钦有点儿不耐烦，她往门口走了走，门口也空无一人，也没有人从这里经过，秦钦想了想，觉得小伙子可能因为什么事情耽误了，一会儿应该就会回来，又走了回去。

走回去又待了一会儿，秦钦觉得空调的温度好像变高了，体验馆变得越来越闷热，雪糕开始融化，一滴两滴，落在秦钦手上，秦钦更不舒服了，觉得小伙子有点儿说话不算数，是不是把她给忘了，不如就扔掉走人好了，可是万一人家一会儿就回来了呢，自己要来拉广告，得罪了内部员工也不好，搞不好以后需要打交道，或者兴许还能通过那个小伙子引荐一下。想着想着，雪糕化得更快了，好像一个性急的病人调快了输液器，滴速明显加快，她只用食指和拇指捏着雪糕棍儿，其他手指都在尽量躲，可还是躲不过冰冰凉凉的黏黏液体。

体验馆更热了，这让秦钦对雪糕滴下来的液体有了微妙的改观，这不是麻烦而是盟友，秦钦看着手上的雪糕液体，低头舔了一口。

好吃。

无论是口感还是味道。

反正就是，好吃，好好吃。

秦钦又抬头看了看，还是没人来，反正雪糕化了浪费，这么好吃，不如吃掉，但是雪糕已经化得差不多了，两只手都被占着，又不能及时擦嘴，所以吃相非常难看，简直是要多难看有多难看，秦钦也有点儿着急，想赶紧吃完腾出一只手擦嘴，虽然现在体验馆里没有人，但是万一一会儿小伙子回来了呢。

就在她想着保不齐一会儿就会来人的时候，突然从四面八方涌出来好多人！

他们从货架下，展板后，冰柜里出来，带着大大小小的拍摄、收声设备以及严肃而专业的神情，秦钦的脑子彻底停转了，根本来不及思考自己是不是穿越了或者他们都是外星人这一类充满可能性的事件，她惊呆了，带着满手满脸满身满地的雪糕液体惊呆了。

咔嚓，有人拿单反照着她的脸就是一下子。

有个短头发的女人和一个穿着打扮非常精致的卷发帅哥从一个小房间走出来，时不时地还向她看过来，短发女人一脸强干，卷发帅哥一脸精明。

聊了一会儿，卷发帅哥就撤了，短发女人走了过来，还带着个垃圾桶。

她走到秦钦面前，却先转头和刚才拍照的青年说了些什么，拍照青年很确认地点点头，她才对秦钦说："小姐你好，把雪糕扔了吧。"

秦钦就下意识地扔了，像刚才下意识地拿起雪糕一样。她从衣兜里拿出湿巾递给秦钦，说："快擦擦。"

秦钦接过湿巾就擦，然后短发女人把秦钦拉到一个角落，说："不好意思，没事先告知你我们在拍你，但是我们也不知道你能这么闯进来，我们本来是要放演员进来的。"

秦钦这才缓过来问上一句："这是什么意思？"

短发女人说："你知道街头整蛊这种节目吗？我是这个活动的策划，我们本来是要拍一个这样的视频投放到短视频平台和电视台上面为新产品造势，就你刚才吃的雪糕，好吃吧。"

女策划笑了笑。

秦钦呆呆地说："啊，好吃。"

女策划也点点头，接着说："其实演员演也是你刚才的那些表现，但肯定没有你自然，你表现得非常有看点。"

秦钦不明白这是不是在夸她，她刚刚明明狼狈至极，这么狼狈也算表现好？

女策划说："所以我们想用你的这段视频。"

秦钦连忙说："不不不，不行，我刚才太丑了，别人看到会笑话死我的，真的不行。"

女策划说："不只是你，还有一些别的人，到时候大家的视频会剪辑到一起，很多人的，都很狼狈，观众也不一定就特别注意到你。"

秦钦又摆手又摇头，说："不行不行，别人我不管，我肯定不行，这太丢人了。"

女策划说："你刚才不是也说好吃吗，我们也可以送你一箱优尔食品的大礼包，这都是可以商量的。"

秦钦想了想说："那也不行，不好意思算了吧，我真的不能这样。"

女策划盯着秦钦，凑近一步说："我们可以给你1000块钱。"

这回秦钦不说话了。

女策划看出了转机，又凑近一步说："别的演员都是700，你比她们多300元，你别和他们说。"

秦钦又没说话。

女策划等了等又问："怎么样，今天平白无故就赚了1000块钱。"

秦钦这才抬起头，小声说："那……那还有大礼包吗？"

女策划说："当然。"

然后赶紧转头喊过来一个带着工作证的小弟，小弟跑来跑去，最后拿着几页纸和一个信封过来。

女策划说："这是我们使用你肖像权的合同，你看看没问题就签字吧。"

秦钦接过来，刚看了两眼，女策划就递上信封，说："这个你也数一数，一共1000块钱。"

秦钦签了字，拿了钱，临走还带上了大礼包。

今天有大礼包不方便，改天再过来谈也好。她扛着大礼包的样子有些狼狈，路过前台小姐时有些不好意思，秦钦这时候才开始后悔，就这个脸皮，还卖给人家使用呢，质量根本不过关，轻轻一蹭就没了。

一路把大礼包扛回家，秦钦心里挺高兴，倒霉了这么久，自己的运势终于抬了点儿头了，好吃的总得分享，秦钦给秦科打了个电话，占线，她想秦科不是手机丢了就是已经出来了，在派出所怎么可能丢手机，那就是出来了，出来了就有人找，挺好，充实。

秦钦继续收拾东西，心情还挺愉快，收拾收拾，一张厚厚的红色请帖从书中间掉出来，她都忘记了这张请帖，也记不得自己为什么没有扔掉它，她把请帖捡起来，打开，发现一笔一画都是徐来手写上去的，她认识他的字，字偏小，又圆滚滚的，有点儿可爱，碰上去还有点儿沙沙的响动，为什么会沙沙作响呢？

秦钦捏了捏，怀疑请帖中间有个夹层，她把有徐来字迹的那一页小心翼翼地撕开，里面竟然夹着一张信纸，信纸像是曾经被水泡过，看起来皱皱巴巴，她第一个反应就是可能是唐静给她的道歉信，她不好意思直接说，所以写了封信，写信的时候一定是哭了，眼泪还没少流，不然信纸也不会皱成这样，这么一想就全对上了，觉得就是这样了，于是秦钦的手上也冒出了浅浅的汗，背也挺直了，心情也复杂了，展信的动作也因为迟缓而捎带上了些许的仪式感，当秦钦把信纸打开一看，上面清清楚楚地写着三个大字：

诅……

诅咒信？

秦钦的大脑一片空白，它此刻不配有内容，因为它，简直太自以为是了！

秦钦一屁股坐在地上，突然就笑出声来，她精挑细选的好朋友，青春岁月里都是对方名字的那个人，真是从来没有让她失望，不仅没让她失望，简直精彩，此处若是没有掌声，都对不起唐静对她的这份深沉的爱。她终于明白她的生活到底出了什么问题了，除非长了翅膀，不然她那1000多条锦鲤大军再能蹦跶也跳不过这封如同监狱高墙一般屹立在命运中的诅咒信，她决定以后再也不转发幸运锦鲤了，她下次要转发幸运小飞侠。

笑着笑着，她就开始掉眼泪，她知道这次是彻底完蛋了，连着那些青春的记忆，都完蛋了，以后她将绝口不提，就好像和唐静做好朋友的那一段时间她没有在这地球上活过一天，谁和她提她都将不会承认，甚至恼羞成怒，那么一大段茂盛而活泼的珍贵时光，她打算全部都打包扔掉，像垃圾那样。

唐静抢他未婚夫她可以忍，唐静把自己的狗遗弃给她她也忍了，但事不过三，诅咒信这件事她绝不能忍！

等她实在憋不住尿从地上站起来的时候，天已经快黑了，泪已经快干了，腿已经麻得快坏死了，她冷静地将信纸重新折叠好，决定要报复唐静。

她把信纸重新装进请帖里，继续收拾东西，收拾东西的时候，那些大学时一直保留到现在的衣物、书本和各种各样零碎的东西全部拎出来扔进垃圾袋，边扔边掉泪，边掉泪边扔，但是动作毫不犹豫，心里甚至生出一份畅快来。

等东西都收拾的差不多了，搬以及搬到哪儿是个问题，于是她又想起了她的弟弟，给秦科打电话，又占线，秦钦觉得，弟弟这个东西，本来应该是个没事儿离我远点儿，有事儿随叫随到的小可爱，可惜自己的弟弟，是个没事儿给你找事儿，有事儿直接没影儿的小混球，瞅瞅，上哪儿说理去？

但是搬家这些都不重要，现在最重要的是报仇。

正在被熊熊的仇恨火焰焚身的时候，秦钦的电话响了，是保险公司。仇恨的烈火瞬间被来自金钱的支配感扑灭，秦钦忐忑不安地接起电话。

保险公司告诉她，定损已经出来了，维修大概需要20多万，对方修完车把费用单据给你，我们给你全额报销，秦钦心里的一颗大石头落了地，于是仇恨的烈火又瞬间重新燃了起来。

手续这些都不重要，现在最重要的是报仇。

但如何复仇？

她从小到大一直乖得要命，连吵架都没有过，真遇到那种麻烦难缠的人，也只是避而远之，更别提报仇了，她又想起今天她在离开报社之前张哥说的那句"就是太乖了"，心里竟然升腾出一份恨意，恨自己怎么这么乖！乖有什么用？还不是被自己最亲近的人抢走男人又偷塞诅咒信！这就是乖宝宝的下场吗！想着想着又觉得气，为什么自己的妈妈明明身怀绝技却不知道传授给自己两招？为什么要这样对待亲生女儿？日后女儿在这个残酷的社会要怎么生活！

恨自己，恨妈妈，恨闺蜜，恨前男友，四恨加一起，秦钦在这个黑暗的小屋子里被气得呼呼直喘，她实在受不了了，不做点儿叛逆的事儿是无法缓解她这一腔愤恨的热血了，于是，她决定今晚要大胆地放纵一下，去网吧包宿儿。

她上学的时候去过网吧，但是包宿还是第一次，秦钦专门去找了一家学校附近的网吧，看起来还干净的，她进去的时候网吧里还没什么人，不一会儿，陆陆续续地来了不少半大的孩子，一对儿一对儿，一群一群，轻车熟路的样子。

12

论成为复仇天使第一步要干什么

秦钦本来挑了一个处在角落的好位置,把电脑打开,还不知道要干什么的时候,旁边来了一对穿校服的小情侣,女孩儿坐在她身边,也不说话,也不开电脑,就那么看着秦钦,用她那纯真无邪、稚嫩青春的眼神,眼中的内容,秦钦一看就明白了,她站了起来,小姑娘露出了漂亮的笑容,也没说谢谢,但笑容足够动人。

秦钦想,年轻真好,看上一眼就能给人洗脑,自己这个孤身老阿姨怎么能霸占角落这样滋生美好爱情的位置呢,这个时候让座堪比献爱心。

可是坐在显眼的位置时,秦钦又觉得不对劲儿,凭什么是她让开呢,明明是她先来的,这不是不平等吗,然后她就又想到那四恨,觉得自己不应该再这样软弱,她要改变,要复仇。

她在搜索引擎中输入复仇两个字,结果蹦出来一堆电视剧的名字,《回家的诱惑》《妻子的复仇》《贤者之爱》什么的,她心中叫好,复仇,先从看复仇题材电视剧开始。

秦钦学习得很认真,已经接连看了几部电视剧,每一部都看两集,她发现这些复仇女主的形象到了后来都有些共同点,都是笑中带魅,魅中带恨,说起话来冰冰冷冷的,也不正眼看人,还爱穿紧身衣。看到紧身衣,秦钦的思想就有点儿开小差,她想,她们这么瘦,吃不吃炸地瓜条?

想到地瓜条,秦钦就再也受不了了,复仇是用力的事儿,忍饥挨饿不利于复仇,于是去网吧门口的小摊位买炸地瓜条。不过到底是看得久了,进入情境,和炸地瓜条摊儿的老板说话都有点儿冰冰冷冷的,带着女杀手的霸气。

"师傅,请给我来一份炸地瓜条,一份七三分,七分甘梅口味,三分芝士口味,谢谢。"

师傅连看都没看她一眼,简短地说了三个字:"加五块。"

秦钦马上被打回原形说:"那还是算了吧,都来甘梅的吧。"

旁边有人说:"您给她做吧,我一会儿扫码给您五块。"

秦钦刚要说不用,一抬头,竟然是邓展能。

邓展能用竹签扎了一根炸地瓜条放在嘴里,问:"在这儿干吗?"

无论是听起来,还是看起来,都非常没大没小。

秦钦心想,我要让他没大没小了,我不白学习了吗,于是冷酷地用大拇指向后指了指网吧的门口。

邓展能就笑,说:"你还真去包宿了?"

秦钦抱起手臂,挑着眉毛问:"你来这儿干吗?"

邓展能也学着秦钦的样子,用大拇指反手指了指炸地瓜条摊儿,说:"来吃,他们家的好吃,没看都排队?"

秦钦看了看邓展能的上半身和下半身,心里憋气,年轻就是好,吃这么油腻的东西竟然一点儿都不影响身材。

邓展能问:"你在打游戏吗?"

秦钦很严肃地说:"不,我在学习。"

邓展能问:"学什么?"

秦钦怕旁边排队的小姑娘小伙子听到她残酷而惊心的目的,就凑近邓展能,冷着脸说:"学习……如何成为一个复仇天使。"

邓展能显然没想到秦钦会这么说,他愣了一下,重复道:"复仇天使?"

秦钦想,看看,果然被我震慑到了吧。

下一幕,邓展能弯着腰嗤嗤地笑,笑得连地瓜条都送不进嘴了。

他抬起头看着秦钦问:"你到底要干吗?"

秦钦没好气地说:"我当然是要做我自己的事儿,你别管了!"

邓展能直起腰,突然问:"你昨天在我家睡得怎么样?"

这声音可不小,引起附近青年男女的全体侧目,秦钦很尴尬,但还不好说什么,毕竟昨晚是人家发善心收留她,大庭广众,他不给她留面子,但她不能不给他留。

秦钦小声说:"挺好的呀……"

邓展能紧接着问:"就没有什么不舒服的感觉?"

嗯?不舒服?

排队买地瓜条的青年男女露出了血气方刚的坏笑。

秦钦小声问:"什、什么不舒服?"

邓展能说:"中途没醒?"

秦钦说:"没有啊。"

邓展能问:"呼吸方面呢?"

"呼吸?"秦钦觉得邓展能有点儿莫名其妙,她回忆了一下,还真回忆出了一点儿问题,说,"就是感觉通风不太好,半夜有点儿上不来气儿的感觉,不过一会儿就好了,怎么了?"

邓展能没有立刻说话,他沉默了一会儿才说:"没什么……"

"三七分的做好了,你俩谁加钱?"

老板举着装好袋子的炸地瓜条问。

邓展能没说话,直接用手机扫了码,秦钦伸手接过炸地瓜条,说了声谢谢转头就要跑。

邓展能上前两步跟上秦钦,小声问说:"那我什么时候把修车的单据给你?"

秦钦转过头说:"你现在就可以给我。"

邓展能说:"我没带在身上,在家。"

秦钦说:"那看你方便。"

邓展能就突然大声问："今晚来我家？"

秦钦傻住了，这不是故意的是什么？眼看着排队的青年男女只多不少，边吃炸地瓜条边看戏正好，秦钦捂住自己的食品袋口，坚定不移地向网吧大门快走，边走边说："不好意思了，我包宿的钱都交完了，全款！"

邓展能更大声说："那明天你来我家。"

秦钦没回答，走得更快了。

吃完炸地瓜条接着看，看到下半夜2点多，秦钦实在挺不住了，仇恨的火焰烧得再熊熊都抵不过她困倦老旧的身体，此刻谁也恨不起来了，不睡觉会死。不过经过这一晚上的学习，秦钦找到了一个切实可行的复仇办法，她觉得《贤者之爱》里面的这个复仇办法还行，闺蜜抢了女主的老公，女主抢了闺蜜的儿子，这个方法虽然周期长，但是安全、环保、投资少。

她记得前几天看大学同学在朋友圈里发的照片，唐静的儿子满月，她们好几个同学一起去参加满月酒，她决定利用这个机会想办法实施她的复仇计划。

第二天中午秦钦才去上班，乱七八糟的杂事儿积攒了一大堆，现在是请假可以随便请，但工作还得自己做。

她刚一进门，大家都用一种很奇怪的眼神看着她，刚开始她以为别人只是在惊讶于她的熊猫眼，直到她坐下，罗齐丽丽凑过来和她说："秦姐姐，你知不知道网上都在骂你呢。"

秦钦很惊讶，问："骂我？"

罗齐丽丽说："是啊！"

秦钦问："骂我什么？"

罗齐丽丽说："骂你丑，骂你恶心，更多的是嘲笑你。"

秦钦更惊讶，问："为什么？！"

罗齐丽丽没接话，一副恨铁不成钢的样子说："你怎么能让别人把你那么丑的样子拍下来啊！真的是太丑啦！现在全网都在说你丑呢！"

秦钦的心"咯噔"一下，她好像有点儿明白是什么事儿了。

罗齐丽丽见秦钦没反应，接着说："不光是网上啦，还有电视台呀，电梯广告什么的，我今天早上从家里出门坐电梯还看到了呢，我邻居也说这女的谁啊，这也太狼狈了吧，我都没敢说是我同事。"

秦钦慢慢转动身体，打开电脑，罗齐丽丽还在一旁帮助她，说："你就搜雪糕奇葩女，就全是你了。"

秦钦看着自己在网上的样子和弹幕、评论，连呼吸都变得机械化。

自己的那段视频和几个美女吃雪糕的过程剪辑到一起，而且掐头去尾，保留了最狼狈的精华，那个女策划说的没错，果然有其他女演员，她们年轻、漂亮、身材好、吃相好，而且手中的雪糕又冰冷又坚挺，优尔集团的这个街头新品测试果然很成功，你看那个丑女吃相有多真实，那么那些美女的表现就有多真实，先丑后美，先真实后梦幻，这样的雪糕，谁不想试试。

秦钦没想到，自己只是吃了个雪糕，就被全网骂成这样。

她赶紧从手机里翻出合同看了看，如果违约，要赔4万，所以她没有办法让他们把视频撤掉。

但她真的没有想到会这样！难道这个真实的样子不可爱吗，很显然，大家的反应是不可爱，只是丑而已。

她的耳朵嗡嗡作响，好像是有人在她耳边宣读那封诅咒信的一字一句，那是秦钦看到的本质，有了诅咒信给她做保障，她的生活怎么可能有好事发生呢，即使是好事，也只是个诱惑她跳下深坑的陷阱而已，那1000块钱和大礼包只是命运给她的生活费，让她活下去而已，命运不会玩儿死她，命运只会往死玩儿她，她死了，命运玩儿谁去呢？

秦钦从来没有被这样骂过，眼泪还是没止住流了出来，罗齐丽丽惊讶道："哎呀，秦姐你哭啦？"

秦钦站起来说："没哭，就是想上厕所。"

081

进了厕所，秦钦的电话响了，是她妈，她妈开口就问："吃雪糕那个是你吗？怎么回事儿？"

秦钦没说话，憋着哭。

她妈说："那东西能删了不？"

秦钦又没说话，心里更痛了。

她妈说："你这样不影响找对象吗？"

秦钦还是没说话，心里想，对象是个什么，她此刻不想承认她听说过这个词。

她妈说："哭什么哭！"

秦钦急了开口道："你怎么知道我哭了！"

一开口，全是眼泪的味儿，比大蒜味儿还刺鼻，隔着电话都被熏够呛。

这回秦钦她妈没说话了。

过了一会儿，她妈才说："行了，别哭了，下次有人再问，我就不承认！"

接着又说："别遇到点儿事儿就知道哭，不行回来！"

说完就挂断了。

秦钦这时候才觉得，世上只有妈妈好，虽然妈妈脾气不好。

哭得差不多了，还是得工作，不然工作更没人做了。

走出厕所那一刻，她想，她这辈子都不会再碰优尔家生产的任何食品了。

正当秦钦用她那副熊猫和金鱼这两种生物合体的眼睛埋头苦干的时候，张哥拿着自己的保温杯出现了，秦钦抬头看了一眼张哥，张哥喝了一口水，可能是水太烫，张哥喝完"哎"了一声，然后对秦钦说："先吃饭吧。"

两人去食堂，因为昨晚熬夜加上今早被骂，秦钦浑身难受，吃不进去东西。

张哥看着她的样子，说："小秦，你说你年纪轻轻的，把自己搞成这样。"

秦钦问:"我年轻?"

张哥又说:"其实我觉得你是个好姑娘。"

秦钦问:"我哪儿好?"

张哥想了想,又想了想说:"你……那个……你眼睛好,不近视。"

秦钦淡淡地说:"张哥,吃饭吧。"

张哥就低头吃饭了,两个人默默地吃了一会儿,张哥说:"小秦,我还是很佩服你的。"

秦钦问:"佩服我啥?"

张哥说:"你为了拉广告,付出了自己的下半生。"

秦钦没太听清,问:"下半什么?"

张哥认真思考了一下,说:"这么和你说吧,虽然我给你介绍的徐来最后没有成功,但是今后,连徐来这样的都没有了,你基本上亲手掐断了自己所有的红线。"

秦钦问:"所以呢?"

张哥说:"所以你是英雄,妹妹。"

秦钦又没听清,问:"我是什么熊?"

张哥又认真思考了一下,问:"跟哥你就别藏着掖着了,说吧,豁出去这么大,拉了多少钱的广告费?"

秦钦这才反应过来,她看着张哥,不知道要如何把自己的经历和他说,她现在什么都不想做,哭诉、抱怨、捶胸顿足,连找个借口走掉都不想,因为那样她还得抬屁股,还得迈开腿,太累了,人生真是太累了,她现在只想就此,原地睡觉。

秦钦静静地看了一会儿张哥,然后悠悠地说:"张哥,你说,人生是什么?"

这种眼神作为老新闻人还是熟悉的,一般轻生女子在轻生之前都是这种怀疑人生的眼神。

张哥也静静地看了会儿秦钦，然后缓缓地喝了一口茶水，咽下去，才问："让人家白整蛊了？"

秦钦说："也没白……"

"给了我1000块钱……"

"还有一盒大礼包……"

"超、超值豪华版的……"

张哥缓了缓才说："明天我得去庙里拜拜佛。"

秦钦说："张哥你这样为我我很感动……"

张哥说："我买最贵最粗的香头儿，再供几个长明灯，磕99个响头，我得好好求求佛祖，求求他老人家保佑我闺女以后千万别和你一样！"

张哥说完有点儿激动，喝了好几口养生茶才给顶回去的。

秦钦静静地看着张哥喝水，等张哥喝完了，秦钦又幽幽地问："张哥，你说人生有什么意义？"

张哥赶紧说："明白了明白了，我拉你一把。"

秦钦问："张哥，你要拉我上哪儿去？"

张哥说："拉你回到那充满爱与力量的人间。"

秦钦的眼中果然多了一缕光，她问："你要救我？"

张哥说："妹妹，人呐，蠢成你这个样子真是谁都救不了，你这都属于愚蠢癌晚期并发症阶段了，如果你还想生活下去，就只有自救这一条路了。"

秦钦问："张哥，我还有救？"

张哥说："我这不是要给你指路呢嘛，本来我也是想和你说的，但今天看你都在优尔新品广告里担当头牌了，我以为我是白费心了，我也是万万没想到啊……"

秦钦说："张哥，别说下去了，我头晕。"

"行，那就说正事儿。"张哥把脑袋凑过来小声说，"优尔集团的老总有两个儿子，他大儿子的女儿上小学一年级，在我媳妇儿的辅导机构补课，办了钻石卡，基本上整个六年都跑不了了。"

秦钦想了想说："一交交六年的补课费？"

张哥颇有深意地点点头。

秦钦开口问道："是不是特别贵？"

张哥盯了一会儿秦钦那张好信儿的脸，说："说你人不行一点儿都没说错，我跟你说这事儿是什么意思你是一点儿都不开窍。"

秦钦说："我知道张哥，可以去补课班接近他拉广告。"

张哥说："你吧，你是属于二次反应型的，就是第一次反应过来的永远不是那么回事儿，你得二次反应才能踩到点子上，所以报社把你从记者岗调到编辑岗，这都是有原因的。"

秦钦低头说："张哥，谢谢你，吃饭吧。"

张哥动都没动，继续用眼睛斜她。

斜了一会儿，可能是觉得眼睛累了，张哥打了个哈欠，竟然流出眼泪来，他说："小秦，我很心痛，关于那件事。"

秦钦好不容易塞了一口饭，就听见张哥这句话，只能把吃进去的再原封不动地送出来，心想自己何德何能，怎么能让身边这个浑身肥肉护体的中年大叔一次又一次感到疼痛，她转过头，看到张哥脸上挂着泪，45度角仰望食堂的天花板，说："徐来毕竟是我给你介绍的，我也没想到他这么……这么能干……这一点，我也有责任。"

秦钦感觉勺子上的那口饭往嘴里送也不是，不送也不是。

张哥接着说："我一直觉得挺亏欠你的，想要补偿你，所以……"

张哥转过头，看着秦钦小声说："那个优尔集团的大儿子，是个单亲爸爸。"

然后，他挑了挑眉毛，露出了神秘莫测的微笑，他这表情秦钦还是熟悉，三年前，在报社的最后一次年会上，他们部门排练了一段印度舞，张哥是领舞，全程都是这个表情。

她当时的感觉是想吐，现在的感觉是想死。

她第一次发现自己现在的承受能力变差了，不再像从前那样勇敢、无畏了，虽然从前也不怎么勇敢、无畏，但是现在更完蛋，原来连续倒霉的生活没有给她带来不屈不挠的精神，只是让她更胆怯、更悲哀，并且陷入这种恶性循环中毫无缓冲。

她就在张哥的挤眉弄眼和猥琐微笑中眼前一黑。

张哥问："你怎么了？"

秦钦捂着脑袋说："张哥，你觉得我都吃雪糕了，人家还能看上我吗……"

张哥说："什么是自救？自救就是明知道不可能也要放手一搏，只有这样你才能活命！"

张哥继续说："我给你出个招儿，你明天就去我媳妇儿的补课班当助教去，我晚上给我媳妇儿吹吹枕边的呼噜，她肯定嫌我声儿大，让我到书房去睡，到时候我就和她说这事儿，不同意我就不出去睡，她百分之百同意，我让她给你创造机会，接下来就看你的了！"

秦钦听完有点儿难过，小声说："张哥，你不容易，嫂子更不容易……"

张哥说："妹妹，哥都是为了你，你得好好珍惜啊！"

秦钦一边摇头一边说："张哥，我现在浑身没劲……难受……菜太油腻了……一口都吃不下……"

张哥说："知道了，少吃点儿面包牛奶可以吧？"

秦钦点点头。

张哥已经站起来要走了，秦钦真的很难受，但还是拼尽全力嘱咐道："千万别买优尔家的面包……"

张哥说："行了行了，知道了知道了。"

吃了两口面包，秦钦缓解了一些，张哥说："你明天一早就过来吧，当助教很容易的，就是擦擦黑板，送送教具，齐齐作业本，给家长倒倒水什么的。"

秦钦边吸牛奶边点头，她因为张哥的关怀心情好转，觉得人间还是有真情、有真爱的，再怎么倒霉，一盒牛奶就能让她乐呵半天，简直和小狗一样好哄。

狗？

她想起了邓展能，下意识地咬了咬吸管，又想起了要去邓展能家里拿单据的事儿。

13
复仇失败

她出发之前给邓展能发了一条微信,邓展能没回。

没回,咋办?

除了工作,秦钦平时不喜欢给不熟悉的人打电话,连微信语音都更愿意转为文字版来看,所以她才当不好记者只能做个编辑,秦钦自己对自己有这个认知。

不回复又怕过去扑空,那就先回家接着收拾东西吧。

秦钦回家,一开灯给自己吓了一跳,之前打包好的行李大部分都消失了,包括她的笔记本电脑、迷你吸尘器以及刚买回来还没拆封的拖鞋和袜子,只剩下两床旧被子和几摞旧书。

之前那种因为没睡好而导致的眩晕感又来了,这种感觉让秦钦几乎站不住,站不住就先坐吧,坐在床上秦钦才发现自己坐也坐不住,那就躺下吧,结果没想到自己躺下就睡着了,在睡着之前,秦钦尚存的最后一丝意识是:

报警电话是多少来着?

结果睡了不到10分钟就被电话吵醒了,心烦意乱地接起来一听,是邓展能。

邓展能说:"不好意思,刚才在开车,才看见你的微信。"

秦钦问:"报警电话是多少来着?"

邓展能的声音听起来有点儿紧张,问:"你怎么了?"

秦钦说:"哦,我想起来了,是110。"

邓展能问:"你在哪儿?"

秦钦说:"我在家,家里就我,东西都离家出走了。"

邓展能说:"你等我。"

挂了电话,秦钦又想,是接着睡还是报警,是报警还是接着睡,想了几个回合,就又睡着了。

睡了没多久又被敲门声叫醒,秦钦并不想去开门,虽然醒了但是趴在床上一动不动,敲门声音更急了,一声声的,多像是厄运的召唤,想想也不对,她和厄运之间哪有门存在啊!

于是艰难起身去开门,一开门就见邓展能站在外面问:"怎么不开门?"

秦钦愣了一下,反问:"我怎么没开门了?"

邓展能没搭理她直接往里走,边走边问:"行李丢了?"

秦钦说:"丢了一部分,也没全丢。"

邓展能问:"选择性丢的?"

秦钦说:"是,选择了贵的新的和又贵又新的东西。"

邓展能问:"都是什么?"

秦钦就和他说了一下,邓展能蹲下翻了翻她的行李,然后抬头对秦钦说:"会不会是熟人干的?"

秦钦看着邓展能,缓缓地说:"我弟弟。"

于是秦钦赶紧给弟弟打电话,弟弟终于接电话了,听秦钦问他,没想到他直接承认:"啊,是我啊,怎么了?"

怎么了?秦钦心想,自己的舅妈到底生了个什么出来?

秦钦咬住的牙像煮着沸水的锅盖,被体内汹涌的情绪顶撞着。

秦钦问:"那你现在能过来一下吗?"

秦科说:"行啊!正好我还有东西没拿完呢,我这就过去。"

还没拿完?

挂断电话，秦钦对邓展能说："报警。"

邓展能说："报警干吗，又要抓你弟弟啊，你之前不是抓过他一次了吗？"

说完又有点儿憋不住笑。

秦钦若有所思，自言自语："是啊，已经抓过一次了，没有用……"

秦钦的眼睛又直了，邓展能忍不住问："你想什么呢？"

秦钦没说话，站起来就往门口冲，邓展能连忙拉住她问："干什么去？"

秦钦转头答："去买雪糕！"

邓展能的嘴角动了动，笑着问："优尔的雪糕？"

秦钦看着他的笑，才反应过来他也看了优尔的广告，猛地挣脱，大喊："我再也不买优尔的雪糕了！"

说完冲了出去，不到 30 秒又冲了回来，拿了手机又往外冲，路过盯着她的邓展能直接瞪了回去，说："看什么！你不用手机支付啊！"

一会儿回来，真的拎了一大袋子雪糕，然后拿了个盆，蹲在地上，拽了拽自己的运动连衣裙，拆了雪糕纸就往盆里扔，扔了两个抬头问邓展能："你吃不，菠萝味儿的。"

邓展能问："你这样不浪费吗？"

秦钦说："这是最便宜的了，我也要让他尝尝雪糕的厉害！"

说着拆了一个塞进嘴里，咬了一大口下来，怒火对抗住了牙齿敏感，秦钦只皱了一下眉，就将嘴里的冰嚼得咔咔作响，心想，爽，然后继续拆雪糕，都拆完了，秦钦又拿了擀面杖把雪糕怼碎，又倒了点儿水进去，黄澄澄黏糊糊的一份调配好了，站起来的时候颇有成就感的呼出一口气，又去拿凳子，手一碰凳子，凳子就咯咯响，秦钦端着盆，晃晃悠悠地往凳子面上踩。

邓展能实在看不下去了，他很想知道他们老秦家到底是什么样的家庭生出来的孩子都各个身怀绝技，他很期待接下来的剧情，但是他的良心耽误了他。

邓展能忍不住说："你小心别摔下来。"

秦钦正费力往门上面放盆，说："那你还不扶着我！"

她往上举，裙子也跟着往上蹿，里面穿了黑色的安全裤，显得大腿更加雪白。

邓展能走过去，又有点儿怕她这盆搁不住，翻下来淋在他身上，其实他更怕她这个人站不，倒下来摔在他身上。

邓展能咳了两声，转移视线看着秦钦说："你能不能冷静点儿，先下来。"

"不能！不帮忙就别耽误我！一会儿秦科就来了！"

邓展能看着热情高涨的秦钦，没有办法，秦钦的裙子松散，他往上一瞅就能看见安全裤的全貌，他突然注意到被安全裤包裹着的小肚子，他记得第一次见面的时候，他在监控里无意看到的小肚子是瘪着的，现在却凸出来的，看来是真的胖了不少。

邓展能说："你胖了不少吧？"

秦钦在上面认真地调整角度，没太听清，问："什么？"

邓展能说："我问你是不是胖了不少？"

秦钦问："你怎么知道？"

邓展能说："我看见你的小肚子了，安全裤勒着还这么鼓。"

秦钦听完一个手滑，邓展能一个飞身闪躲，一大盆黄澄澄黏糊糊的特调就被秦钦接了个满身，邓展能转过头看着秦钦张着大嘴傻在那里，顶着这一身湿漉漉的黄，还散发着浓浓的菠萝味，好像刚浇了糖浆的人形蛋糕。

秦钦想的是，以后再也不吃雪糕了，谁生产的都不吃了。

邓展能想的是，秦钦这个样子竟然还有点儿可爱。

就在他们思考的这一秒钟后，凳子散架了，邓展能想伸手去捞但已经晚了，秦钦摔了下来，后脑勺着地，脸像一块脚垫儿一样铺在门口，秦科进来了。

秦科刚要迈腿进屋，低头就看见自己的鞋底正悬在姐姐的脸上。

他停下来问："姐，你这是在干吗？"

姐姐听到弟弟的话，哇的一声咧嘴哭了。

邓展能赶紧过去扶起秦钦，查看秦钦的后脑勺，秦钦咧着大嘴哭嚎，邓展能说："别哭了，后脑勺被磕出个包，越哭越疼。"

秦钦就不张嘴了，改为默默流泪。

秦科也蹲下来说："姐，你这满身什么啊，黄不拉几的，雪糕吗？"

秦钦一听又想咧嘴哭，可后脑勺是真的疼。

邓展能问："晕吗？"

又举了三根手指问："这是几？"

又问："我是谁？"

秦科也问："是啊，你谁啊？"

秦钦一个都没回答，就是哭。

邓展能抱起秦钦对秦科说："送你姐去医院看看吧。"

秦科上了邓展能的车才想起来，这不是他前一阵子撞的车的车主吗，他想起来这事儿的时候心里就咯噔一下，怎么都到家里来了，是不是需要赔的钱太多了。

于是一路上一句都没敢问，秦钦身上的黏液弄得车里全都是，邓展能找了条毛巾让秦科给秦钦擦擦，自己开车，秦科擦得过来秦钦却擦不过来这车，再加上之前赔的钱不知道得有多少呢，到了医院趁着邓展能去挂号的时候直接跑了。

等邓展能挂完号回来，发现就秦钦一个人迷迷糊糊地趴在临时病床上，她弟弟已经没影了。

医生给看了看，又拍了片子，说没什么事儿，就是有点儿轻微脑震荡，休息一下就好了，还夸邓展能，送来之前冰敷做得不错嘛。

邓展能心想，可不是不错嘛，一盆雪糕呢。

14
世界之大无奇不有嘛

邓展能把秦钦拉回了自己家照顾，他抱她乘电梯的时候就像在抱着一个大菠萝，他没犹豫，直接将秦钦放在自己床上，双手从她身上分离的时候都粘手，邓展能想这雪糕看起来真的不怎么样，但是味道还是不错的。

等秦钦醒过来，邓展能递给秦钦一杯水，秦钦看了看四周，问："这是你家？"

邓展能笑着说："看来没摔傻。"

秦钦问："我弟弟呢？"

邓展能看着秦钦，实话实说："不知道。"

秦钦低下头，看着灰色的被罩，没说话。

邓展能问："你要洗澡吗？"

秦钦这时候才小声说了一句："我想我奶奶了……"

然后眼泪就掉在他灰色的被罩上，邓展能看着秦钦，猜她的眼泪是不是也有菠萝味，他想起八岁之前，他妈妈还活着的时候会把切好的菠萝放在盐水里浸泡，说这样能去掉菠萝的酸涩，所以他小时候吃到的菠萝都是淡淡的咸味中包含着酸甜，她的眼泪是不是也是这个味道？他突然就不想扔掉这套床单被罩了，本来他是想直接扔掉的，现在觉得其实洗一洗也能用的。

邓展能没劝，就让秦钦哭，他拿了一盒纸抽在手里，递给她一张又抽出来一张。

"凭什么我的蛋炒饭只有一个蛋……凭什么他有两个……"秦钦又说。

邓展能知道秦钦不是在和她说话,但他还是忍不住问:"谁不给你加蛋?"

秦钦说:"我奶奶……"

邓展能明白了,就没再问。

秦钦又说:"好不容易争了口气考上研究生……她又去世了……好气……就不能给我加个蛋吗……我一直都比他乖比他努力啊……"

邓展能又给她递纸巾。

"我从小就当这家报纸的小记者,毕业就在报社工作,我喜欢这份工作,我之前没想过这份工作会岌岌可危……我一直努力来着……我很适应这里的状态……我不想、不想去改变它……我想留住它……

"所以我好不容易鼓起勇气去拉广告……然后又出了这么个事儿……

"凭什么骂我丑啊凭什么……"

秦钦转过来问邓展能:"我丑吗?"

邓展能看了看秦钦说:"客观来讲,你现在这个样子是挺丑的。"

秦钦伸手把邓展能手里的纸抽捞过来,捧在怀里哭。

邓展能说:"但是也许就有人爱你这个丑样子,因为你这个样子是独一无二的,所以一旦有这么一个人爱你,那他一定非常爱你,很难变心,你就比那些美女得到的爱情都更加牢固。"

想了想又补充道:"你得相信有这么一个人的存在。"

秦钦哭得更凶了,说:"我为什么要相信这种不可能存在的事儿!"

邓展能伸手往前挪了挪椅子,驼着背,往前凑,笑着说:"怎么不可能,大千世界,无奇不有嘛。"

秦钦又想晕倒了,她听邓展能说话头更疼了。

秦钦说:"对不起,我把你的床单弄脏了。"

她哭得悲惨至极,好像在给这张床单哭灵。

邓展能说:"没关系。"

秦钦又转头问:"所以我是真的丑吗?"

邓展能说:"其实你不丑,你挺好看的。"

"真的吗?你没骗我吗?"

"没有。"

"真的?你刚才不是还说我丑来着?"

邓展能问:"你很没有安全感?很在乎别人的肯定?你对你自己的外表没有自信,干吗总是要反复确认别人对你的想法,还是……"

他又靠近了一点,膝盖顶在床沿上,嘴角上扬,露出白色的虎牙,他问:"还是你唯独在乎我的想法……想让我对你说,你很漂亮,是我见了就想要弄到手的女人……"

秦钦不哭了,她看着邓展能,他是单眼皮,泛着桃花相的眼角,眼睛很明亮,散发着即使是熬夜都不会萎靡的年轻光芒,毫无血丝的白眼仁和漆黑的眼球,看你的时候带着暗暗的情绪,他刚洗过澡,身上有潮湿的淡香,好闻不刺激,没戴耳钉,穿灰色的家居服,秦钦想起一开始他问过自己要洗澡吗,刚才还不想,现在想了。

她说:"我想洗澡了……"

邓展能没直接作出反应,又这么看了她一会儿才站起来,伸手去扶她的胳膊。

洗完澡,邓展能已经换好了床单被罩,他的 T 恤衫穿在秦钦身上,长短和秦钦之前的那件运动连衣裙差不多,只是现在没有安全裤,秦钦有点儿不敢迈腿。

邓展能说:"今晚你就睡这儿吧。"

秦钦问:"那你睡哪儿?"

邓展能说:"我睡沙发。"

秦钦说:"你不是喜欢裸睡?"

邓展能看着秦钦没说话。

秦钦马上说:"其实我可以睡沙发的!"

邓展能说:"然后呢,我就可以裸睡了吗?"

秦钦没说话,低着头,不知道怎么接。

邓展能说:"睡吧。"

秦钦抬起头说:"我可以睡奇奇那个房间的,那里不是也有沙发吗?"

邓展能想了想说:"其实那里也有床,但是在小祖宗那屋。"

秦钦问:"小祖宗很难睡吗?"

邓展能说:"是的,不然它怎么会一只睡一间。"

秦钦说:"没关系,我可以的,我们可以相互折磨。"

邓展能说:"我怕你休息不好。"

秦钦说:"没事的,我睡觉很死的,我有信心能赢的。"

邓展能略沉思了一下,才说:"也好,如果……"

他没说完,话说一半又改成:"先睡吧,如果有什么问题就来敲我的门。"

再次进宠物们的屋子,大家对她就友好多了,可能是因为她刚才用了邓展能的洗护用品,散发着和他们主人相同的气味,也有可能是因为动物有感应,感应到这个人类的智商因为某种外部原因已经和它们差不多了,大家都是"同类",何苦相互为难。

纳瑞和纳瑞第还过来闻了闻她,鲍勃当然只在乎邓展能,猫和狗果然不一样,他们去看了奇奇,然后才来到小祖宗的房间。

"房间是经常打扫的,床铺也是新换的。"邓展能说。

秦钦看着小祖宗,小祖宗也看着秦钦。

这只猫没什么特别的,浑身雪白,只是脑袋顶上有一块黑,很肥很肥,弓起背伸懒腰,眼神警惕。

邓展能说:"一句话,如果不行就去敲我的门,早点儿睡吧。"

秦钦说:"我帮你出去粘毛吧。"

邓展能想了想说:"今天我自己弄吧,你又给自己磕出了一个脑袋,顶着两个脑袋低头不方便。"

秦钦说:"慢走不送。"

邓展能走了,秦钦关灯上床趴好,其实她还挺开心的,因为她很喜欢趴着睡,但她妈说千万不要趴着睡,会压迫心脏,要仰着睡,仰着睡健康,她听她妈妈的,可她现在后脑勺有包,仰着睡会疼。

有猫在叫,听不出来是哪一只,其实有几只在叫她都听不出来,现在她的脑袋不好使,就算那些猫猫狗狗在这屋子里支桌子打麻将她都能睡着。

她梦到了命运,命运狠狠地压住她的头,把她的头向枕头深处按去,令她窒息,她后脑勺的包也被按得隐隐作痛,按一会儿按累了,就换个姿势继续按,她本来想要抗争,但她太困太累,她觉得自己摆脱不了命运,只能这样忍受,忍着吧。

邓展能有点儿担心秦钦,早早起来拿钥匙开门过来看她,主卧的门是虚掩的,邓展能敲了敲门,没动静,他有点儿担心秦钦死在里面,自己家的阿姨就是因为差点儿在屋子里窒息才不在他家住的,这半年总和他说不做了,太折腾,让他再找。

他轻轻推开门,果然看见猫坐在秦钦的头上,看见邓展能,小祖宗伸了个懒腰跳下床,秦钦在猫跳下去的一瞬间打了个响亮的呼噜,一翻身,长长地舒了一口气,但是并没有醒,睡得死死的。

邓展能去遛了狗回来秦钦刚醒,她正坐在床头摸自己后脑勺的包。

邓展能说:"别摸。"

秦钦说:"好奇怪啊,下去了好多。"

于是邓展能也坐过去摸,果然。

秦钦神神秘秘地说:"我跟你讲,我昨晚做梦了,梦见命运一直压着我后脑勺的大包,没想到,这不是做梦,他竟然真的给我压回去了!"

秦钦有点感慨，说："所以啊，人还是得乐观一点儿，要有塞翁失马焉知非福的思维。"

邓展能看着秦钦，秦钦见邓展能没说话，又问："你说是不是？"

邓展能这才缓缓地开口，说："我说，我说不是这样的。"

"昨天晚上压着你的不是命运，是它。"邓展能指了指正在低头吃饭的小祖宗。

他说："这猫有一项绝技，就是喜欢睡在人的头顶上，你第一次睡我家沙发的时候它就睡在你脸上了，我家阿姨喜欢仰头睡，半夜经常被憋醒。"

秦钦心想，怪不得叫小祖宗，原来真是个祖宗。

秦钦说："那为什么不把猫关起来或者关门？"

邓展能说："那它就会叫一晚上，声音洪亮，我在隔壁都能听见。"

秦钦问："睡客卧也不行？"

邓展能摇摇头说："你之前睡沙发不是都不行吗，主要是不能关门，所以后来阿姨就不在我这儿睡了，最近又和我说跑来跑去太折腾，要我再找人。"

秦钦看着门口，其他的小宝贝儿正往他们这儿看呢，邓展能也朝着秦钦看着的方向看过去，继续说。

"其实我还好，主要是奇奇，奇奇在生病需要人照顾。"

邓展能表情很认真，她转头看向秦钦，秦钦眼睛有点儿发直，他怀疑她有没有听懂他说的意思，感觉像是完全没听进去，邓展能又转头看了看坐在地上舔自己屁股的小祖宗，然后换了一副口吻，问："饿了吗，先去吃早饭吧。"

他站起来的瞬间又觉得，自己说话怎么也突然变得转弯抹角了？是为了迁就秦钦坏掉的脑子吗？

想到这儿又转过去看向坐在床上的秦钦，郑重其事地问：

"你不是没地方住吗，在你找到房子之前来我家，我不要钱，帮我照顾宠物，怎么样，干不干？"

秦钦愣在那里，看着邓展能，邓展能有点儿焦虑，因为秦钦的这种愣看起来并不是针对他刚才的提议，她只是单纯的愣。

他又补充道："你是奇奇的前主人，奇奇不还是你给它起的名字吗，虽然没养过多久，但是你对奇奇毕竟是特别的，而且你已经连续两晚都经受住考验了，小祖宗那么压着你，你竟然都没醒，说明你这个人天赋异禀。"

秦钦还是愣在那里。

邓展能皱了皱眉，终于开始激动，他说："我让我姑姑帮我找，可最后别人还是会面临休息不好的问题，但你不同，你是仰着睡，趴着睡，都经得住的女人，所以你才是这间屋子真正的女主人！"

秦钦觉得这话有点儿怪怪的，但还没反应过来是哪里怪。

邓展能似乎也没想到自己能这么说，女主人这个词，仿佛倒入沸水中的蛋液，瞬间开出一锅盛大的蛋花儿来。

秦钦看了半天，才回过神来说："我才反应过来……"

邓展能立刻问道："什么？"

声音中带着一丝无法察觉的紧张。

"阿姨在你家住的时候，你也每天晚上光着屁股回房间？"

邓展能说："那个时候我不用光着屁股回去，晚上阿姨会帮我粘毛的，是她拒绝在我家住以后我没办法！"

邓展能对秦钦的用词有点儿不满，又说："另外，什么是光屁股？我明明全身都没穿好吗！为什么你只说光屁股？搞得像形容小孩子一样。"

邓展能说"小孩子"的时候明显带着撒娇，可惜秦钦没听出来。

他说完赶紧观察秦钦的反应，秦钦虽然脑袋磕大了，但毕竟经历了吃雪糕事件，她学会了不要轻易答应任何人，要想一想再回复，可她拒绝别人的能力还差点儿火候，只能先打岔："你做早饭了？"

邓展能点点头说:"你可以先考虑一下。"

秦钦问:"要去你房间吃吗?"

邓展能又点点头说:"不着急回复我。"

15
谁还不是个小可爱了

裙子已经干了,但是仍然有淡淡的菠萝味。

秦钦伸手握住公交车上方的把手,侧头去闻腋窝处的布料,觉得菠萝味也挺好的。

到了培训机构,张哥已经在门口等着她了,秦钦想张哥可真够意思,帮忙都帮到大门口了,张哥一见她小跑过来,皱着眉头说:"快点儿,快点儿,就等你了!"

张哥扭头就进屋了,秦钦在后面一路小跑,隐约听到张哥对前台的小姑娘说:"她来了,赶紧把小周的衣服和活儿都给她吧。"

小姑娘立刻站起来,捧了一打作业本说:"好嘞!"

然后绕道张哥身后,面对着秦钦笑盈盈地说:"秦姐,你来啦!快请进,这件衣服你先换上吧,作业本我先给你捧着,一会儿我带你去艺术生文化1班发作业去,马上就上课了,你快点儿。"

"小周是谁?"

秦钦在回答小姑娘,眼睛却看向张哥。

张哥说:"快去吧。"

忙了一上午,中午吃饭,她忍不住问张哥。

"优尔大公子家的孩子什么时候过来补课?"

张哥说:"得晚上六点。"

秦钦嘴里的饭喷着出来,由于张哥脸大,她喷出来的东西他竟然全都成功地接住，一粒都没漏出去。

秦钦说："晚上六点到你让我早上六点来？！"

张哥边擦脸上的饭粒儿边说："我这不是让你更像个助教吗！反正报社也没什么事儿。"

秦钦说："那是你！"

张哥说："我这不是让你彩排一下吗！不然你怎么能装得像？我这良苦用心想想都能被自己感动哭了！"

秦钦问："所以小周是谁？"

张哥问："还想吃什么，哥给你买。"

秦钦想了想，说："想吃车厘子。"

张哥连头都没抬，颤抖着说："行，买。"

秦钦从这个价位上分析出张哥心里必须有鬼，否则不可能给自己买这个档次的水果。

等张哥出去，秦钦问前台的小姑娘才知道小周是谁，小周就是这里的助教，今天请假，恰巧今天是艺术生文化课模拟考试的日子，很忙……

秦钦说："嗯，忙这一点我已经体会到了。"

她这时候才想明白，这就是个互利互惠的事儿，可是张哥只说了他惠她的那部分，隐瞒了她惠他的那一块，也许社会老油条说话都是这样，明明是你帮了他，最后他还得让你心甘情愿的感谢他，混社会的最高境界，就是混成如同邪教教主一般的魔性人缘。可她并不喜欢张哥这样对她，她觉得她和张哥之间是很真挚的朋友，这让她心里不舒服。

今天邓展能也忙，中午抽空回来洗个澡，刚洗完，门铃就响了。

他围着浴巾赤裸着上身去开门，方政一看到邓展能就皱起眉头，说："你去把衣服穿上。"

他很不喜欢看邓展能露着上身，原因又简单又耻辱，他没有邓展能身材好，其实他的身材也不错，但是身材比例不行，他随了他妈，五五身材，邓展能要是像自己的爸爸也是这样，果然男孩儿大多都随妈，但妈与妈的差距有时候真的很让人恼火，反正他是很恼火。

邓展能也没想到是方政来了，先是一愣，不过转念就想到，二哥来这里，只有一个原因，就是姑姑让他来的。

方政站在客厅里，双手插进西服的裤兜，好像要让自己的皮肤与邓展能地盘里的空气接触得越少越好，邓展能半天没出来，他又有些烦躁，拿烟出来抽，烟灰就直接掉在地板上。邓展能穿好了衣服从房间出来，看见方政在抽烟，说："坐啊。"

方政摇摇头，他的卷发垂了下来，遮住半张脸。邓展能拿了烟灰缸过来，自己也抽出一根叼在嘴里，两个人就这样默默地抽烟，满脸写着尴尬，谁也没说话。

烟抽完了，方政从包里拿出一个塑料袋包着的方方政正的小盒子，拍在桌子上。

邓展能问："什么？"

方政哼笑了一声，说："咸蛋。"

然后就继续抽第二根，邓展能也跟着抽。

方政说："我妈说，你要是爱吃，她再让我送过来，话我是带到了。"

邓展能说："知道了。"

方政转头问："知道什么了？"

邓展能吐了一口烟说："不爱吃。"

方政没说话，他把烟屁股掐灭，扔在烟灰缸里，说："我走了。"

邓展能看着方政转身，没动，却喊了一声："二哥。"

方政也不动了，但没有回头，听见邓展能这么郑重其事地叫自己二哥，他预感到有大事要发生了，方政特意端了端自己的肩膀，让自己看起来更有气势一些。

见方政没转头，邓展能继续说："能不能把新品雪糕的广告撤了？"

"啥？"

103

方政一个没忍住，顺口问了出来，又马上意识到这个词和口吻都不太符合自己小方总的气质，于是马上调整状态，转过身又问了一句："什么？"

邓展能说："就那个街头整蛊的雪糕广告，可以撤了吗？"

方政问："为什么？"

邓展能说："如果不行，就撤掉第一个女人的镜头也行，怪丑的。"

方政没想明白邓展能为什么要向自己提出这么奇怪的要求，他看着邓展能，看了一会儿，最后也没看明白，他试探着问："你这是以什么身份在要求我？"

邓展能低头又点了支烟，扯了扯嘴角，才说："当然是弟弟。"

方政又哼笑了一声，说："那广告效果特别好，我爸都夸我，你也知道，他夸我的时候最少。"

邓展能没说话。

方政说："撤广告可以，但损失会很大，除非你先答应我那件事儿。"

邓展能又抽了一口，说："那件事儿……我还是听家里的安排。"

方政转身开门，在门口的时候小声嘟囔道："我妈可真幼稚。"

方政走了，邓展能想，秦钦和方政以这种方式有交集也是有趣，这两个人，一个是真乖，一个是装乖。

想到秦钦，他眯起眼睛，竟然有点儿想她。

秦钦终于见到了等了一天的人，优尔集团的大公子叫方平，是个看起来很温柔的人，穿着简单的棉麻质地衣服，梳着简单的短发，戴黑框眼镜，没有架子，跟谁都是笑呵呵的。他女儿名叫方藕儿，一见到秦钦就指着她说：

"我见过你，你是那个吃雪糕的阿姨！"

秦钦两眼一黑，心想这下可完了，吃雪糕一生黑。

方平马上拍了拍女儿的肩膀，对秦钦歉意地笑了笑说："不好意思啊,小孩子不懂事儿的,那个广告我看了,你是最可爱的一个了。"

　　这是秦钦心底的词汇,她万万没有想到,被这个单亲爸爸脱口而出。

16

多大点事儿呀

秦钦笑着说:"这边请,老师已经在等了。"

孩子学习,方平去后门门口抽烟,秦钦本来在休息室坐着,思考一会儿要怎么开口,张哥走进来,让秦钦用一次性水杯接了水给方平,他问秦钦:"知道怎么说吗?"

秦钦说:"不知道。"

张哥点点头说:"很好,就这样。"

秦钦说:"啊?"

张哥说:"啊什么?快去啊,快去用你那愚笨的智商震惊他。"

秦钦突然觉得生活真是太草率了。

她走到方平身边,把水杯递给他问:"喝水吗?"

方平看了看秦钦的胸牌,说:"谢谢小周老师,我不喝。"

秦钦也看了看自己的胸,刚想解释,就听见方平又说:"这儿有烟灰缸吗,如果有的话能不能麻烦你帮我拿一个?"

秦钦想了想说:"应该有吧……你等着。"

然后转身就走,走了两步又回来了,直接走向前方的那棵柳树,撅着屁股把水倒在地上,方平不小心扫到了秦钦的屁股,皱了皱眉。

秦钦转过身乐呵呵地对方平说:"你用这个吧。"

方平接过秦钦手中的纸杯,然后微笑着点点头,说:"谢谢!"又说,"小周老师是不是不太舒服。"

秦钦先是愣住，紧接着想到方平不愧是个单亲爸爸，心可真细，对心这么细的人撒谎没必要，于是秦钦实话实说：嗯，确实紧张……"

方平没想到秦钦这么说，笑着问："紧张什么？"

秦钦说："大概是……紧张会失业吧……"

方平觉得更奇怪，问："为什么？"

秦钦说："因为我本来是想找你来拉广告的，可是又不知道怎么开口，你说我，能不紧张吗？"

方平哈哈大笑，他说："你到底是谁？"

秦钦从衣兜里拿出名片，说："我叫秦钦，这是我的名片。"

方平看了看名片说："你好，秦小姐，但是我并不参与我们家的生意，我在四院工作，给人扎针灸的，你要是生病了需要扎针灸可以来找我。"

秦钦有点儿焦虑，她一时想不到失业以后可以做什么，但如果因为焦虑失眠的话，那倒是可以找这位方医生扎针灸。

方平说："不过我可以把你引荐给我弟弟，他现在负责广告宣传这一块，我可以把你的名片给他，但是具体的还得你们自己谈。"

秦钦连忙说："太好了，方先生，你人真好！"

方平笑着说："客气。"

秦钦没想到，这一切这么顺利就发生了，到底是怎么发生的来着，哦，对了。

秦钦赞美方平："医生就是不一样啊，一眼就能看出来我不太舒服。"

方平把烟屁股戳进杯底，低着头，很认真地戳来戳去，边戳边说："其实这个……不是医生也能看出来……"

秦钦皱了皱眉头，不是医生都能看出来自己不舒服，看来自己一定比想象得更紧张。

方平说："我先回去看看孩子，秦小姐的裙子有点儿脏了……可以去检查一下……"

裙子？

107

秦钦低头看了看,问:"哪儿脏了?"

方平轻咳了一声,把声音放低了说:"后面……"

说完就走了。

秦钦叫来前台的姑娘,问:"你帮我看看我裙子后面怎么了?"

小姑娘仔细看了看,贴到秦钦耳边问:"秦姐,你大姨妈来了吗?"

秦钦很惊讶,说:"不能啊!她刚走啊!刚走又来,这不是要出事儿吗!"

张哥走过来,给秦钦她们下了一下跳。

张哥问:"干啥呢?"

秦钦答:"没干啥。"

张哥问:"咋样了?"

秦钦答:"名片递出去了。"

张哥说:"不错!车厘子好吃吗?"

秦钦问:"哪儿呢?"

张哥说:"你没吃?我就给你放在休息室的凳子上了。"

三个人走过去看,看见了被压瘪的车厘子尸体,黄色的果核露在外头,秦钦伸手一数,一、二、三,没了。

秦钦问:"就三个?"

张哥急了说:"你知不知道现在车厘子按个儿卖啊!"

秦钦又问:"然后你放我椅子上?"

张哥又急:"我以为你回来就能看到啊!"

秦钦说:"我坐下了都没硌着屁股!"

秦钦终于知道自己裙子后面是什么了,虽然很丢人,不过那红红的车厘子汁毕竟帮了自己大忙,倒霉倒久了,还能见着回头的运势,这也挺好,只要这运势别反应过来走错路了就行。

秦钦回到出租房,一开门发现秦科在里面。

秦科看见秦钦,下意识地往秦钦的身后看了看,问:"姐,那个车主没讹你钱吧?"

秦钦问:"你来干吗?"

秦科一脸莫名其妙:"我来拿东西啊!上次我不说了吗,后来送你去医院我都没机会拿。"

秦科不提医院的事儿还好,一提秦钦顿时火大,质问秦科:"你还敢提医院的事儿!你上次跑哪儿去了?"

秦科一副无辜的表情,说:"我真不是要抛下你不管的姐!主要是我女朋友波波,她拧不开瓶盖要渴死了,我不能见死不救啊!"

秦钦的思维弯了几道弯,第一道弯,拧不开瓶盖能死?第二道弯,自己的弟弟果然重色轻一切。第三道弯,秦科什么时候有女朋友了?

她在这第三道弯上发了声,问:"你有女朋友了?"

秦科见姐姐直接问自己的女朋友,非常得意:"是啊,可漂亮了!我给你看照片!"

说着按亮自己的手机,递给秦钦,秦钦一看,姑娘小脑袋,长脖子,奶奶灰的头发,大红色的鞋,自己的弟弟找了一只大鹅吗?

她问:"这是波波还是拨清波的那个?"

秦科激动地说:"妈呀!姐你咋这么厉害呢!她大名就叫李青波!"

秦钦觉得自己的弟弟没文化也挺好,至少他有一颗快乐的心。

秦钦拍了拍弟弟的肩膀,由衷地问:"竟然真的会有人看上你,这真的让人很感动。"

秦科说:"姐你还是我俩红娘呢!"

他姐警惕地问:"你什么意思?"

她弟说:"我刚从派出所出来的时候,不小心碰掉了她的手机,她觉得我从派出所出来的样子特别的帅,有种浪子的感觉,然后就对我一见钟情!"

秦钦自言自语道:"哦……原来现在的小姑娘都喜欢浪的呀……"然后又拍拍弟弟的肩膀说,"行,你就接着浪吧。"

秦科说:"所以这次我要彻底搬走了。"

秦钦很高兴,问弟弟:"你找到新房子了?"

秦科说:"对啊。"

秦钦说:"太好了,不早说呢,想给我一个惊喜是不?"

秦科说:"姐,你和我俩一起住不合适,我俩现在太腻了,你一个单身的真受不了。"

秦钦说:"你有钱租房子你还拿我的东西?!"

秦科说:"房子是波波租的!我要是再不贡献点儿东西那我还是个男人吗!"

秦钦双手掐住自己的腰尽力不让自己倒地上,说:"那你一声不响地拿走我的东西就是男人了?!"

秦科涎着脸说:"我在你面前不是男人,我是你弟弟,你能把弟弟当男人吗,你又不是变态。"

秦钦看着自己的弟弟,然后一把将他抱住,秦科吓了一跳,挣扎了一下没挣扎开,秦钦说:"好好好,弟,姐姐为你骄傲,我曾经想,我弟弟这辈子要是能吃上软饭那真是再好不过的归宿了。"

秦科也抱住了秦钦说:"姐,弟弟跟你说句掏心窝子的话,你要不还是回老家吧,真的,你不适合在这个大城市里混,这么多年,你混得还不如我这半年混得好呢。"

秦钦想,真好,这才是他们优秀的秦家人。

秦科走了,秦钦的行李就更轻了,她想起了邓展能今早的提议,考虑了半天拨通了邓展能的电话。

30分钟后,邓展能接走了秦钦,坐在车里,秦钦还是有点儿不好意,说:"对不起,打扰你了。"

邓展能开着车,没看秦钦,他翘了翘嘴角,看着似乎挺高兴的样子,说:"照顾宠物也挺辛苦,我家有五只,几乎每一只的习惯都不一样。"

前方的信号灯变红了,邓展能缓缓踩住刹车,然后继续说:"不过没关系,我可以教你。"

这一次他转头了,这回秦钦看清了,邓展能看着是真高兴。

秦钦收拾屋子,小祖宗就蹲在在角落里盯着她忙来忙去,秦钦一回头,看见它,竟然有点儿怵,下意识地想给这只猫点上一根软包中华讨好它,想到这儿又转过头,再转过去发现还是想,接连转了三五次,竟然都有这种感觉,那就不是普通的幻觉了,那是不普通的如同噩梦一样的真实感受。

邓展能过来叫她吃饭,他炒了两个菜,又从冰箱里拿了两罐可乐,就在有猫猫狗狗的这间屋子吃。秦钦夹了一块西红柿,刚一张嘴,就觉得嗓子眼里有异物感,再一闭嘴,又觉得嘴里多了不少东西,舌头和嘴唇配合着抿了抿,就有几根毛挂在嘴边。

邓展能咽下嘴里那一口饭,说:"时间长你就习惯了,你甚至都能尝出来是谁的毛。"

秦钦突然觉得有点儿吃不下。

邓展能看秦钦没什么胃口,就问:"怎么了,是不是不好吃?"

秦钦连忙摇头,说:"没不好吃,我主要是不太喜欢这个配菜。"

邓展能看了看菜里的胡萝卜,问:"那你喜欢吃咸蛋吗?"

秦钦问:"油多吗?"

邓展能说:"油多到流满手。"

秦钦说:"那行。"

结果秦钦打开了一个,不仅没有油儿,连蛋黄都没有。

邓展能说:"你好手气!"

他接连打开了三个,都是满黄满油流满手。

邓展能说:"你得都吃了,这个咸蛋不怎么咸,容易坏。"

秦钦说:"都吃了?可这三个都是你打开的啊!"

邓展能叹了口气,说:"我不爱吃。"然后闷头扒饭。

放在桌子上的手机亮了，是微信，秦钦打开一看，原来是好久不见的大学女班长渠澜，渠澜说她刚从北京回来，这两天想去看看唐静和孩子，问秦钦能不能陪她一起去。

拿着手机，秦钦噌的一下站了起来，正愁找不着机会攻陷唐静家这个堡垒，没想到天上掉下一门迫击炮，现在就差她秦钦好好武装自己，准备迎接硬仗了。

于是赶紧答应下来，渠澜问她哪天方便，两人商量了后天过去，秦钦让渠澜不要告诉唐静她也去，她想给唐静一个惊喜。

说好好武装就得好好武装，少一个好也不行！

于是第二天一早，秦钦就去商场买了一瓶味道最浓郁的香水，买了一身黑色紧身衣，花完这两个钱，秦钦就基本没剩什么钱了。

于是她在一家装修豪华的美发沙龙和一家看起来非常亲民的理发店之间做了一个选择。

理发店没什么人，一个染着灰白色头发的女理发师让她摘掉眼镜过去洗头，她模糊着双眼躺在洗头的椅子上，洗头的小伙儿走过来和她说："姐，您再往上窜窜。"

刚说完就又叫了一声："姐！"

秦钦心想，我都往上窜了呀！

她带上眼镜一看才看清楚，上方这张脸不正是他弟弟秦科吗！

他俩这个姿势倒是和那天在出租房里被雪糕淋了一身刚好秦科进屋的时候一模一样，往事不堪回首，秦钦要坐起来，被她弟弟一把按在椅子上，说："姐，您是来做发型啊，您这头发都有些干枯了，最好用好点儿的洗发水，我们这儿的好洗发水都不贵，有10元20元两档，您看您用哪个？"

秦钦咬着牙说："我用普通的就行。"

秦钦洗完头坐在椅子上，后面站着她弟弟的女朋友波波，秦科和波波说了两句话就又去洗头了。

波波抱着膀子吐完最后一口烟圈说:"姐,你想做什么样的造型。"

秦钦有点儿拘束,说:"就像要……那种冷艳的……魅惑的……看着变化特别大的……就、就那种,你懂吧?"

波波说:"放心吧,我懂。"

5个小时后,秦钦顶着一头黄色的小卷发站在镜子面前,看起来就像一只毛发蓬松的泰迪。

"这……是我要的那种效果吗?"

波波又点了一支烟说:"前两个词我不是特别理解,但第三个要求我理解了,不就要变化特别大的嘛,你看你现在,变化多大啊。"

秦钦心想,这个波波和自己的弟弟倒是挺配。

她小心翼翼地说:"你看能不能再弄回去……以前那个样子……"

波波顺手拿了个计算器,用手指头使劲儿怼了几下,然后把计算器反过来给她看,说:"连烫带染,我给你打了个八折,一共520,想弄回去也行,到时候我可以给你打个七折。"

弄回去,也要钱。

秦钦转头又看了看镜子里的自己,瞬间觉得顺眼多了。

她说:"挺好的,波波。"

回家的时候已经很晚了,一进屋,邓展能正蹲在客厅里给纳瑞和纳瑞第铲屎,听到开门声,邓展能立刻抱怨道:"我昨天不是教你了吗,要倒入适量的猫砂,结果现在整个猫砂盆里都是猫砂,满满登登的,你让猫把屎放哪儿?"

他说完就转过头去,竟然眼前一亮。

秦钦说:"我知道了,我下次注意。"

邓展能把手里的小铲子归位,站起来看着秦钦,看得秦钦非常不自然,说:"我知道我头发弄失败了,但是挺贵的,我怎么也得顶几天再弄回去,你别这么看着我行不行!"

邓展能走过来,伸手摸了摸秦钦的头发,秦钦吓了一跳,边躲边说你干吗。

邓展能干脆把手指插进秦钦的头发里,轻轻地固定住她乱动的脑袋,笑着说:"我说我怎么……原来你给我的感觉像我小时候养的第一只狗,现在,更像了……"

秦钦看着邓展能,很严肃地说:"我说你怎么能骂我呢!"

邓展能笑了笑说:"我怎么骂你?"

不对秦钦,不对。

邓展能继续说:"是我说我怎么喜欢你呢,我刚才想说的是这句话。"

他的眼神清澈又干净,里面有什么东西在渐渐走远,可是气息却越来越近,秦钦想,那走远的大概是他的回忆,离得近的她还比较熟悉,她帮他粘毛的时候偶尔就会离得这么近。

秦钦说:"那行。"

邓展能愣了一下,眼中有微风吹动的湖光。

秦钦说:"你这么喜欢,那我就再多顶两天,多大点儿事儿啊!"

17
就算薅羊毛也不能可我一个人薅啊

秦钦把邓展能的手打下来,又打了个哈欠,说:"你有时候说话太直了知道吗,小邓,太直也不好,弄得人很尴尬。"

秦钦用正义、严肃却不乏慈爱的目光教育邓展能。

邓展能刚要说什么,秦钦话锋一转,问:"你有1000块钱现金吗?我微信转你。"

邓展能问:"你干什么用?"

秦钦飞一个白眼过去,说:"你管我呢,就问你有没有。"

邓展能说:"有,但我得回去拿。"

秦钦说:"好,那你回去拿,我这就给你粘毛。"

秦钦把一千块和诅咒信塞进红包里,然后关灯睡觉,准备迎接今晚小祖宗的屁股和明天与唐静的交锋。

武装齐全的秦钦上了渠澜的车,渠澜戴着墨镜,穿着白色连衣裙,梳利落的短发,露出光洁的额头,画精致的妆,看起比上学的时候要妩媚了许多,上学的时候,渠澜是全班学习最好的学生,总穿白色短袖或者衬衫,素面朝天,浑身上下都散发着学习好的气质,现在,她更漂亮更妩媚,浑身上下都散发着很有钱的气质,相比较之前,秦钦更喜欢渠澜现在的气质,真香。

秦钦转身把自己的包儿放在后座,又转过来说:"班长,你变化好大啊!"

渠澜有些不好意思地笑着说:"经常见客户没办法,这些年都习惯了。"

"你变化也很大啊,秦钦。"

秦钦摸了摸自己的卷发,也很不好意思地说:"哦,我是昨天才变成这样的。"

秦钦没让渠澜用导航,她说去唐静家的路上,所有的限速她都能背下来,你让我来陪你去真是找对人了。

渠澜说:"你们俩感情可真好,经常见面还要给对方惊喜,闺蜜做到你们这样也真是让人羡慕。"

秦钦说:"是啊,我们有多让人羡慕,你一会儿就知道了。"

他们把车停好,借了买菜的老太太的光进了小区,到了唐静家的那栋楼,渠澜要按响唐静家的门禁对讲,秦钦说:"不用,这门有个密码,10738,一按就开了。"

一按,果然开了。

到了唐静家门口,秦钦故意躲在渠澜身后玩儿手机,唐静从猫眼中一看是渠澜,赶紧热情的开门,门一开,秦钦就从渠澜身后闪了出来。

唐静大惊失色,看着穿一身黑色紧身衣的秦钦和白色连衣裙的渠澜,就好像看到了来自地狱的黑白无常。

渠澜惊讶于唐静的表情,她转头看了看秦钦,想到之前秦钦说要给唐静一个惊喜,但现在看来惊是够惊了,喜没看到。

想到喜,渠澜赶紧打破僵局,说:"唐静,恭喜啊。"

秦钦自觉地穿好鞋进屋,把包儿放在门口,一进屋,就听见她说:"你们还是把那道墙给拆了?啧啧,那可是承重墙。"

唐静看了看渠澜,回答道:"哦……我婆婆非要拆……说是那道墙位置不好,会挡了家里的财路……"

秦钦走到客厅的沙发旁说:"我以为你不会接受嫩绿色的沙发,毕竟只有徐来那个傻子才会喜欢这个颜色,怪不得他们电视台只能接到无痛人流和男科医院的广告，雇的人都是这审美，谁受得了。"

秦钦一屁股坐下，说："不过这个质量还是不错的，当时我也纠结来着，看来你们俩口子还是很实际的。"

秦钦边说边在沙发上颠来颠去，刚开始是小颠，后来变成大颠，像坐在蹦床上一样乐此不疲，再后来还不过瘾，直接站在沙发上跳，边跳边感叹："哇！哇！真的不错啊！这质量可以啊！这家店老板的电话我还留着呢，等我结婚我也买他家的沙发！"

她跳来跳去，黄色卷发随着颠簸在空中舞动，看起来既活泼又兴奋。

唐静就这样穿着一身粉红色的棉质睡衣，站在秦钦对面看着她，看着她曾经的闺蜜，现在像狗蹦子一样在她家的沙发上上蹿下跳，乐此不疲。

渠澜有点儿招架不住这份诡异了，她提议说："宝宝呢？我想看看宝宝。"

提到宝宝，唐静的眼中闪过一丝警惕，她说："宝宝在睡觉……"

秦钦终于不跳了，伸出一只脚往下够拖鞋，说："我去看看，和徐来长得像不像。"

唐静下意识地往前一步，挡住了秦钦的去路。

秦钦笑着说："干吗？你不让我看看孩子，我怎么能给你红包呢？"

说着又换了个地方想要往下迈，又被唐静挡住，秦钦就又换了个地方，又被唐静堵住，秦钦就又跑，唐静就又堵，秦钦就又换个方向跑，唐静就又追过去堵。渠澜就这样目瞪口呆地看着眼前这两个女的围着沙发跑来跑去，每个人都用尽了全力，像在玩儿一场永不停歇的游戏。

终于，唐静一把握住了秦钦的两个手腕子，喘着粗气，从她俩进门，唐静就一直没看秦钦的眼睛，现在她终于抬眼看着秦钦说："秦钦，你还是走吧，我婆婆去买菜了，还得有一会儿才能回来，我们孤儿寡母的，放过我们吧。"

秦钦挣开唐静的双手，居高临下地看着她，喘着气说："唐静，你这话可真逗,我们到底,是谁没放过谁?!"

唐静又把眼神垂下去了,她理了理自己的睡衣,前胸慢慢浮现了渍迹。

秦钦笑了笑,一笑泪就出来了,她说:"你怎么又不敢看我了,我还记得当年你在图书馆的时候看我的眼神呢,那个时候别人都在往外跑,你却停下来回头找我,你当时看我的眼神我还记得呢。"

唐静还是没抬头,她的孩子从卧室里传来了哭声,她赶忙走进去,秦钦站在沙发上无声地抹眼泪,渠澜走过去拉秦钦,把秦钦拉了下来。

没想到这时候唐静抱着孩子出来了,孩子粉嫩可爱,在妈妈的怀里哭闹,唐静坐在沙发上,解开自己的睡衣,一抬手,给孩子调转了个方向,孩子那半边脸上的巨大黑色胎记就显现了出来。

吃上了奶,孩子安静了下来,唐静轻轻地拍着孩子的小屁股。

"徐来他妈觉得是我的问题。"

唐静说:"孩子脸上有胎记,他妈觉得是因为我们家有不好的东西,于是翻箱倒柜,折腾了三天,找到了那封诅咒信,那是我大一的时候收到的,我高中同学给我的,信上说,不许扔掉,要寄给最好的朋友才能不倒霉,我当时也是犹豫,我又觉得这东西很扯淡,又不敢随便扔掉,怕真的会倒霉一辈子,但我当时还是没有寄给你,你没看见信纸已经都泛黄了吗!"

唐静终于抬起眼睛看秦钦,也是泪。

她继续说:"但是我现在,我现在有孩子有家庭!我知道我换来这些付出了多大的代价,所以我就更得珍惜他们!秦钦,我知道我对不起你,但你没结婚,你不知道,你婆婆让你做什么你可以不做吗!你不能得罪她,你得和她好好相处,我让徐来妈这种刁婆喜欢我这不容易!我还得指望人家给我带孩子呢!"

秦钦说:"可你抢我男朋友,把自己的狗扔给我,又给我塞诅咒信,你,你就算薅羊毛也不能可我一个人薅啊!你都给我薅秃了,我以后还怎么做羊啊我!"

唐静满脸是泪,却只顾着给滴在孩子身上的泪水擦干。

她笑着说:"谁让你是我最好的朋友。"

秦钦点点头,也笑着说:"所以,认识你才是我最倒霉的事儿。"

渠澜给两个人都递了面巾纸,过了好一会儿,唐静说了一声:"对……"

秦钦说:"行,唐静,红包我就不给你了,因为你儿子,太丑了。"

秦钦往外走,换了鞋,拿起自己的包儿,没有听到身后唐静传来的那句微不可闻的"对不起"。

刚走到门口,就见徐来他妈拎着才回来了。

徐来他妈看见这俩黑白无常也是一愣,随即皱了一下眉头,问了句:"什么味儿?"

又说:"都别走。"

然后关上了门,在渠澜和秦钦身上闻了又闻。

渠澜问:"阿姨,您这是干吗?"

唐静也走过来说:"妈,你干吗呀。"

老太太谁也没搭理,脑袋冲着秦钦的包儿就走过去了,然后拿起她的包儿,打开,把东西都倒在了地上。

三个同班女同学都震惊了。

老太太指着地上的一坨黑黢黢的东西问秦钦:"这是什么?!"

三个同班女同学更震惊了,因为她们也不知道这是什么。

秦钦蹲下去,仔细看了看那坨黑黢黢的东西,从她这两天对她"室友"的了解,她觉得这应该是一坨粪便,而且看品相,应该是小祖宗的粪便。

"这是什么!"徐来他妈又问。

秦钦蹲在地上有点儿心虚,原来这才是今天实打实的惊喜,小祖宗可真是她的亲祖宗。

秦钦伸手收拾地上被倒出来的东西,那三个站着的人都在等着秦钦回答她们,但是秦钦只是一件一件地往包里捡东西,没吱声。

徐来他妈还是等不起了,她又问一遍:"是啥!"

秦钦说:"等会儿。"

徐来他妈问:"等啥?!"

秦钦说:"等我想想怎么说!"

徐来他妈大嚷:"你说!是不是狗屎?!"

秦钦想起刚才唐静说的那些话,心里就有一股火腾了起来,这股火让她像微波炉里的爆米花袋子一样快速膨胀,她觉得在这个刁婆面前,她不能像唐静一样认输,她得比唐静强,她可是她妈的女儿,她妈可是个资深刁婆,她怎么也能在危急情况下爆发出一点儿她妈的基因来。

于是她用同分贝的声音回答道:"当然不是!"

徐来他妈又提高了一个分贝问:"那是啥?!"

秦钦答:"这是猫屎!"

徐来他妈二话没说,抄起门口的扫把就向秦钦冲了过来,唐静和渠澜赶紧过去拉,但是她俩谁也拉不住一个下定决心要干架的老太太,秦钦想起徐来曾经和她一起看过一部苦情电视剧,里面的妈妈对儿子说,你大了,我打不动你了,当时徐来就笑,说自己的妈妈即使到了80岁,都能照样把他打死,秦钦当时还觉得徐来是在扯淡,没想到,一点儿没扯淡。

徐来他妈边追边说:"你想害死我孙子!"

"猫屎里有弓什么虫你当我不知道!"

"秦钦,你安的什么心!你可是坏透了你!"

"我儿子没和你在一起就对了!"

这时候孩子大哭,唐静也顾不得这边,连忙过去哄孩子,渠澜边拉架边解释说:"阿姨!弓形虫只有可能对怀孕的人产生影响,而且这种概率是非常小的,再说您孙子已经出生了您怕什么啊!"

徐来他妈还是不依不饶,秦钦在被追逃的时候就想,自己果然是一点儿她妈的基因都没有继承啊，这可真是个令人伤感的事儿。

就在这混乱的时刻，徐来他妈一脚踩上了小祖宗的屎，无论是力道还是脚法，都透露着稳准狠。

秦钦趁着这个机会赶紧向徐来他妈告别，以结束这场混乱。

她说："阿姨，您礼都收了，那我们就先到这儿吧，再见了！"

渠澜拉着秦钦说："走！走！走！"

两人终于仓皇逃窜出门，然后把门一关，狠狠地关住了门里的那头拿着扫把的母老虎。

进了电梯，两人对着喘气，看着对方的一头乱发，都伸手帮对方整理，手伸出去的一瞬间，都扑哧笑了出来。

秦钦说："对不起，你今天跟我来也是倒霉，平白无故地让你看了场闹剧。"

渠澜说："说什么呢！"

秦钦说："我红包没给出去，咱们喝酒去好不好？"

渠澜说："我的红包也没给出去，咱们可以喝顿大酒。"

晚上11点多，邓展能听见门外有人，他开门，看见渠澜费力地拖着秦钦，正把钥匙从秦钦的包里拿出来开门。

邓展能很惊讶，喊了一声："澜姐……"

渠澜也很惊讶，问："小邓？你怎么在这儿？"

邓展能连忙接过秦钦，两个人把秦钦扶上床，邓展能看着渠澜，问："喝可乐吗？"

渠澜就笑，说："你还是那么喜欢喝可乐啊。"

两人来到客厅，邓展能从冰箱里拿了可乐递给渠澜，渠澜坐在沙发上，邓展能坐在渠澜斜对面的椅子上。

渠澜喝了一口可乐，开口说："你们……"

邓展能打断她问："你们是同学？"

渠澜说:"大学同学。"

邓展能低着头轻笑了一下,把烟拿了出来,想了想又放在了茶几上,打开可乐。

邓展能问:"这次回来要待多久?"

渠澜说:"可能要一年多吧,我这边有个项目。"

邓展能问:"我哥知道吗?"

渠澜摇摇头,她把眼光投向望着她的纳瑞和纳瑞弟。

邓展能看了看渠澜,于是转移话题,指了指卧室的方向,问:"她怎么了?"

渠澜就把今天发生的事儿给邓展能简单讲了一遍。

邓展能一边听一边喝完了整罐可乐,他站起来准备再拿一罐,于是也问渠澜:"再来一听?"

渠澜摇头说:"我该走了,代驾还等着我呢。"

邓展能说:"我送你。"

渠澜说:"不用了,你照顾好秦钦吧,她今天喝了挺多的,心情也不好。"

她还想说什么,但终究止住。

秦钦被渴醒了,她下床刚走了两步就看见了邓展能。

邓展能什么都没说,而是把自己喝到一半的可乐递给秦钦,秦钦什么都没问,一口气喝光。

秦钦把空罐子递给邓展能又坐回床上,邓展能把空罐子放在床头,也坐了过来。

邓展能看着一脸幽怨的秦钦说:"其实认识你那闺蜜不一定是件倒霉事,也许是很幸运事,她替你嫁给徐来,不然徐来他妈那样的你能应付?你值得更好的。"

秦钦看着邓展能问:"你怎么知道今天的事儿?"

邓展能说:"渠澜告诉我的。"

秦钦问:"渠澜呢?"

邓展能说:"她走了。"

秦钦问:"她告诉你的?"

邓展能点点头。

秦钦沮丧道:"不会有更好的了,诅咒信已经在我手里了,我又不会把它寄给别人,我做不到,我这辈子都要受到诅咒了,要倒霉到死了……"

说着说着,还哭了,张着大嘴,发出"啊啊啊"的声音。

邓展能气得站了起来,双手掐着腰说:"你们也是受过高等教育的人,不知道封建迷信不可取吗!活着本来就是这个样子的,有什么倒霉不倒霉的,简直可笑!"

秦钦指着邓展能的鼻子哭得更大声,她说:"你看看你看看!我这么大岁数了还被你这种小朋友嘲笑!"

邓展能听了更来气,他冷着脸问:"诅咒信在哪儿呢?"

秦钦愣住问:"你干吗?"

邓展能没说话,转身就走,秦钦追出去,边追边问"你干吗你干吗"。

邓展能不说话,他拿起秦钦的包儿,把里面的红包拿出来,把包儿扔在地上,他打开红包,里面还剩200块钱,他把钱扔给秦钦,秦钦光着脚在地板上跳来跳去地够邓展能手里的信,边跳边想,自己今天怎么一直在跳啊,她应该把手机带在身上,这样还能算她今天的微信步数。

邓展能的个子本来就高,又微微举高手,秦钦根本够不着,可是当她看见邓展能将手里的信纸团成团的时候,她感觉到了灭顶的灾难,当她确定邓展能身体移动的方向是厕所的时候,秦钦也彻底爆发了,她从他身后用力搂住他的腰往后拽,但也只是被拖着走,于是换到邓展能身前来,用自己的头顶住邓展能的前胸,邓展能扒开她,她又冲了上来,也许是不想一辈子倒霉,也许是今天从徐来他妈展示的武功绝学中得到了领悟,她的战斗力明显有所提高,和邓展能扭扯在一起。

邓展能说:"现在这封信已经是我的了,我想怎么处理就怎么处理!"

秦钦说:"不行!这样不能算!我得邮寄给你才行!"

邓展能说:"你就迷信吧你!你越迷信越倒霉!"

秦钦说:"我就是因为倒霉才迷信的!我现在这么倒霉我不迷信都不行!"

最后秦钦去挠邓展能的痒,邓展能本来就举着双手,实在招架不住,一个没拿住,纸团被抛了出去。

他们家是什么家庭啊?是个有猫有狗的家庭啊!

一个纸团抛出去,五个宠物齐头并接,最后果然还是小祖宗赢得了这场突如其来的比赛,它不仅接住了纸团,还咬了一口,撕下了一角吃了进去,邓展能和秦钦连忙奔过来跪在地上看,小祖宗吃进去那一角,正好是"诅咒信"三个大字。

秦钦抓住小祖宗的脖子拼命摇:"祖宗!祖宗!你没事吧!你没事吧!你怎么能这样啊!你怎么能这样啊!"

邓展能厉声说:"你给我放开它!"

18

狗粮吃过吗

秦钦被吓得赶紧松手，小祖宗懒洋洋地看了看这两个人，然后回屋趴着了。

"没事儿的都被你给摇死了！"

邓展能走后，秦钦竟然意外地收到了方平的微信，说他弟弟明天会去医院拿药，大概能待个 20 分钟左右。

秦钦坐在床上，看着小祖宗，陷入了深深地思考。

小祖宗刚吃掉诅咒信，她就收到了方平的微信，这两件事是什么关系？因果关系？

又联想到小祖宗今天送给它的一泡屎，那是什么？如果没有那泡屎，她不会看清徐来她妈的真面目，唐静抢了徐来也许是真的在给自己挡灾，如果没有那泡屎，徐来他妈还举着扫把攮她呢，她也就不会那么顺利的逃脱；如果没有那泡屎，徐来他妈也不会收到"大礼"，那岂不是让人家白打了……

一泡屎引发了她的大彻大悟，她突然觉得那不是一泡屎，而是一泡圣物。

那么能拉出圣物来的，不是神兽又是什么呢？

于是觉得小祖宗的皮毛都闪闪发亮了。

思来想去，她决定做一件事。

她把猫食盆里倒满了猫粮，摆在正趴在地上的小祖宗的面前，小祖宗只是动了动尾巴,她又找到客厅里邓展能刚才落下的一盒烟,抽出三根来,插在猫粮上,关上门,用打火机点燃。

她跪在前面,双手合十,对小祖宗郑重其事地磕了个头。

小祖宗还是那副懒洋洋的样子,斜着眼睛看着秦钦。

秦钦刚要起身,就看见门口多出了一双脚。

难道,是神兽现了真身?

刚想抬眼看个仔细,就听到这位真身说:"秦钦,你干吗呢?"

邓展能发现自己的烟忘带了,回来取,没想到正好目睹了大型魔幻封建迷信现场。

秦钦彻底抬起头,看到是满脸涨红浑身抽搐的邓展能也是吓了一跳,一屁股坐在地上,一脸震惊的样子。

邓展能终于憋不住,他倒在秦钦的床上打着滚的笑,秦钦坐在地上看着邓展能,无可奈何,小祖宗起身离开,它可能实在是不想再搭理人类了,人类都是神经病。

秦钦等着邓展能渐渐恢复了冷静,刚要说什么,就听见邓展能说:"等一等!"

然后起身拿了一袋未开封的狗粮和可乐进来,重新靠在床上,打开狗粮,一副等着看好戏的样子,边吃便说:

"好啦,你继续吧。"

秦钦叹了口气,转头看了看刚才自己跪拜的方向,神兽早走了,就剩神龛了,有什么用,还拜什么拜,还看个屁啊看!

有一种被人拆穿秘密的愤怒,秦钦站起来,却突然没了力气,今天消耗了太多,那些国内外著名的占星师们也没说今天自己会这么累啊,生活真是防不胜防,她只能勉强说:

"不是你想的那样……"

邓展能笑着我:"哪样啊?"

秦钦低着头缓了缓,才说:"不是说猫招财吗,我在为明天去拉广告的事儿做准备。"

邓展能问:"你又去优尔拉广告?"

秦钦说:"是,方平告诉我明天方政去他工作的医院,有20分钟,我可以和他说上话。"

本来他是靠在床垫子上的,突然就直起了后背,问:"你认识方平?"

秦钦说:"是啊,方平人很好的,很愿意帮我的忙,还说我那个广告拍得可爱,其实我也是这么想的,但只有他一个人说我可爱来着。"

秦钦说完还微笑来着,她想到之前张哥和她说方平是个单亲爸爸时那骚气的眉毛,就笑得更娇羞了,她都没意识到,这是她今天第一次微笑。

邓展能直接从床上站了起来,面无表情地看着秦钦的笑,左看右看上看下看,突然也笑了,笑得那叫一个迷人,搞得对面那个不明真相的醉汉下意识地往后退了退。

这时候邓展能突然伸出自己手里的狗粮,对秦钦说:"尝尝吗?"

像他们第一次见面那样,他问她尝尝吗,她对他有点儿害怕。

秦钦赶紧摇起拒绝的小手,对邓展能说:"不不不不不……"

邓展能又往嘴里放了两粒,狗粮在他的口腔里发出清脆的声音,让秦钦想到一个牙膏的广告,身体倍棒,吃嘛嘛香,他还真是吃嘛嘛香。

邓展能说:"我做过狗粮试吃员,那是我毕业以后的第一份工作,那时候我知道了一件事儿,心情很不好,厌食,不想再吃人类的食物了,可是又不能饿死,就尝试着吃狗粮。"说着又扔了两粒在嘴里,"所以这一款真的是我吃过的最好吃的,不骗你,你真的不尝尝吗?"

秦钦很严肃地说:"我不要,我不相信,我也不喜欢。"

邓展能看着秦钦问:"你不相信我?那方平说你可爱你就相信?"

秦钦觉得自己是个醉汉这件事已经毫无疑问了,可对面那位怎么也像是喝醉了,他们聊的是一件事儿吗?

秦钦问:"我吃不吃狗粮跟方平有什么关系?"

邓展能又把狗粮推了出去,执拗地说:"那你尝尝。"

秦钦不耐烦了,她伸手推了邓展能一把,说:"你是不是有毛病?我说了我不吃了怎么还让我吃!不吃不吃就是不吃!赶紧回去睡觉去吧!你年轻我跟你耗不起,我明天还得见重要的人呢!我面膜还没敷呢!"

说着就要去床头柜翻面膜。

邓展能看着秦钦弯腰在抽屉里翻找,然后低着头,又往嘴里扔了两粒,但这次没咀嚼,而是静静地走过去,握住秦钦的胳膊把她拽进怀里,一低头,吻住秦钦。

一切发生得太快,还没等秦钦反应过来,嘴里就多了一些东西,有硬硬的,还有软软的,秦钦下意识挣扎,结果邓展能手里的狗粮撒了一地,倒也不用怎么捡,家里的两只狗就直接过来消化了。

她听见邓展能笑着问她:"怎么样?好吃吧?"

他的眼睛亮晶晶的,隐藏着孩子摘到树上最高最大的那颗果子的喜悦,这一次,秦钦终于尝到了狗粮的味道。

秦钦惊讶地看着邓展能,她都慌成这样了对方还是一脸从容淡定心满意足的笑,然后他竟然又问了一遍:"是不是很好吃?是不是?"

他离她很近,带着不那么均匀的气息,竟像是推销,像是蛊惑。

秦钦不知道怎么就着了他的道,实话就溜了出来:"吃太快了,没尝出来啥味儿。"

邓展能就笑得更开了,他温柔地说:"没事儿,我再喂你。"

说着就把手伸进袋子里去抓为数不多的狗粮,塑料袋子发出哗啦哗啦的声音,把秦钦的思路彻底拉了回来,她突然退后退后再退后,然后指着邓展能说:"你!你跟谁没大没小的呢你!"

"你给我出去!"

邓展能要靠近,秦钦就后退,边后退边教育:"你这孩子怎么不学好呢你!欺负妇女是不是!你爸妈没教过你不能随便对女性动手动脚的吗!"

"出去出去!"

邓展能笑着说:"他们还真没教过我这个,再说我今天没动手动脚,只是动了嘴而已。"

秦钦要崩溃了,天哪,谁能告诉她被小4岁的男生强亲了要怎么善后,把狗粮咽肚子里了要怎么处理,她虽然30岁了但她单调的人生经验显然并不足以应对今天这样的突发状况,她现在上网查答案怕是来不及了,手机也没在手里,也不能打电话咨询有相关经验的专业人士,怎么办,这可急坏了秦钦。

她满脸通红,急得对着地上吃狗粮的狗子说:"奇奇!鲍勃!去!去给我咬他!"

两只狗子看了看秦钦,又低头接着吃。

邓展能就笑,问:"你让它俩咬我?"

他又靠近,秦钦无路可退了,情急之下,秦钦身体里她妈的基因终于被激发了出来,当她终于把邓展能打出去的时候,她意识到了这一点,原来她也有成为女战士的潜质,这是她今天,最欣慰的事儿。

她靠在门上喘气,心脏咚咚咚地跳,也不知道是累的,还是气的,还是心里的小鹿给撞的。

嗯?家里有猫有狗有人有蚊子,可哪儿来的鹿?

邓展能被关在门外后也没着急回去,两分钟以后,一个粘毛器飞了出来,撞在对面的墙上,和关门声重叠在一起,发出更响亮的撞击声,邓展能弯腰捡起粘毛器,忍不住又笑了。

秦钦没好意思具体问方平他弟弟为什么要去医院,应该是有病吧,既然看望病人,又是去医院,不管买卖能不能谈成,那怎么也不能空手。

秦钦买了一盒草莓,非要让老板分两盒装,说这样显得多,医院楼下的水果店老板自然是忙得很,没空搭理她,在秦钦的一再坚持下,水果店老板只能又给了她一个空盒,让她自己装。

秦钦拿着两个盒子找到了针灸诊室，可能是因为太早了，诊室里人不多，一个老头儿，一个胖老太太和一个瘦老太太身上都扎着不同数量的细针，这里就数胖老太太的针最多，头顶的银针比她的头发还多，正在和身边唯一一个身上没针的年轻男人说话，这男的穿西装马甲，卷发，也正在看着她。

秦钦看了一会儿就不看了，因为实在不认识是谁，但方政却暗暗心惊，这不是他广告里的人气女主角吗？为了这女的，他哥让他拉广告，他弟弟让他撤广告，他有一种十分荒谬且不祥的预感，这女的不是当他嫂子就是当他弟妹。

想到这里，方政几乎吓得无法动弹，只能被动听从胖老太太对他进行早婚早育的普及教育。

胖老太太看着秦钦一脸迷茫的样子，问："你找方医生吧？他一会儿就回来，你坐着等吧。"

秦钦就坐下了，闲着也是闲着，不如现在蹲在地上分草莓。

胖老太太问："你这草莓不错啊，在哪儿买的？"

秦钦答："楼下。"

胖老太太问："多钱？"

秦钦答："12一斤。"

胖老太太问："那还行，怎么样，好吃吗？"

秦钦答："不知道啊，没吃。"

胖老太太皱眉说："你应该尝尝的，不尝就敢买？"

秦钦想，是啊，反正方平和方政都不在，我正好吃两个，占点儿便宜。于是拿起一个放进嘴里，嗯，真好吃，她抬头对胖老太太进行真诚地咧嘴反馈，说："甜！您尝尝不？"

胖老太太忙摆手，问："你这是要送给方医生的吧。"

秦钦嘴里塞着草莓含糊地说："不是，要送给客户的。"

秦钦低头又拿起一个，想着要不要去洗一下，又觉得还要送给别人，自己又吃不多,没有必要,于是只用手抹了抹,塞嘴里了,然后又吃了一个,接着又吃了一个。

方政终于忍不住了,问秦钦:"不洗一下吗?"

秦钦边吃边说:"我再吃两个就不吃了。"

她再吃了四个才终于停嘴了。

草莓本来就不多,又被她吃了一小半,还得装两盒,还得显得多,秦钦蹲在地上分配得相当费力。

方政一边看着她,一边思考这女的到底是怎么和自己的哥哥和弟弟扯上关系的?

就在他怎么想也想不明白的时候,就看着本来是蹲在地上的秦钦突然间就下跪了,捂着肚子,脸色煞白。

方政吓得站了起来,问:"你怎么了?"

秦钦艰难地说:"真倒霉……我终于……知道……为什么……这么甜了……农药劲儿太……足了……"

方政说:"谁让你不洗就吃!"

方政扶着秦钦,问:"能走吗?我带你去看病,反正在医院里,方便。"

秦钦满头的虚汗,摇摇脑袋。

方政这时候面临一个艰难的选择,他不能一个人摆弄她,得找个能对她负责的,那是找方平还是邓展能?这有可能关系到她将成为自己的嫂子还是弟妹,虽然方平更方便,但是他真心不想让这女的和自己的亲哥哥扯上关系,于是抱着试试看的态度他把电话打给了邓展能。

他说:"喂,我方政,秦钦你认识吗?"

秦钦已经疼得由膝盖贴地到脑门贴地,但她脑门里面的软体尚有一丝意识,当她听到那男的自爆是方政的时候,惊讶得连身上的毛孔都倒吸了一口已经排出来的虚汗。

方政挂断电话弯腰去抱秦钦,他不想浪费时间,一会儿他大哥该回来了。

秦钦说:"方总……草莓……还没拿呢……我特意给你买的……"

方政说:"我才不吃呢!"

方政抱着秦钦往楼下跑,因为楼下是门诊。

秦钦在方政的怀里说:"方总您好……我是报社的编辑秦钦……我是……我今天来是为了……"

方政有点儿不耐烦,说:"行了行了,你别说了,我哥都和我说了。"

秦钦继续说:"那方总……您看您能不能考虑一下……"

方政非常不耐烦,自己的哥哥给自己介绍了个什么人啊!老好人也不能这么当啊,连累自己受苦抱胖子。

想到这儿方政就更不耐烦了,说:"你这么重,说话都带分量,赶紧闭嘴,要抱不动了。"

秦钦说:"您……您不让我说……那我……那我不是白来了吗……"

方政说:"现在还有几个人看报纸?都夕阳产业了你还想在这儿骗我钱?"

秦钦非常痛苦,除了身体的疼痛还有心理的疼痛,因为方政说的没错,她想不自量力地抓住余晖就更痛苦了,于是秦钦在痛苦中开出机智的花儿来。

方政终于把秦钦抱到了门诊大厅,这里可比针灸诊室热闹得多,秦钦不断念叨着两个字,但是因为门诊人多噪声大,方政没听清,好在秦钦的声音越来越大,到第五、六声的时候方政才听出来,她叫的是"老公"。

等他听清了,旁边好多人也都听清了,默默地向他们看过来,方政吓出一身冷汗,加之他抱秦钦的时候出的热汗,冷热碰撞在一起,让他的肌肤想要高唱一首冰与火之歌。

他听到秦钦说:"老公……我们的……我们的孩子恐怕是要保不住了……"

方政的心里咯噔一下,他喘着气说:"你疯了吧你!你肚子里的是孩子吗？你肚子里的是屎吧！"

他想把秦钦放在大厅的公共座椅上，但秦钦死死攥着方政的衣领不撒手。

秦钦捂着肚子说："你看……你现在还在骂……我们爱情的结晶是……是一坨屎……"

方政觉得他的人生遇到了一个坎儿，他从没有过这种感觉，他一直觉得自己是个高高在上的富二代，青年才俊，又帅气又聪明，是他们家最出色且最有资格接管集团的孩子，是前几天毕业的那期总裁班里最优质的学员，他甚至觉得这个城市里几乎没有小姑娘能配得上他，然而他今天，就这样栽在了这个吃雪糕糊满嘴、吃草莓不洗泥、看着还比自己大挺多的女人身上！

污点啊！污点！

方政问："你想咋的？"

秦钦说："给我们报社投广告……"

方政说："没戏！"

秦钦使劲儿说："你……你刚才……不应该对我进行殴打……虽然你之前一直家暴……"

方政说：："行行行行行行行！我给你投3000块钱！"

秦钦说："三万……"

方政说："不可能！"

秦钦大声说："虽然你是优尔……"

方政也忍不住大声说："行！三万行！"

他很生气，为什么门诊部在一楼。

秦钦把方政的衣领抓得更紧，说："我那广告是不是也是你指使拍的？！"

方政没说话，衬衫后背全湿透了。

秦钦说："给我撤了！听见没！"

方政还是没说话。

秦钦大声说:"虽然你是优尔……"

方政要崩溃了,脸上的油和汗交织在一起,大声说:"行行行行行!你现在可以去看病了吗?我得给你挂号啊姐姐!"

秦钦说:"那你再给我加三万,算精神损失费!"

"你怎么还……"

秦钦大声说:"虽然你是优尔……"

方政说:"行行行行行!"

秦钦说:"这回行了……你赶紧给我送进去吧,我真的不行了我!"

邓展能赶到的时候吓了一跳,他此生从来没有看到他二哥这么狼狈过,他忍不住默默地拿出手机拍了张照片。

方政一看到邓展能来了,站起来,双手掐着腰,忍不住发火:

"这女的什么人啊?!"

19

我是她男朋友

邓展能问:"她怎么了?"

她怎么了?

方政不说话了,说什么呢,多丢人,他又默默地坐了回去,双眼空洞,一言不发。

邓展能此生从来没有见过他二哥这么颓丧过,他忍不住又偷偷地拿出手机拍了张照片。

方平扶着秦钦走了过来,他后来回针灸诊室看到了地上的草莓,胖老太太告诉他的。邓展能看见他俩马上伸手说:"哥,把她给我吧。"

方平愣了一下,他不知道为什么邓展能会出现在这里,以及,为什么管他要人。

方政走过来,皱着眉头说:"给他给他给他!"

秦钦看了方政一眼,方政看到了这个眼神,突然有一种被回忆支配的恐惧。

秦钦对方平说:"我和小邓是邻居,我住在他楼上,平时这小伙子可热心了!"

邓展能在后面笑笑说:"是,她家也养狗,我们经常……对狗粮的口味进行深入的探讨。"

秦钦也陷入了被回忆支配的恐惧,她转过头白了邓展能一眼,都不知道他本来煞白的脸上红起来有多明显。

不过因为拉广告的大业已经完成，又让医生诊断过没有大问题，除了这几天有可能拉拉肚子，一切都很完美，此刻秦钦浑身上下都充满了对方平的感激之情，她转过身对方平说："今天真的谢谢你了方医生！"

又陪他看病，又让她拉到广告，她此刻不仅想要感谢他，甚至想要感谢他全家，可是又想到身后那两个他的家人，那还是算了吧，就感谢他一个人好了。

"近期你有空吗？我能不能请你吃饭，算作答谢。"秦钦说。

方平看着秦钦微笑，他这笑，让邓展能和方政都很害怕，邓展能怕的是笑容太暖，方政怕的是他哥要答应。

方平说："好呀，但要等你的病好了再说。"

他这么说，让三个人都暂时放下心来。

秦钦突然要上厕所，她最近都会这样突然，她走了，留下三兄弟，方平指了指玻璃墙外，于是三个男人出去抽烟，方平吸了一口，然后把手里的两袋药分别给了方政和邓展能，方政颠了颠他手里装药的塑料袋，说："爸的病又重了，你俩都多回去看看！"

方平说："我晚上让人把藕儿送过去。"

方政说："我说的是你！"

他又转过来看邓展能，说："还有你！开个破宠物店就忙得回不去了？谁给你养大的？"

方政一说起来就没完，趾高气扬地站在中间说教，方平和邓展能隔着方政遥遥相望，都像是有话说，不巧又一起开了头。

方平说："你和秦钦……"

邓展能说："澜姐……"

话撞在一起，方政又在那儿喋喋不休，双方都有些泄气，低头默默抽烟。

一根烟抽完，方平终于忍无可忍想打断他弟弟，秦钦回来了，秦钦一回来，方政就立刻消停了。

秦钦走之前，凑到方政耳边小声说："刚才的事儿我全程录音了，你赶紧给我办事儿！"

方政低着头轻咳了两声，尽量表现得泰然、冷酷、高傲，可是他再咳也没掩饰住他此刻内心的尴尬、懊恼以及屈从。

然后秦钦马上换了一张恭敬的脸，微笑着大声说："方总，再见！"

还鞠了个90度的躬，方政吓得，差点儿条件反射鞠了回去，还好他高高在上的人设及时地阻止了他。

然而邓展能在一旁已经洞察了一切，他内心非常雀跃，甚至想要牵秦钦的手，就像去牵一只能够保护自己的大狼狗。

两人都快走远了，方政突然高声叫住了邓展能，然后挥了挥手，让他回来，邓展能看着秦钦说："等我一下。"

邓展能小跑几步回去，没想到方政把手里的药递给邓展能说："明天你过去送。"

邓展能没接，给老爷子献殷勤的活儿他二哥最爱做，怎么今天把机会让给了他。

方政不耐烦，命令道："给我接着！"

邓展能就伸手接着，方政说："我知道，相比较亲儿子，他更希望看到你这个亲侄子，所以我希望他这段时间能开心一点。"

方政的脸上竟然闪过一丝哀伤，邓展能看了心里也慌，他知道他姑父可能是真的不好了。

方政又对方平说："你也知道吧，对他比对你这个老大还亲呢！"

这个时候还不忘挑拨一嘴，他二哥果然还是他二哥。

邓展能忽然发现秦钦快走到门口了，也顾不得方政挑拨，简单道了个别就追了上去，他有点儿生气，追上秦钦的时候说："不是让你等我！"

秦钦说："我自己可以打车回去。"

邓展能说："逞什么能。"

秦钦站在原地想了想，又点点头说："那就谢谢你了，好邻居。"

137

秦钦说完接着往前走，这回邓展能不走了，他看着秦钦，比刚才她擅自离开的时候更生气一点，秦钦看他不走，疑着一张脸，一副无辜的样子，问："你车停哪儿了？"

邓展能这才哼笑了一声，低头说："你就跟我装吧。"

然后径直往前走，再也不搭理她。

秦钦人生的高光时刻来了。

还没到家，秦钦就接到了胡总亲自打来的电话，对她进行十分猛烈的表扬，提成是肯定要批的，升职加薪也是有机会的，并告诉她明天就举行表扬大会，让秦钦务必参加。

秦钦自然满口答应，她已经很久没收到表扬了，她现在非常需要这样的仪式来给自己冲冲喜。

邓展能开着车，听完她整个电话后，专注地看着前方，说："明天要带奇奇去检查。"

秦钦说："奇奇怎么了？"

邓展能说："奇奇最近又蔫了你没看出来？"

秦钦真没看出来，她最近手头的事儿太多，根本无暇顾及其他。

她小声给自己圆场："我以为……它一直都是这样……"

邓展能看了看秦钦，表情很严肃，她从来没见过他这种完全没有一丝笑意的表情。

邓展能说："我临时有事，去不了了，但是我已经和宠物医院那边约好了，麻烦你明天带它去看看。"

秦钦说："可是我有工作啊……"

邓展能打了个左转向说："我以为你的工作已经完成了。"

秦钦无话可说，她免费住在邓展能家里本来就是为了照顾宠物的，更何况她也是奇奇的主人之一，一想到奇奇的病可能因为她的疏忽而耽误了，她心里也不好受。

秦钦问："宠物医院在哪儿？"

邓展能说:"在红霞路路口,佳和大厦左边,具体位置一会儿到家了我发给你。"

秦钦说:"哦,那离我们报社不远,我应该可以很轻松找到。"

邓展能看了看秦钦,眼神像花开的瞬间,他说:"那就辛苦你了,我争取快点回来,明天出门,别忘了把奇奇的名牌带上。"

秦钦请假说自己得了很严重的肠胃炎,实在去不了,虽然没有实在去不了,但确实得了急性肠胃炎,她这也不算耍大牌。

第二天,秦钦带着奇奇打车过去,没想到快到地方的时候她突然很想上厕所,病中的生理欲望是忍都忍不了的,她只能带着奇奇临时下车,一抬头,刚好是报社门口。

秦钦想,去报社上厕所也挺好,不用问路不用找,快去快回,她低头看了看手机,这个点儿大家都在开会应该也不会被发现,即使被一两个发现了也不是什么大事,只要别被领导看见就行。

情急之下,她把奇奇拴在报社楼下的一棵树上,说:"你等等我,我马上就回来!"

走进熟悉的厕所,秦钦长舒了一口气,等她快结束的时候,外面隐隐约约地传来掌声和说话声,她知道,表彰大会也快结束了。

当她起身的时候,外面突然传来一声闷响,只听哗啦啦的水声如喷泉喷涌一般热闹,隔不久就听见有个女声高喊:"不好啦,水池子的水管爆啦!"

那个声音她熟悉,是保洁大姐,秦钦心理有种不好的预感,她想趁着散会的人前来欣赏喷泉之前迅速逃离现场,但是她的腿麻了,她暂时迈不开步子。

果然,陆陆续续地脚步声和说话声就这样越来越近了,秦钦急得想跺脚,但是腿脚又不争气,她就只能气水管子,就不能晚点儿爆裂?

"厕所里还有人吗?厕所不能用了啊!"一个男声高喊道。

秦钦没有办法,只能蹒跚着走出来。

一出来她就看到了以张哥和罗齐丽丽为首的几个同事经常爱看热闹的同事站在厕所门口看热闹,她与他们之间被一道在空中源源不断喷涌而出的水流阻隔着。

罗齐丽丽尖声大叫:"呀!秦钦!你怎么在这儿?你不是生病了吗?"

这样一喊,大家都过来了,都想看看今天因生病儿缺席的表彰大会主角为什么会出现在报社的厕所里。

这其中当然包括了胡总和主编。

秦钦想,今天的人是真齐啊!

胡总脸上有点儿挂不住了,冷声问:"你不是说要在家养病吗?"

秦钦此刻百口莫辩,张口闭口十几次,终于瞪眼瞎编:"是啊!我本来在家上厕所上得好好的,结果一推门突然就到这里来了,我也很震惊,我也不知道是怎么回事儿,这太诡异了!"

大家都惊呆了,连装修工人都停止了动作,没有人说话,他们就这样在卫生间里静静地对望。

望了挺久的,胡总这才严肃地说了一句话:"秦钦,你觉得我能信吗?"

秦钦在水流中无言以对。

"他说的是真的。"声音笃定而从容。

大家纷纷往后稍,邓展能就这样缓缓出现,直走到队伍的最前方。

主编端详着邓展能,问:"你是谁?"

邓展能微笑着说:"我是她男朋友。"

20

喜欢你还需要理由吗

齐刷刷地就是一声惊呼。

邓展能又说:"我们在同居。"

齐刷刷地又是一声惊呼。

邓展能最后说:"所以我可以证实她说的是真的。"

罗齐丽丽离秦钦最近,她困惑地问秦钦:"你跟着啊什么?"

秦钦说:"啊?啊!啊……"

邓展能跨过水柱,身上不免淋湿了一些,被喷了水的邓展能更加迷人,像一棵生机勃勃的绿植,让人看了就会有好心情。他向秦钦伸出手说:"我本来想抱着试试看的态度来报社找找你,没想到你真的在这里,快跟我回家吧,你还病着呢。"

秦钦迟疑着向他伸出的手一时反应不过来,结果被不耐烦的邓展能一把拉进怀里,搂得紧紧的,一边往出走一边说:"下次你再上厕所别关门了,我看着你上,不然你又穿越了可怎么办,这真是太诡异了。"

他们就这样走出了厕所,秦钦还想回头看看胡总的表情,被邓展能用力的手臂制止住,在他们的身后,所有人都在讨论秦钦的这位突然冒出来的男朋友,谁还在乎秦钦为什么会出现在这里。

主编自言自语道:"看着……比秦钦小吧……"

胡总接茬:"看着是比她小……"

秦钦下楼这一路走得飞快,到了楼下,秦钦挣开邓展能的手臂,才敢问邓展能第一句话:"你怎么来了?"

邓展能叹了口气,看着秦钦说:"刚才奇奇丢了。"

"啊?!"秦钦大惊,全身的虚汗一下子都冒了出来,转身一看刚才把奇奇拴在上面的那棵树,什么都没有了。

邓展能说:"你别担心,已经找到了,你拴得不严,奇奇挣脱了,后来陌生人看见奇奇身上的名牌,给我打了电话。"

秦钦看着邓展能,眼中还残留着刚才的惊恐。

邓展能有说:"走吧,上车吧,在车上呢。"

奇奇坐在后座上,看见他们回来了,还挺高兴,秦钦没上副驾驶座位,直接开了后座的门,和奇奇坐在了一起,摸着它的头。

邓展能启动车子,不冷不热地说了一句:"下次一定注意,奇奇是条有病的狗,真要是丢了,就活不久了。"

秦钦觉得委屈,说:"我又不是故意的!我也是个有病的人,我现在控制不了我的身体!"

邓展能没说话,两句话的工夫就到宠物医院了。

停了车,秦钦非要抱着奇奇进宠物医院,邓展能说:"不用抱着,它能走。"

秦钦此刻正费神费力,没好气地抛给他一句:"我愿意!"

医生在给奇奇做检查的时候,邓展能悄悄拉了拉秦钦的手,被秦钦打掉,邓展能又拉,这回使了劲儿。

邓展能说:"对不起。"

他转过头看秦钦。

可秦钦眼里只有奇奇。

邓展能又说:"这事儿怨我,你也病着,不该让你带着奇奇去看病。"

秦钦的手终于不再挣扎了,她转过头,眼里也有了邓展能,然后又迅速转过去,小声说:"你给我松开,这是医院!"

邓展能没说话,但也没松手。

秦钦说："我告诉你，我可是很宝贵的，什么地方都不能随便碰，你什么都没说就碰我，那你就是耍流氓！"

　　当年她和徐来确立关系的时候也是等到徐来表白以后她才同意拉手，他不做出最基本的承诺，她怎么能让人随便碰？要是就那么默默让人牵了手，第二天不认账了怎么办？

　　邓展能认真地看着秦钦，说："好，秦钦，我喜欢你，和我好吧。"

　　秦钦说："知道了，我不同意，现在可以松手了吗！"

　　宠物医生抬头看了看他俩，忍不住笑出了声。

　　邓展能松开手，过了一会儿，他看着在检查台上的奇奇，说："你可真直接。"

　　秦钦一副想不通的表情，看着邓展能说："你不是喜欢说话直接的人吗？"

　　邓展能哼笑了一声，说："是，我喜欢直接的人，所以我喜欢你，也谢谢你为我变成我喜欢的那种女人。"

　　秦钦被气得又跑了一趟厕所，等她从厕所出来，奇奇的检查结果也出来了，病情扩散了，需要加大药量。

　　到家下了车，秦钦还要抱着，邓展能过去拉住她，说："就这两步路它自己能走。"

　　秦钦没说话，强行去抱，邓展能叫了一声："秦钦。"

　　秦钦还是没搭理，她调整姿态，研究自己在哪个姿势发力才能省力。

　　邓展能看不下去了，又拉住她说："我抱，我抱行不行？"

　　秦钦没再坚持，她走在邓展能后面，看着奇奇在邓展能的右肩膀上露出小脑袋看着自己，心里抽痛。

　　到了家，秦钦也是一样的沉默，她给奇奇喂药，给纳瑞喂营养膏，给鲍勃梳毛，给小祖宗……她看了看小祖宗，发现他现在什么都不需要，只想睡觉。

　　秦钦做这些已经很熟练了，等着一切都做完，她也想睡觉。

这一觉睡到晚上，等秦钦醒来的时候，邓展能已经把晚饭都做好了，秦钦吃晚饭的时候还是一副提不起精神的样子，比奇奇看起来更蔫儿。

邓展能说："其实你不用自责的，奇奇的病本来就无法根治，这我之前就和你说过，我们能做的，就是尽量让它在死之前更舒服更快乐一点。"

秦钦说："可是连这个都没有做到，如果我心能更细……"

邓展能打断她说："我心细就行了。"

他往秦钦碗里加了块牛肉，接着说："我今天已经知道错了，我下次一定注意，多照顾你们。"

秦钦看着邓展能接着吃饭，心里有一种说不清的情绪正在涌动，她低头尝了尝那块牛肉，又一下子踏实了。

邓展能一直赖到11点也不走，秦钦因为今天睡多了反正也不困就没说什么，但是11点了，确实是有点儿晚了，再过一个小时，她就要又长一岁了，她可不想在她31岁时做的第一件事儿就是给邓展能粘毛。

秦钦说："你不困吗？"

邓展能明白她的意思，点了点头，说："走吧。"

秦钦在给邓展能粘肩膀的时候，邓展能问："你心情好点儿没？"

秦钦闷声说"嗯"。

邓展能说："你要是没好我今晚可以留下来。"

秦钦觉得不可思议，抬头问："你不是受不了毛？"

邓展能说："为女朋友牺牲一下也是没问题的。"

秦钦手里的粘毛器啪的一声打在邓展能的脑门上，这款粘毛器粘性强力又没怎么用过，直接就粘住了。

"你干吗！"

邓展能伸手把黏在脑袋上的东西扯下来，用另一只手揉着那一块被扯痛的皮肤。

秦钦双手掐腰，看着邓展能说："我看你是脑子进毛了！"

邓展能捂着脑门问:"你什么意思?"

秦钦说:"我还没找你算这个账呢,谁让你在我同事面前胡说的!"

邓展能说:"我救了你你还打我!"

秦钦说:"那也不能胡说啊!"

邓展能说:"你当时不也胡说来着吗!我就只能这样配合你了!不然你怎么和你领导继续解释?"

秦钦想,也对。

于是继续乖乖粘毛,给邓展能粘腿的时候,想到自己即将结束的30岁,觉得在这儿最后时光还是要做件好事,也许还能抵消霉运呢,那就,对面前这个年轻小伙儿进行爱的教育吧。

秦钦说:"你下次真的不要这样胡说了,跟别的女生也是一样,总这样,会显得不稳重。"

邓展能问:"你觉得我是在胡说?你不相信我喜欢你?"

秦钦抬头,一副我为什么要相信你喜欢我的表情。

邓展能说:"我可以告诉你我为什么喜欢你,但是……"

他也蹲下去,和秦钦挨得更近,却仍然比秦钦高出许多。

"但是,得在你喜欢上我的时候。"

秦钦:"……"

邓展能说:"所以,你要想知道原因就得努力。"

邓展能说完就起身回去了,剩下秦钦还仰着脖子,蹲在原地。

21

不管几岁，快乐万岁

第二天上班，大家都在问她男朋友的事儿，果然没人关心她为什么请假期间还出现在报社的厕所里。

就连胡总对她的开场也是："小伙儿不错啊，干什么的？"

秦钦说："开宠物店的。"

胡总打了个喷嚏，一副恍然大悟的样子，说："怪不得怪不得。"

秦钦连忙递上面巾纸说："不好意思胡总，我来之前明明粘过毛了，看来还是没弄干净，我这就去管罗齐丽丽借粘毛器去。"

胡总用纸巾捂着鼻子说："不用不用，客气啥呢，好好处，小伙子很精神的。"

接着胡总就在纸巾的背后和秦钦简单说了一下奖金的事儿，但是没提升职和加薪，胡总虽然比以往客气，但是今天的胡总和前天给她打电话表扬他的胡总相比，少了很多热情。

胡总走后，秦钦发现自己的左胸部分粘着一根肉眼很难发现的白色毛发，她今天穿了一条杏色的连衣裙，很难发现这样一根毛，秦钦捻起来仔细看了看，这大概是小祖宗的毛，可她脑子里却出现的是邓展能的样子，她发现她现在对邓展能的感觉就像宠物的毛发，就算已经仔细的大面积清除过，可还是会有遗漏的，一定会有遗漏的，不知道会在什么时候，在身体的什么地方，就会发现细小却无法忽视的它。

罗齐丽丽拿着一个包得漂漂亮亮的包裹走过来，说：

"秦姐，你男朋友好帅哦！"

秦钦心想，看吧，他又出现了一次。

罗齐丽丽将包裹递给秦钦说："这个给你，生日快乐哦！"

秦钦非常惊喜，她真没想到，这个平时看起来没心没肺、异常自我、连垃圾桶都是自己帮忙倒掉的女同事，关键时刻还是非常让人感动的，就凭她记得自己生日这一点，她已经打败了她身边99%的人，那1%并不是她的爸妈，而是可怜的自己。

秦钦一时半会儿没说出话来，她接过礼物，紧握了一下，才说："丽丽，我真没想到……真的太感谢了！"

罗齐丽丽说："今晚要请客哦！"

此刻的感激之情已经被堆积到位，她毫不吝惜地说："行！你想吃什么！随便点！"

罗齐丽丽说："那我可就不客气了哦！快打开看看吧秦姐。"

"嗯！"秦钦小心翼翼的拆了包，罗齐丽丽说："这个包装是我自己亲手包的，这个缎带是我选的，这个粉粉的超可爱的！"

秦钦听完，就更小心翼翼了。

秦钦完全拆开，礼物是一本书，这本书的名字叫《如何预防宫颈癌》。

如何预防宫颈癌？

秦钦看向罗齐丽丽，笑容逐渐僵硬，但罗齐丽丽非常兴奋，说："怎么样？惊不惊喜？"

她满脸的期待，秦钦以一个多年同事对她的了解，那并不是装出来的，那必然是她精心挑选的礼物。

秦钦有点儿生自己的气，她已经31岁了，为什么还要像个孩子一样期待一份生日礼物？她什么时候才能做到像一个大人一样淡定形容！

秦钦说："惊喜倒是挺惊喜，意外也是真意外啊。"

罗齐丽丽说："秦姐，你年纪大了，你必须得掌握一些实用的保健知识，好让自己活得更久一点，多过几个生日，多收几个礼物。"

秦钦看了看这书，发现还是个丛书，除了《如何预防宫颈癌》，还有《如何预防乳腺癌》，《如何预防皮肤癌》和《如何预防产后抑郁症》等等，那么活久了，她是不是就能集齐这套宝贵的抗病丛书了呢？

秦钦深呼吸了一下，才露出一个隐藏了苦涩和尴尬的灿烂微笑说："谢谢你！丽丽！爱、爱你哦！"

罗齐丽丽心满意足地回到座位上，不一会儿给秦钦发来一个餐厅的地址，月桂牛排，人均320元，秦钦向罗齐丽丽看过去，罗齐丽丽正在向她嘟嘴眨眼睛，她看着罗齐丽丽，心中是无限的惆怅。

中午邓展能打来电话，问她晚上回家吃饭吗，秦钦说不回家了，晚上同事有聚餐，她有点儿纳闷，为什么邓展能要特意打电话来问她这个问题。

下午三点多她俩就过去吃饭了，罗齐丽丽开着她红色的马自达到达月桂牛排，秦钦下车的时候就想，果然，31岁的第一天仍然是生活艰难的一天。

秦钦看着菜单，被罗齐丽丽拿过去，说："哎呀，你不经常来这里，不知道他家什么好吃，点菜交给我吧。"

秦钦说："其实我……不怎么饿的……你就、你就点你想吃的就行……"

罗齐丽丽点了两份安格斯草饲西冷牛排，点了一份香煎三文鱼配柠檬黄油汁、主厨沙拉、黑松露汤和提拉米苏蛋糕，最后她看向秦钦说："开瓶红酒吧，过生日嘛，要有气氛。"

对面的秦钦只觉得这家店的空调开太大了，她此刻手脚冰凉。

菜上的还挺快，酒也开了，她俩碰了杯，秦钦觉得舍不得，喝了一小口，罗齐丽丽看着秦钦夸赞道："秦姐，你很会喝红酒嘛！"

秦钦："呵呵呵呵呵……"

两人吃着饭，罗齐丽丽突然说："秦姐，我和你说件事儿，你先别声张。"

秦钦嘴里的那块牛排带筋，她嚼的时候费些力气，抬头看罗齐丽丽，用眼神示意她继续说。

罗齐丽丽喝了口红酒说："我爸告诉我，我们报社要黄了，这回是真的。"

她的牙齿还没完成工作就在这突如其来的惊讶中交给了胃。

罗齐丽丽接着说："众泽集团今年要改革，第一个砍掉的就是我们报社，我估计过两天就会宣布这件事情了。

"胡总知道的时间和我爸差不多，都是在表彰大会的那天晚上。

"我爸已经开始给我安排新工作了，反正我的要求不高，只要体面、清闲、离家近就行了，但是秦姐，你还是抓紧找工作吧，我私底下先告诉你就是想让你多准备准备，现在工作不好找。"

"谢谢。"

"客气。"罗齐丽丽又喝了口红酒，一副轻松自在的表情。

可对面的秦钦就不一样了，她刚刚走上职场的表彰大会领奖台，就要被职场抛进垃圾桶了，正像她的牙齿再遗憾，她也不能倒立，将胃里的牛排再还回来。

罗齐丽丽晃了晃手中的红酒，问："秦姐，你没事儿吧？"

秦钦笑了笑说："没事儿啊，就是刚才有块牛肉带筋，我没嚼完就给咽进去了，就，有点儿遗憾，还有点儿委屈，还有点儿心慌。"

罗齐丽丽就笑，说："咳！不就是块肉吗，哪来这么多情绪。"

秦钦低头苦笑，心里想，不就是个工作吗，还半死不拉活的，哪来这么多情绪。

这时候餐厅的服务员带着一把小提琴走过来，说："请问是这位小姐过生日吗？"

罗齐丽丽说："是啊！是啊！"

服务员说："生日快乐！我们餐厅想赠您一曲生日快乐歌，是免费的，您要听一下吗？"

罗齐丽丽说:"听啊!听啊!"

服务员开始奏乐,琴声欢快悠扬,像一曲丧歌,哀悼她今天逝去的年华和失去的工作。

一曲奏完,秦钦不禁红了眼眶。

罗齐丽丽说:"秦姐,干啥呢,鼓掌啊!"

秦钦这才反应过来,轻轻鼓掌和服务员说:"谢谢!真的很……感动……"

她的眼泪在眼眶里打转,看起来好像真的很感动。

秦钦举起酒杯说:"谢谢你今天给我过生日,丽丽!"

她此刻又舍不得这瓶红酒了,于是一饮而尽,最好这一瓶都进了她的胃里,她舍不得浪费一滴。

然后她就真的做到了,一滴都没给罗齐丽丽留着。

罗齐丽丽叫了代驾,带着秦钦开到她家楼下,然后拿着秦钦的手机,用她的大拇指开锁,又找到微信里邓展能的头像,发微信语音说:

"帅哥,你女朋友在我车里,我在你家楼下哦!"

邓展能回复:请稍等,我马上下来。

罗齐丽丽把手机扔到秦钦的怀里,走出去站在车外,然后开始补妆。

秦钦在后座上红着所有裸露在空气中的部位,像一颗睡着的烂番茄。

邓展能很快就下来了,他穿着灰色的家居服,手里拿了一件牛仔衬衫,他小跑去,罗齐丽丽眼里的绿光为他指明了前进的道路,他跑到罗齐丽丽的面前说:

"今天真的谢谢你了,你是她同事吧?"

说完就去开了后座的门,用牛仔衬衫把秦钦的裙角围住,然后像扛大米袋子一样把秦钦扛上肩头,轻松自在。

然后又对着罗齐丽丽说:"辛苦了,路上注意安全,再见。"

邓展能就这样转身离开,罗齐丽丽刚才准备好的开场白都黏在了她刚补好的丰润唇蜜上,坠得她脸抽筋、嘴巴疼。

她坐进车里,报出地址,打开粉底,照着小镜子,对自己微笑,自言自语:"帅倒是真的帅,可惜只是个开宠物店的。"

说完这句话就好受多了,她又挺了挺自己的胸。

22

生活真是防不胜防啊

邓展能把秦钦带到自己的房间，放到自己的床上，刚给她脱了鞋，她就醒了，坐起来，黄色的卷发乱蓬蓬地盖在脑袋上，僵着脸，眼神发愣，突然说了一句："为什么是我失业，我做错了什么？"

邓展能拎着她的高跟鞋问："你失业了？"

秦钦看着邓展能，说了今天罗齐丽丽告诉她的事儿。

邓展能说："那又不是你一个人失业。"

秦钦说："可我比他们都努力啊！"

邓展能说："所以呢？"

秦钦说："所以？所以这不公平，现在纸媒艰难，可我已经习惯了。"

邓展能说："那不正好改改你的习惯？"

秦钦愣愣地好像在思考，又好像什么都没有想，然后突然就用双手抓住脑袋，用力地揉搓自己的头发，喉咙里发出"嗯嗯嗯嗯"的古怪声音，邓展能赶紧丢下鞋子抓住她的双手制止道："虽然你现在头发很多，但是不能不为以后做打算。"

秦钦看着邓展能的眼睛，想在他眼睛里找到自己此刻需要的东西。

"秦钦，你在害怕吗？"邓展能问。

"你在怕什么？有什么可怕的。

"没有什么是长久的，或者稳定的，习惯了也必须要改变的，你不要怕自己会变得更糟，你有可能会变得更好，你很没有自信吗？"

秦钦又抬起眼睛看邓展能，这次抬出了一些气势，抬出了一丝险情，抬出了一点儿野，她的皮肤已经不再那么红，现在是白里透着红，让人想起云朵与晚霞，这让邓展能心中一动，他慢慢放开手，想去吻。

秦钦犹犹豫豫地小声问："你现在发现我这么尿，你、你还会觉得我好吗？"

邓展能暂时放弃了想吻她的想法，忍不住转过身去笑，肩膀一抖一抖的，抖了一会儿，又转过来问："秦钦，你什么时候不尿？"

秦钦扭过脸去，咬紧下唇，双手握拳，竟然也在颤抖，她颤抖而愤恨，愤恨积蓄在一起，她大声说："不许说我尿！我以后不会再让任何人觉得我秦钦是个尿货！"

邓展能伸手，温柔地拍了拍秦钦的头，说："好，我等着尿货的崛起。"

气势本来都挺磅礴的，被这么一拍，又给拍掉了半截，剩下那半截，只够让秦钦带点儿命令又带点儿撒娇地要求道："我要喝水！"

邓展能起身去给秦钦倒水，他想，闻一朵花之前，先给它浇点水，这样闻起来是不是会更香。

可等邓展能拿着水回来，秦钦已经倒在床上睡着了。

邓展能有点儿无奈，看了秦钦一会儿，然后弯腰捡起她的鞋子放到鞋柜里去，接着又回来看了看睡得死死的秦钦，然后向浴室走过去。

秦钦是被渴醒的，她不知道她睡了多久，醒了以后，发现身边有一杯水，拿起来就干了。她听到脚步声，然后缓缓转过头，她看见一副好身材正拿着白色的浴巾擦头发，她在这副好身材的中间部分发现了一个很神奇很神奇的东西，她的眼光跟着移动，眼睛都不眨一下，终于，她看懂了那是什么，然后忍不住大叫："啊！"

邓展能被吓了一跳，他赶紧用浴巾捂住了中间的部分，说："你喊什么！"

秦钦还是一副惊讶的表情，目不转睛地看着邓展能。

邓展能非常慌乱，他凌乱着头发，便给自己围好浴巾边说："你刚

153

才不是睡得跟死猪一样！怎么醒了！"

秦钦说："我渴呀。"

邓展能说："我、我内裤忘记带进浴室了……我、我又不习惯……我、我也不知道你这么快就醒！"

秦钦下床走了过来，看着邓展能，极其严肃地说："你那里……"

邓展能的脸"刷"地红了。

秦钦说："我是说你的腰上，怎么会有奇奇冰激凌的文身？"

邓展能看着秦钦，问："你就只看到了奇奇冰激凌的文身了吗？"

这回秦钦的脸"刷"地红了，本来就红，现在发紫，紫里透红，大红大紫，姹紫嫣红。

邓展能扯着嘴角笑了笑，显然，他对她的这个反应，很满意。

气氛十分微妙，秦钦有点儿不敢看邓展能，她低着头，可她不看他也没有用，他身上潮湿的气息在填补她的毛孔，让她又觉得渴。

她终于听见他说："洗澡去。"

"啊？"秦钦抬头。

邓展能说："那你就站在这儿看我换衣服，反正你也都看了，看一眼和一直看是一样的。"

秦钦说："那我这就回去……"

邓展能说："想知道为什么就在这儿洗！"

说完绕过她去衣柜面前伸手就要摘浴巾，秦钦赶紧跑。

秦钦洗了很长时间，邓展能怕她在浴室睡着被淹死，就敲门，秦钦出来了，这回比刚才白多了，邓展能把泡好的蜂蜜柠檬水递给她，两个人坐在客厅的沙发上吹空调，邓展能点燃一支烟，他吸了一口，说："我就是奇奇。"

"那个冰激凌纸上的胖小子形象，就是我。"

秦钦目瞪口呆。

邓展能抬了抬手，说："喝呀。"

秦钦就"目瞪口呆"。

邓展能继续说："是我爸画的，当时我就3岁，他弄出了优尔的第一件产品，把自己儿子的样子印上去了。"

邓展能把烟掐灭，接着说："后来，就我8岁的时候，有一次他和我妈去送货，开长途，出车祸，都死了。"

秦钦将手里的杯子握紧，邓展能又点燃了一根烟，说："然后我就住进了姑姑家，姑父接管了优尔，就是这样了。"

他说这件事，就好像在说别人家的事儿一样，说完了又问："你还喝吗？我再去给你弄。"

秦钦连忙摇头，说："我不喝了。"

邓展能站起来，把秦钦手里的杯子拿过来说："都是过去很久的事儿了，他们对我很好，好得我二哥都嫉妒我，因为我俩的年纪差不多嘛，只是后来……"

"后来？"

邓展能停住，又轻笑了一下，说："你再多喝点儿。"

说着进了厨房，等把杯子拿回来，她又问了一遍："后来怎么样了？"

邓展能靠在沙发上，浑身上下都是放松的，手指连夹烟的力气都不想使，但眼神却是充满含义的，他的力气好像都内化为情绪，全部支援了看秦钦的那双漂亮眼睛。

他说："你还记不记得咱们第一次见面的时候。"

秦钦："嗯？"

邓展能说："你提到了奇奇冰激凌。"

秦钦："嗯……"

邓展能说："你说你最喜欢那个印在上面的小男孩儿奇奇，给自己的第一只宠物都重新取了他的名字。"

这回秦钦连"嗯"都不敢"嗯"了，她屏住呼吸，等他往下说。

邓展能扯着嘴角微笑，笑都懒懒的。

"第一次就表白,这么看你一点儿都不尿,挺好,表白我收到了,我说过我喜欢直接的女人,所以我喜欢你。"

秦钦的身体没敢动,但开始进行目光上的逃避。

邓展能的后背挺了起来,起身追着她的目光,问:"怎么,不认账?"

秦钦说:"我当时也不知道……"

邓展能说:"不认账就是尿。"

秦钦的目光终于又回来了,她深呼吸。

邓展能又说:"我昨天说什么来着?你想知道我为什么喜欢你你就得喜欢我,好了,那现在你知道了。"

秦钦说:"那、那我也没想到……"

邓展能说:"又不认账?又尿。"

秦钦噌地站了起来,她听说红酒都是后劲儿大,现在头有点儿晕,但是意识足够清醒,她指着邓展能叫嚣:"你再说我尿试试!"

邓展能说:"那你倒做点儿不尿的事儿。"

秦钦想什么是不尿的事儿。

邓展能盯着秦钦,马上给出答案:"有本事你现在跟我进卧室。"

秦钦冷笑,说:"这有什么!那张床我都睡过两次了!"

邓展能走过去,离她很近,他看着她的双眼,低声问:

"床你睡了两次,现在敢不敢睡床的主人?"

秦钦的脑子嗡的一声,她懂了他的意思,她觉得那瓶红酒在她的身体里又发酵了,那红色的液体流进她的血管,和她的血液不分彼此,组成了她崭新的身体,这副身体要和旧的身体告别,不能悄无声息,不能得过且过,不能任人宰割,不能倒霉,更不能尿,她听见自己说:"那,有什么不敢。"

23

今晚的月光真美啊

半夜，秦钦摸黑偷偷摸摸穿衣服。

灯突然间被按亮，邓展能坐在床上，赤裸着上身，揉着眼睛问："你干吗呢？"

秦钦低着头，不敢看邓展能，那个那个地说了好几遍，才说上一句："那个……我、我手机没电了……我得、我得回去充电……"

邓展能本来挺困的，听秦钦这么说，瞬间就被气精神了。

回去给手机充电？她睡完想跑就给他这个理由？简直要被气死！

他下了床，双手扶住腰，仿佛只有这样，才能束缚住自己不爆发出来，他深吸了几口气，不行，又转身去拿烟，都夹在手指上却又放下了。

秦钦当然知道他生气了，她站在那里小心观察他，光着脚，一动也不敢动。

邓展能回头，一看就看到了秦钦这个状态，目光一接上她赶紧又转过头去，解释道："我俩的手机充电器不、不匹配……

"我、我一般都是晚上充满电白天用一天的，续航能力特别、特别好……你、你手机的续航能力咋、咋样？"

他就那么看着她，没动，好像怒气更大了，秦钦就更不敢动了。

秦钦想的是，转移话题，消减邓展能的怒气。

邓展能想的是，我都这么生气了还问我手机续航能力好不好？

过了一会儿，秦钦又小心地说："你、你别、别生气，我就是、就是充个电,要不我把充电器拿过来?我拿过来充电行不行?"

邓展能看秦钦服软了,心也软了,竟然有点儿想笑,不只是被气的,还有被逗的,他刚才紧绷的身体慢慢放松下来,坐在床上,又把刚才放下的那支烟拿了起来,点燃,才转过头,又看了秦钦一会儿,站起来把秦钦的拖鞋拾起来,送到她的脚边,然后又坐到床沿上抽烟,他弓着背,仿佛在思考,再看向秦钦,眼神多了一丝玩味。

秦钦把拖鞋穿上,打了个哈欠,打到一半,眼神不经意地路过邓展能的眼神,吓得那一半又给吃回去了。

邓展能这才掸了掸烟灰,缓缓开口道:"想走?"

他挑着眉毛,嘴角现出浅浅的笑,笑得秦钦心理发毛。

如果她现在有失忆机可以让邓展能把她想跑的记忆忘掉,或者有时光机回到半个小时之前,那该有多好!可她现在只有电量不足的手机,手机还没有让人失忆或者穿越的功能简直太不智能了,现在她只是感叹科技进步的任重道远以及自己做这种事情的毫无经验。

见秦钦没说话,邓展能又说:"想走也行。"

秦钦打断自己的忧思,转眼看向邓展能。

邓展能说:"但是不能就这么走。"

秦钦紧张地等着邓展能的下文,只见邓展能又吸了口烟,悠闲自在地问:

"今晚怎么样?"

"啊?"

邓展能又问:"还难忘吗?"

秦钦的老脸一红,低着头,只能勉强回答含糊不清的单音节。

"啊……"

邓展能笑得有点儿邪性,说:"那给我唱首《难忘今宵》再走。"

"啊!"

防不胜防!防不胜防!生活真是防不胜防!

秦钦万万没想到,她也有今天!"风水轮流转"和"出来混早晚是要还的"这两句话如同银行LED屏上的理财广告一样被无休无止地在她大脑里滚动播放。三更半夜,她的身体和脑子都不如白天好用,偏偏这个时候还让她承载了这么复杂的情感和记忆,她很后悔,她跑只是因为害怕第二天见面会尴尬,现在可倒好,更尴尬!

可她此刻如果承认错误,回床上睡觉,那她不是又认怂了?她必须要让他知道,她真的是要回去充电,而不是睡完就跑!

秦钦硬着头皮问:"能、能不能换首歌儿?"

邓展能问:"怎么了?"

秦钦叹了口气,苦笑道:"你的品位怎么和我的一样?咱俩应该有文化代沟啊!"

邓展能马上问:"你也让别人唱过《难忘今宵》?"

秦钦也马上回答:"没!没有……"

邓展能轻飘飘地说:"那就唱吧。"

秦钦心想,唱就唱,她唱得可比徐来好多了,于是越唱越有信心,越有信心声音越大,就在她饱含深情的即将结束这首歌儿的高潮部分时,有人咚咚咚地敲门。

敲完就大喊:"几点了还唱《难忘今宵》?!还让不让人睡觉了?!咋地你们是想让全楼的人今天晚上都难忘今宵啊!"

邓展能赶紧道歉并保证再也不唱了,隔着门,外面没有声音了。

秦钦小声说:"都是你!"

邓展能也小声说:"是你唱的。"

秦钦回嘴:"是你让我唱的!"

邓展能问:"还回去?"

秦钦这才又想起来,很认真地说:"回啊,我手机是真没电了!"

不回去,《难忘今宵》不是白唱了。

邓展能这一晚没怎么睡好,秦钦也是。

她早早就起来，收拾宠物的屎尿屁，喂了饭，倒了水，还给奇奇做了按摩，她看到奇奇的时候有点儿尴尬，可这又没什么好尴尬的，于是更尴尬，觉得自己在这个事上竟然会尴尬简直白痴。

秦钦看了看手机，时间有限，在报社工作的最后一段时间里，她不想迟到，所以她在遛狗和给邓展能做早饭之间犹豫了一下，最后，她第一次给邓展能做了早饭。

邓展能收到了秦钦的微信，那个时候秦钦已经出门了，他有点儿迫不及待地去隔壁认领了自己的早餐，两个葱油饼，一碗粥，一份咸菜一个煎蛋，味道还不错。

吃完了早餐的邓展能终于完全消气了，他可以给她些时间，其实也不是什么改变都没有，这不是已经有葱油饼了嘛，想到这儿秦钦就打来电话了，邓展能在接起来之前还翘了翘嘴角，看来不止有葱油饼，还有更多。

秦钦接通了就问："小邓，能不能帮我个忙？"

口气听起来很着急。

邓展能说："你别急，慢慢说。"

秦钦说："我爸妈今天要过来看我，能不能用一下你的房子，他们不喜欢宠物。"

邓展能说："可以啊。"

这有什么不可以的，房子算什么，昨晚身子都让你用了。

秦钦说："太感谢了！中午我去你店里取钥匙可以吗，他们下午会过来，应该会住一晚，不过你放心，不会住太久的，按照以往的经验，顶多两个晚上。"

邓展能乐了，他说："没关系，中午我过去找你吧，你请我吃饭就行。"

秦钦说："那个……能不能麻烦你收拾一下屋子？其实你房间已经很干净了，我就是想让你先把那些男性生活用品先藏起来可以吗？"

邓展能在电话那头没有马上说话。

秦钦说:"我爸妈他们……他们比较……保守……"

邓展能这才说:"知道了,能想象得到。"

挂断电话,邓展能收拾了一下,然后带着奇奇和鲍勃去店里洗澡,秦钦在办公室严阵以待,仔细思考还有什么没想到的地方,这时候罗齐丽丽叫他去胡总的办公室,说是奖金到账了,让她过去签一下字,就在她站起来的一瞬间,突然想到了一个很重要很重要的事儿必须要提醒他,如果那个没收好被她爸妈看见,那她就完蛋了。

事关紧急,秦钦边走边发微信,就在她到达胡总办公室的门口,这条微信终于被秦钦发了出去,内容是:别忘了把安全套藏好!

中午,邓展能带着鲍勃和奇奇过来找秦钦吃饭,因为有狗,他们找了一家大排档,坐在靠边的位置上,奇奇因为生病比较蔫儿,鲍勃因为吃饱想睡觉,这两只狗看着都特别乖。

秦钦点了两份凉面,拿着号码牌和两瓶汽水坐在邓展能对面问:"怎么把它们也带来啦?"

邓展能反问:"我们仨中午过来找你吃饭你不高兴?"

秦钦笑着说:"高兴。"

然后低头去摸摸这个,撸撸那个,一脸的慈母笑。

邓展能也笑,看着他们仨,喝汽水。

中午大排档人有点儿多,叫了好几个号码也没轮到他们这一桌,秦钦等得有点儿无聊,随口问邓展能:

"都收拾了吧?"

邓展能点点头,说:"放心。"

秦钦说:"谢谢你啊,小邓。"

邓展能没说话,继续喝汽水,汽水都快喝完了,秦钦突然把头凑过去小声问邓展能:"那个……也收好了吧?"

饭店太吵,邓展能没听清,问:"什么?"

秦钦有点儿难为情,她又凑近了一些,说得有些艰难:"就我给你发微信的那个!"

邓展能愣了愣问:"什么微信?"

秦钦以为她又没听清,于是抬起屁股凑得更近,说:"就上一条啊!我让你收东西的那一条!"

邓展能说:"我没收到那样的微信啊,你让我收东西不是打电话说的吗?"

说着又拿了手机,翻出了他和秦钦的聊天记录,说:"你看,我没收到你说的那条微信。"

两人对视了三秒,一,二,三,然后秦钦迅速归位拿出自己的手机打开微信定睛一看,瞬间爆发出强而有力的一声"啊",声音亮到整个大排档的人都看向他们,啊完她就倒在了座位上,闭上眼睛一动不动,邓展能赶紧过去拉秦钦,拉了两下都没拉动,由彻底的绝望而生出的蛮力使她像死猪一样沉重。

邓展能又转过去看秦钦的手机,发现她确实发了那条微信,只不过是发给了她的亲爸爸。

24

出来混早晚是要还的

发出去太久,早就撤不回了。

邓展能带着笑,默默地坐在他每天的"快乐源泉"身边,等了一会儿,身边的"源泉"还是一动不动,邓展能又伸手去轻轻推了两下,还是不动,看来是非常绝望了。

服务员终于叫了他们的号码,邓展能举手示意,服务员把两碗面摆在他们面前,收回了号码牌,凉面上浇满了香喷喷的麻酱,实在是香喷喷得很。邓展能看着秦钦,然后拿起筷子搅了搅面前的这一碗,他这一搅动,好像触动了王陵地宫的自毁开关,令秦钦那一双眼皮如同沉睡千年的地宫大门一样开始晃动,邓展能一笑,开始吃。

刚吃了两口,秦钦就睁开眼睛开吃自己面前的那碗面,她装作若无其事,认认真真地吃面,好像刚才的事情没有发生过一样,她此刻能在重压下醒来,只为这碗面,等她吃完了,她还是要继续晕倒的。

所以邓展能叫她她也没答应,就在那儿默默吃。

邓展能叫了名字见她不答应,就不叫了,接着说:"你爸妈喜欢什么?"

秦钦愣住,转头去看邓展能。

邓展能看着秦钦又问:"嗯?你爸妈喜欢什么?帮我推荐一下,我一会儿去买给他们。"

秦钦问:"什么意思?"

163

邓展能脸上的笑容慢慢淡化,转而是一张非常平静地脸,看不见情绪,他问她:"你什么意思?"

秦钦一下子就明白过来了,她放下筷子,解释道:"不是……你别多想……我就是不想你挨我爸的打,他肯定特别生气,我家人都很保守的……"

邓展能说:"那这件事儿已经发生了,又不是我让你爸知道的,我们共同面对有什么不好?"

秦钦说:"是啊!没什么不好啊!但是、但是我就是怕他们会一时接受不了……"

邓展能有点儿来劲了,问:"是他们接受不了还是你接受不了?我看你就是想对我不负责任!"

他指了指奇奇,接着说:"你当初对它也这样,现在对我也这样,还说自己不尿?!"

他昨晚再生气他都没忍心说她尿,今天可真忍不住了。

秦钦看了看周遭投射过来的目光,有点儿怕他们听懂他俩在讨论什么,她有点儿担心人群中会有自己的同事,于是小声说:"小祖宗你小点儿声行不行?"

邓展能冷笑道:"你别叫我祖宗,你是我祖宗!"

说完把筷子往桌子上一扔,想带着两只狗走人。

还没出门口呢,邓展能接到了她姑姑的电话,毛毛丢了,姑姑哭着打电话让他过去一趟。

秦钦问:"毛毛是谁?"

邓展能带着狗边往停车场小跑边说:"是我姑姑养的狗。"

"奇奇的孩子。"

"就是不会吃奶的那个。"

秦钦有印象了,她说:"我跟你一起去吧。"

他姑姑家住在市中心的一片别墅区里,这片小区有些年头了,但是小区环境很好，一看就是物业很坚挺的好小区。

秦钦来过这里，这里离商业街很近，而且因为是市中心，即使是去其他地方，也总会路过几回，她隐约记得秦科女朋友的理发店好像在这里。

到了她姑姑家，他卷发的姑姑正在以泪洗面，他戴着棉帽子的姑父正唉声叹气，而他西装革履的二哥，正因为邓展能和秦钦的出现而胆战心惊。

他当时的预感没有错，看来这个秦钦是真的要做他弟妹了。

姑姑一看到邓展能就扑过来抱住，说："奇奇，小毛毛丢了！"

秦钦听完姑姑的话，有一种奇怪的错乱感。

邓展能抱住他圆滚滚的姑姑，安慰："姑，你先别急，什么时候丢的？"

姑姑说："我今天早上在院子里种花，大门没关严，毛毛淘气，跑出去我也没注意，等我发现的时候都晚了，我到处喊到处找，也没看见。"

说完又哭，抱着邓展能不撒手。一边的二哥有点儿受不了了，皱着眉头在旁边小声说：

"妈，您也不嫌热。"

姑姑放开邓展能，往下一瞅，看见狗，又哭，说："奇奇，对不起，我把你的孩子弄丢了！"

她也想去抱奇奇，无奈还要下蹲，这个动作身体负荷太重，她努力了一下，终于还是放弃了，放弃了之后她才看到秦钦，问："这位是……"

方政站在一旁看热闹，仰着头，抱着膀，嗑着坏笑。

秦钦连忙说："阿姨，我是来帮忙找狗狗的。"

邓展能轻咳了一声，说："秦钦，你叫姑姑。"

邓展能说完，姑姑愣住了，姑父走过来了，方政翻了个白眼，秦钦看向邓展能，邓展能在等秦钦叫人。

反正，就是大家都明白了。

秦钦转过头，叫："姑姑，姑父。"

姑姑可能觉得剧情太快，还没反应过来，姑父已经走过来，方政赶紧过去搀扶，姑父笑呵呵地伸出手来，说：

"秦钦你好，你看你第一次来我们家，让你见笑了。"

姑姑眼泪后面的一双眼睛里也有了笑意，说："小秦，要不你先坐会儿吧，你想喝点儿什么？"

秦钦说："姑姑，我没关系的，咱们还是先找毛毛吧，找它要紧。"

姑姑擦擦眼泪，笑意更深了些。

姑父留在家里，剩下的人兵分两路，姑姑和方政是一路，秦钦和邓展能是一路。

刚要出发，秦钦她妈给她打电话，说："我们快到站了，你来没？"

秦钦面露难色，说："妈，我这边临时有个急活儿，过不去了……"

她妈说："那你忙，正好我俩要去你弟那儿看看去，挂了。"

秦钦她妈这人打电话有个特点，说挂就挂。

邓展能说："要不我陪你去火车站？"

秦钦说："不用，他们说要去我弟那儿看看。"

说话的工夫，奇奇自己小跑了出去，跑到锁住的大门处开始挠门，四个人跟着赶过去，姑姑问：

"这是怎么了？我知道儿子丢了你也着急，唉……"

邓展能看着奇奇说："姑你把门打开，没准儿它能找着毛毛。"

姑姑开门，邓展能拽着牵狗绳儿，奇奇出门往左转，转了个弯，低头闻了闻，又前走，它走得慢，有时候会对着一个地方闻很久，有时候会干脆坐在那里看风景，也不闻也不走，好像忘了它的目的。

邓展能对他二哥说："你带姑姑先回去吧，不一定就真的能找到，也不一定什么时候能找到，下午太阳晒，我和秦钦在这儿就行了。"

方政早就想回去了，他一个青年才俊、总裁班里最优质的学员竟然和这三个不如自己的人并排陪着一只狗看风景？

虽然有一个是他的亲妈，但是这还是掩盖不了他妈把狗和邓展能看得比亲儿子都重要的事实，就凭分不清里外主次这一点，他就比他妈强百倍。

方政说："是啊，妈，让他们找吧，我们……"

姑姑马上抗议说不回，要回你自己回，方政只能继续陪，关键时期，他可不能让自己的乖儿子人设打一点儿折扣。

他们就这样跟着奇奇一路走，四人一狗，走在一条路上。

终于，奇奇在一家理发店门口站住，秦钦抬头一看，妈呀，这不是拨清波的理发店吗？

25
哑巴吃黄连

拨清波正在里面给客人弄头发,弄的发型竟然和秦钦这个黄色卷毛一模一样,奇奇小跑到里面的一个关着门的房间,然后开始边叫边挠门,只听里面也传来了狗叫声,交相呼应,好像在对话,姑姑早就坐不住了,冲过去拧门把手,一声声叫着"毛毛",可门是锁着的,打不开。

秦科和波波都被眼前这一幕惊呆了,秦科看着秦钦,又看了看邓展能,没来得及打一声招呼,直接就问:"这怎么回事儿?"

秦钦说:"你把门打开。"

秦科问:"干吗?"

秦钦说:"把狗还人家。"

秦科眼神闪烁了一下,问:"什么狗?"

秦钦说:"废话,当然是叫的那个,难道这里头汪汪叫的是人吗?"

秦科不说话,看着波波,波波点燃一支烟,开口道:"你们怎么知道那狗就是你们的?"

姑姑说:"你把门打开不就知道了?"

秦科说:"我打开就能知道?你们就这么闯进来了,说让我开门就开门?"

秦钦有点儿生气了,喊了一声:"秦科!"

方政看明白这两人的关系了,心里冷笑,果然是一家人。

姑姑指着奇奇说:"亲妈自己找过来的,你把门打开,如果不是,我向你道歉,或者,给你点儿赔偿都可以。"

秦科又看了一眼波波,好像在交换眼神,也好像在向爱情吸收能量,然后转过来说:"我现在就告诉你们,什么亲妈后妈的,我不知道你们为什么找到我这里来,但这是我们自己养的狗,请你们出去,我们还要做生意呢!"

秦科态度坚决,秦钦从来没见过自己的弟弟有这么坚定且成熟的眼神,她也吓了一跳,这还是她的弟弟吗,他每天不就是给人家洗头吗,怎么他自己反而像被洗脑了一样。

姑姑也来劲儿了,说:"你都不敢给我们看一眼,你这就是心虚,哎呀我的天呀,我不行了,我喘不上来气儿了!"

随即轻拍自己的胸脯,按理说这个时候方政是应该冲上来的,但他没有,他已经看清了情况,他怕他妈看不清,毕竟他妈的智商和他没法比。

秦科上前一步说:"谁心虚了!谁心虚了!我们自己养的狗凭什么要让你们看!"

秦钦赶紧挡在他俩的中间,说:"姑姑,您消消气,我劝劝他。"

姑姑问:"你们认识?"

方政说:"妈,您还没听出来吗,她叫秦钦,他叫秦科,你没发现他俩长得像吗?"

方政说完,第一次听到这种说话的秦钦和秦科下意识地看了对方一眼,心中同样疑问道:像吗?

姑姑也对这两张脸做了很认真地比对,然后说:"看着不像啊……"

方政差点儿气死,心想他妈不仅智商不行,眼神儿还不好,还净拆他的台,害他只能直白地说:"我的意思是说!他俩不止认识这么简单!他们肯定是一家人啊!"

秦钦率先反应过来,对秦科严厉地说:"有你这么对老年人说话的吗!"

秦科说:"你向着哪头的呀你!"

说完指了指邓展能,又说:"啊!我知道了!你和他好了是不?虽然我以前撞过他的车,但现在你们也不能过来威胁我啊!"

姑姑说:"你还撞过他的车?"

邓展能见事态要不好,走过去揽着他姑姑说:"姑,你和我二哥先回去吧,这事儿我和秦钦处理。"

他姑姑说:"不行!找不到小毛毛我哪儿都不去!"

方政觉得时候到了,他在后面不紧不慢地说了一句:"那报警吧。"

这时候,一个中气十足的女中音大喊了一声:"就这么点儿小事儿,我看谁敢麻烦警察同志!"

众人纷纷看向门口,秦钦一看,这不是她的爸爸和妈妈吗?走在前面气宇轩昂的瘦小个子是她的妈妈,明明身后只跟了她爸爸一个人,但却走出了一个皇帝南巡的气势。

走进门口,她妈一个眼神撇给秦钦,问:"你不是加班去了吗?你上班儿就是找狗吗?"

秦钦差点儿跪地上。

秦钦她妈又看向邓展能的姑姑,问:"你这狗是怎么丢的?"

姑姑说:"自己跑丢的。"

她妈没再说话,而是把眼神砸给秦科,说:"秦科,你把门给我打开。"

秦科刚才的气势一下子散了,问:"三婶儿,你咋来了?"

秦钦她妈说:"打开!"

秦科这回连看向波波的胆子都没有了,转身乖乖开门,一只和奇奇长得很像的金毛跑了出来,围着奇奇和姑姑兴奋地打转。

他姑姑喊着毛毛的名字,激动使她克服了腰部肥胖的困难,蹲下身去抱住了毛毛。

秦钦的妈妈走过去对着秦科的脑袋就是"啪"的一下,只有秦钦知道那一下子有多疼,秦科被打得立即慌了阵脚,只剩目瞪口呆。

波波走过来说:"阿姨……"

只听这位阿姨说:"你谁!"

还没等有人做出下一步的反应,秦钦她妈就向着秦钦冲过来了,邓展能虽然不清楚打在秦科脑袋上的那一下有多疼,但他已经看出秦钦她妈的动机了,于是赶紧走上前去制止道:

"阿姨……"

只听这位阿姨又说:"你谁!"

秦钦下意识地看向她爸求救,却发现她爸的眼中丝毫没有之前30来年看她时的慈爱,她爸现在的眼中只有邓展能。

秦钦知道,这下完蛋了。

这时候姑姑在一旁愤愤不平地说:"亲妈都找上门来了还不放孩子出来,不是偷狗贼是什么?"

秦钦她妈利落地把她那一双激光眼直射在了姑姑身上,说:"你说啥呢?!"

姑姑也不示弱:"我说啥你们家都明白!"

秦钦她妈说:"我还没说你呢!你还好意思说我们家孩子,你自己把狗弄丢了你怨谁呢?你先把你自己和你自己的狗管好!我们家孩子还轮不到你说!"

姑姑"嗖"地站了起来,心脏也不难受了,张口也是中气十足,说:"我早让他开门他不开,还说是自己养的狗,这不就是大骗子吗!我是老了,有什么一不小心的地方也就算了,但你家孩子还年轻呢,可别一不小心崴了脚掉沟里去了!"

秦钦她妈当然要怼回去,邓展能他姑当然也要再怼回来,谁也插不进嘴,店里弄头发的客人们都纷纷给自己买了矿泉水,谁也不走,都坐在那里看。

秦钦有那么一瞬间的走神,她想如果她妈、邓展能他姑以及徐来他妈在一起吵架会是什么样子,那必然是比哥斯拉、魔斯拉和基多拉之间的世纪之战还要精彩,最强天团的巅峰对决,这样想想,秦钦竟然有点儿小小的激动和期待。

方政、邓展能、秦科和秦钦的爸爸本来可以坐下来凑局打麻将的四个男人却在给两个老太太拉架的过程中耗尽了全身的力气。

终于,邓展能他们还是决定先走了,走的时候,邓展能本想拉一拉秦钦的手,但当他看向秦钦她爸的时候终究打消了这个念头。

姑姑在经过秦钦的时候,秦钦想要有礼貌地道别,于是叫了一声:"姑姑……"

姑姑抬头看了看秦钦,终究是没有应下这一声呼唤。

秦钦她妈本来吵得好好的,强行被拉开让她颇为恼怒,她又给秦科的脑袋来了那么一下子,对秦科说:

"你干吗藏人家的狗不给人家?"

秦科此刻疼得只能问啥招啥,他捂着脑袋说:"波波说很喜欢……波波说这是她命中的狗……"

波波没说话,默默地走出去抽烟了。

波波关了理发店,说自己有点儿不舒服,秦科要陪她,被她拒绝了,她让秦科陪陪他三叔三婶,秦钦只好先带着她爸妈和秦科回了邓展能的家。

一进家门,秦科就小声对他姐说:"这是那小子的家吧?"

秦钦也小声说:"你给我滚!"

她妈转身问:"你俩在哪儿嘀咕什么呢?"

他俩都摇头。

她妈说:"你俩没嘀咕,那我要嘀咕你俩两句。"

她妈一屁股坐在沙发的正中央,环视一周,秦科和秦钦本来坐在沙发的两侧,她妈说:"你俩得让我能看见。"

秦科就抬屁股和她姐一起坐在沙发的左侧,她妈又说:"我不想斜眼儿。"

他俩想了想，就一人拿了个垫子，坐在她妈对面，后背挺得倍儿直。她爸把水端了来递给他妈，在旁边坐下。

她妈喝了口水，说："这房子是你租的？"

"嗯……"

"多钱？"

"嗯？"

"我问你多钱，租这房子！"

秦钦一愣，真是百密一疏，她光想着安全套的事儿了，竟忘了这茬儿，租这样的房子得多钱，她想开口按照市场价编一个，还没想好数，她妈就说：

"你们别以为我不知道今天不让我打你俩的那两个都是谁！"

他俩同时抬眼，心想，你都知道当时你还问他俩是谁，果然还是一个都不满意。

"你那个看着比你小吧？"秦钦她妈盯着秦钦，问，"小多少？"

秦钦低头，踟蹰着说："小1岁……"

她妈说："不可能。"

秦钦抬头看着她妈说："妈！我长得有这么老吗！"

她妈没回答，只是冷笑。

秦钦又低头，小声说："小4岁……"

她妈说："不行！而且他家里人也不行！你看他妈那样！"

秦钦说："那不是他妈，那是他姑姑，他没妈了……"

秦钦她妈一拍大腿说："那就更不行了！将来谁给你带孩子！"

秦钦说："妈，你干吗想那么远……"

她妈说："你多大岁数了你！你知道我俩来干啥的？就是来给你过生日的！就是来提醒你，催你的！"

秦科一听过生日可高兴了，说："对呀，我姐过生日啊，三婶儿，咱们一会儿去哪儿吃啊，用不用我拿手机给你搜搜饭店啥的？"

秦钦她妈立刻把眼神儿飘过来说:"还有你!那女的长得像大鹅似的,一看就比你大!"

秦科壮着胆子说:"我就是喜欢她!"

秦钦她妈说:"还怂恿你偷狗,我看她也不是什么好丫头!"

秦科激动的半边身子都快站起来了,说:"她没有!是我看见她很喜欢那条狗想帮她留住的!"

秦钦她妈一声冷笑,说:"你还给她留狗呢,我看你这回连她这个人都不一定能留得住!"

秦科瞬间站了起来,问:"三婶儿你啥意思?你是说波波要和我分手?"

她妈也没回答,只是冷笑。

秦科嗖的一声跑没影了,然后砰的一声关上了大门。

秦钦她妈看着她爸说:"他跑也没用,这事儿没跑儿。"

又转过头看着秦钦,说:"他跑了更好,问你就更方便了,你俩到哪一步了?"

秦钦脑袋里嗡的一声响,她低着头,不敢看向她爸。

她妈接着说:"你俩是不是住一起了?"

秦钦说:"没住一起。"

真没住一起,住隔壁来着。

她妈说:"连房租都不知道,还嘴硬!"

她爸在一旁说:"行了,折腾一天,你也累了,咱们不是来给闺女过生日的吗,先找地方吃饭吧。"

在楼下找了一家赵记饺子馆,只点了三盘饺子。

她爸说:"你不让买蛋糕,怎么也得点个带鸡蛋的菜吧,毕竟过生日……"

她妈指了指上来的饺子,这不有个韭菜鸡蛋馅儿的吗。

她爸就没再吱声。

中途邓展能发来微信，问她阿姨怎么样了，她说挺好，她问他姑姑怎么样了，他也说挺好。阿姨自然是不好的，那么同理可证，姑姑也不会太好。

秦钦默默地叹了口气。

邓展能又问，晚上去找你？

秦钦回复，别来，好好休息吧。

邓展能就没再回复。

饭后她妈问她哪儿有跳广场舞的队伍，秦钦和她妈说你第一次来怕是融不进去，她妈依然冷笑，然后让她指道儿，笑容中有一种如果融不进去就把整个队伍连锅端了的决绝，秦钦有点儿后怕，还好这不是她的小区。

她妈走后，她爸和她聊，也没多余的废话，就是两点：第一，微信我删了，没给你妈看；第二，那小子不适合你，赶紧分。

秦钦说："爸，我30岁了，我想给自己做主。"

她爸说："我知道，但我希望你找个能长久的人，我闺女值得任何人的一辈子，但爸能看出来，你俩不是一类人，你俩不合适。"

秦钦没再说话，她想她和邓展能之间是否太快了，她还没来得及思考，就这样被他牵手了，他们是不是相爱，和他们是不是合适，这十分有可能是两件事。她从小就和她爸好，她爸都惯着她，而且向来不多说话，所以，只要说了，秦钦一般都能听进去。

26

邓展能，你好大的胆子啊

他们老两口习惯好，早早洗漱睡觉了，秦钦也跟着早早上了床，却怎么也完成不了早早入睡这件事儿，她想给邓展能发微信，又不知道该说什么，唠闲嗑？又怕打扰他，他们中午的对话无疾而终，最后连个表情都没有，在微信社交礼仪中，除非是同事之间谈公事，否则这样的终结堪比分手。

没想到一个小时以后，邓展能倒是给秦钦发来了消息，消息只有三个字：

你出来。

秦钦回都没给他回，怕穿衣服惊动她爸妈，她穿着睡衣就出去了。

她走出去，弓着腰，在门口小心翼翼地关门，她知道落锁那一刻总会出点声音，但是这声音越小越好，所以她关门的过程越慢越好，像登月前的最后准备，要小心翼翼，要万无一失，等舱门完全关闭，她就可以离开地球，到月亮上去。

还差一点点的时候，后面突然有什么人抱住了她的腰，秦钦吓得一失手就把门带上了，还好只差一点点了，不然飞船原地爆炸，登月机会就会以失败告终。

那个人也没给秦钦自主转头的机会，他手动把她翻了个个儿，然后亲吻她的嘴。

秦钦在被亲的过程中想，他们已经登月了吗，已经在去的路上了吧。

邓展能放开秦钦，秦钦的眼前是邓展能明亮的眼睛和清澈的笑，和从前一样，没有任何改变的明亮，没有任何改变的清澈。

秦钦说："你胆子可真大，你都不怕我爸会出来打你？"

邓展能说："不怕。"

秦钦说："那我妈呢？"

邓展能想了想，说："那还是有点儿怕的。"

秦钦问："你从哪儿冒出来的？"

邓展能指了指宠物的房间，问："去吗？"

秦钦问："奇奇它们都睡了吗？"

邓展能点点头。

秦钦摇摇头，说："那不去了吧，先去外面走走。"

邓展能问："穿着睡衣？"

秦钦看着邓展能，说："就想穿这个。"

邓展能点点头，说："好，你穿什么都行。"

夜晚带了点凉，让两个人都比刚才平静了一些，小区里很安静，秦钦的内心也安静极了，失业、催婚、分离，还有无休无止的倒霉和不顺利，她都没有去想，她都没有去不得不想，身处其中，这样的安静极为难得，在安静的、温度适中的室外，邓展能的脚步声成了温柔的轻抚，她的灵魂得以休息。直走到小区的大门，秦钦才停下来，邓展能问："怎么了？"

秦钦对邓展能笑，说："不知道去哪儿。"

邓展能说："那就再走一遍。"

秦钦点头，他们就又往回走，邓展能好像突然想起来什么，说："我知道你的头发是在哪儿做的了，我今天在你弟弟的理发店里看到了同款发型。"

秦钦无奈："我也没想到会做成这样，想重新弄回来，又得花钱，只能先顶一顶，不然钱就白花了。"

177

邓展能问:"你想弄成什么样的啊?"

秦钦想了好大一会儿,然后说:"就弄成我第一次去报社那时候的样子吧,报社就快没了,我想以最初的样子送送它。"

邓展能问:"那是什么样?"

秦钦说:"你等一下,我给你找找照片。"

她打开手机,翻了好长时间,终于翻到了一张拿给邓展能看,照片上,秦钦穿着运动服,后面是报社的大门,她没怎么化妆,很清纯,很漂亮,黑色的中长发垂到肩膀,浓密的发帘盖在头上。

邓展能仔细看了看,说:"我可以帮你弄回来。"

秦钦看向他问:"真的?"

邓展能说:"是啊,我开宠物店的,有宠物美容师资质,应该不成问题的。"

秦钦皱眉:"可你是给狗剪头发的呀?"

邓展能说:"那你现在这个跟狗头又有什么区别,啊,对,倒是比狗头大了点儿。"

秦钦停下脚步,叹气看着邓展能,突然感觉好累。

邓展能坏笑着说:"不收钱,只要你陪我……"

秦钦说:"不收钱就行,啥陪不陪的,太客气了。"

邓展能也不戳穿秦钦这份装傻,就笑笑往前走,他们这回知道去哪儿了。

这是秦钦自从认识邓展能之后第二次来他的宠物店,一切景象都把她拉向第一次,她突然有点儿想念奇奇。

邓展能把灯打开,顺手把一个放错了的宠物玩具归位,然后捞了一个椅子放在大厅的中央,说:"先染头发吧,我去找东西,你先坐。"

挺长一段时间,邓展能才回来,和秦钦说:"没有纯黑色的,这个颜色就最深的了,行吗?"

秦钦看了看他手里容器中的膏状物体,问:"给狗染毛儿的东西,能给我上得了色吗？"

邓展能说："不知道啊，总要试试。"

邓展能用一块布单子给她围好，开始动手。

秦钦安安静静地让邓展能摆弄，好一会儿，她突然问："邓展能，你想过未来吗？"

邓展能一边往秦钦的头发上认真刷染膏，一边问："未来？给你染白头发吗？"

秦钦一动不动，屏住呼吸，不想打扰他继续说。

邓展能继续说："我还没想过，我就想这次能把你头发染回来就不错了。"

他认认真真的动作，所有的话好像都是不经意溜出来的，秦钦觉得，这样说出来的话才最能反映一个人的内心。

秦钦就没再继续问，他们贴得很近，她依然感到安静和舒服，可她突然想到《飞屋环游记》里面的飞屋，她想她一个胆小的人能不能待在那间屋子里，其实也可以，虽然飞在空中，也和在地表上的时候没有两样，但唯独不能站在窗边往外看。

秦钦又问："你胆小吗？"

邓展能说："完全不，我可以玩儿一切挑战极限的游戏。"

秦钦想，很好，又一个不合适的地方。

经过一夜的洗剪吹，秦钦的头发终于和之前的样子差不多了，就是头发帘不行。

秦钦一边照着镜子一边和手机里的照片做对比，说："这头发帘和从前的差别很大啊，虽然现在流行空气刘海儿，但我还是想要我从前的那个厚厚的样子。"

邓展能插着腰说："和从前不一样不是因为我剪了空气刘海儿，那纯粹是因为你发量不行了。"

秦钦看着邓展能，缓缓地摇了摇头，仿佛自言自语："果然……果然还是不合适……"

邓展能问："什么不合适？"

秦钦说："唉……你要是个中年秃顶大叔就好了……"

邓展能十分惊讶秦钦能说出这样的话来，他问："你喜欢秃顶的？"

秦钦站起身，赌气说："是的，我喜欢！"

邓展能笑了笑，边收拾剪刀边说："那正好，你也快秃顶了，过不了多久你就会更喜欢自己了。"

秦钦又一屁股瘫坐回凳子上，想哭，但还哭不出来，憋得她非常难受了。

她愣愣地看着邓展能收拾东西，扫地，一动不动，心中久久不能平静，终于，她又站了起来，轻轻拍了邓展能的肩膀，说："总之，谢谢你为我服务了一整个晚上，我满意到想哭，我先走了。"

邓展能说："就这么走了？"

秦钦说："再不走我妈就醒了。"

邓展能说："那我送你吧。"

邓展能把秦钦送回家的时候已经快4点了，秦钦已经难受得不行了，她问邓展能："你困不？"

邓展能说："不困。"

秦钦扔下一句"我爸说得可真对"就想直接下车，邓展能拉住秦钦，说："我明天过来见你爸妈。"

秦钦问："干吗？"

邓展能一副明知故问的表情，说："我睡了他们的女儿当然不能白睡。"

秦钦又羞愧又震惊，说："你还提？！"

邓展能很认真地说："干吗不提，我又不是想一夜情，我想和你保持长期的男女关系。"

秦钦忍不住打了个哈欠说："那他们就更不会放过你了。"

邓展能说:"没事,怎么都是要去一趟的,你的发型都变了,他们不可能不知道。"

秦钦一下子就清醒了,是啊,怎么解释这个发型?!

邓展能看着秦钦说:"你别担心,这件事我来处理,我明早过来。"

秦钦蹑手蹑脚地进门,倒在床上就不省人事了。四点半的时候她妈过来叫她起床,问她:"你们这儿的早市儿在哪儿?你带我去,我找不到。"

秦钦这回真的快哭了,她看了一眼墙上的挂钟,又看回她妈,颤抖着下巴,说不出一个字儿来。

她妈又问:"你头发怎么了?"

秦钦想,邓展能一定没想到自己的妈妈在凌晨四点半的时候就发现了她发型的变化,现在把这个消息告诉他,会不会打扰到他?秦钦还没有养成向邓展能求救的习惯,她甚至都不能在他面前理直气壮,她此刻想的是,自己已经 30 岁了,她在她妈面前不能永远都长不大,是时候尝试着单单个子了。

秦钦决定先装傻:"我头发怎么了……我不知道啊……"

她妈喊来了她爸,两个人一起站在床尾,抱着膀子眯着眼,观察研究自家闺女的脑袋。

她妈说:"你不知道?你昨天晚上是不是跑出去了?"

秦钦翻了个身,说:"我大半夜的跑出去剪头发?就算我想,理发师也不干啊!"

她妈沉吟着点点头,她爸依旧沉默不说话。

秦钦突然表情夸张的大叫一声:"啊!"

她妈说:"你想吓死我?!"

秦钦坐起来,一双惊恐的眼睛布满了血丝,通红通红,她说:"妈!我不会是被鬼剃头了吧!"

她妈冷笑,说:"你被鬼剃头?你还被鬼染头了呢!你还被鬼做造型儿了呢！咋的？这鬼是理发师的冤魂啊手艺这么好？"

秦钦说："真的妈！我之前一个房客就说这屋子里有鬼，不行不行，我明天就得和中介说退房子的事儿，这屋不能住了，你俩也快点儿回去吧！"

她妈说："啊，我这才明白，赶我们走呢。"又转过来对秦钦她爸说，"老秦，你看你闺女这理由编的，是个正常的都编不出来。"然后又转过去和秦钦喊道，"拿我们当傻子呢，我们再傻还能傻过你啊闺女！"

秦钦从床上站起来，冲着她妈说："我这是因为一宿没睡脑子不行没发挥好！不然我现在可厉害着呢，我还……"

她妈上前一步打断秦钦，说："你看看你！还说自己不傻？你都暴露了我告诉你，别以为我不知道你昨天晚上跟谁跑了！还好你们大半夜的跑去剪头发了，要是敢干别的我就打断你的腿！"

秦钦傻眼了，她终究还是反抗不了她妈，无论是从气势上还是状态上，她觉得人都是会老会死的，但是她妈不会，人是人，她妈是她妈，她妈甚至可以永生永世，发光发热。

秦钦她妈有转头看着她爸，皱着眉头说："我就不明白了，你们老秦家这一代怎么这么愿意找开理发店的呢？"

秦钦虽然已看清事实，但还是有点儿不满意，小声头反驳道："人家可不是开理发店的，人家是开宠物店的……"

她妈说："那还不如那个大鹅呢！"

秦钦十分不满，抗议道："妈！你怎么能这么说！"

她妈说："我再明确告诉你，我不同意！越来越不同意！我知道这房子是他租的，你明天就给我搬出去，离他远远的，不然我让你好看！"

说完扭头就走，边走边说："你不赶我，我也要走呢，你们这儿跳广场舞的大妈普遍都跳得不行。"

她妈走了以后，她爸示意秦钦坐下，要和她再唠唠，秦钦表示自己太困了，不管怎么样，先让她睡一个小时再唠，她爸说不行，她妈菜市场也找不到，广场舞也不爱跳，一个小时之后他们怕就走了，秦钦只能硬挺着听。

还是老生常谈，为了续命，秦钦只能假装保证不再和邓展能见面。这个时候，看到方平给她发微信，问她最近有没有空。

27
"丑媳妇"总要见公婆啊

她当然说有空,因为她还欠着人家一顿饭呢,于是给人家回复的内容又热情又活泼,她爸在旁边把一切都看在了眼里。

她爸说:"他是干什么的?"

秦钦边回复方平边回答:"是四院的医生。"

"多大了?"

"具体不知道,30多岁了吧……"

"单身吗?"

"单身啊。"

然后她爸郑重其事地说:"闺女,咱是正经人家的孩子,咱可不能脚踏两只船。"

秦钦抬头说:"不是爸,他就是……"

她爸说:"所以你赶紧和小邓分干净,这样才行啊!"

秦钦无言以对,她这几年一直在外没注意,在套路她这方面,她爸还是有成长的。

结果过了不到一个小时,秦钦的爸妈就要走,走的时候还给她留了作业,要她和这个方医生合照一张给他们发过来,不然他们就回来。

回来?

这个威胁简直太致命了。

秦钦说打车去客运站,她爸妈坚持要坐公交车,也不远,5站就到了,坐到快下车的时候,刚好是 7 点,邓展能问秦钦她爸妈起来了吗,秦钦说他们已经快到客运站了。

邓展能直接就把电话打了过来,秦钦没接,给按掉了,邓展能给秦钦发微信,说让秦钦把他们留下,等他过去。

秦钦回复邓展能:让他们走吧,走了我能清净点。

邓展能发来消息:他们现在不接受我,你让他们走了,他们会一直不接受我!

秦钦回复:不接受就不接受吧,我现在困死了,想把他们送走赶紧睡觉。

邓展能没再回,三秒钟之后,邓展能又把电话打了过来,秦钦她妈去上厕所了,她爸在厕所旁边看着行李,她特意又走远一些,接起电话。

邓展能带着些许怒意,直接就问:"你什么意思?"

秦钦说:"我只是不想让事情变得复杂!"

邓展能说:"你逃避只会让事情变得更复杂!"

秦钦此刻特别想在热闹的客运站向电话那头的邓展能撒泼打滚,她很害怕看见邓展能被她妈教训,他还没有领略过她妈真正的实力,她可以无所谓,但是她不能在看邓展能被她妈教训的时候也无所谓,不过此刻,最关键的问题是,她是真的留不住她妈。

她说:"我真的留不住他们!你不知道我妈,她决定的事情,谁都改不了!谁都改不了!"

最后那两句,秦钦有点儿歇斯底里,她说完也得觉声音有点儿大,赶紧看向厕所的那个方向,好在她妈还没出来,她爸还没转头。

两秒钟以后,邓展能说了句:"我知道了。"就挂断了电话。

等秦钦她妈从厕所洗了手出来,秦钦带着他们找到了要乘坐的那趟客车,买了票,又买了水,又买了香肠和面包,秦钦她爸突然接了个电话,是秦科打来的,秦科说自己也要跟他们一起回去,秦钦非常惊讶,他这个弟弟就像这座城市的一张小广告一样,死死地黏在这里,用指甲盖子戳都戳不掉，怎么今天突然就失去黏性了？

得知这件事儿，她妈露出了难以破解的微笑，和她爸说："我说什么来着，这事儿没跑。"

她爸问："你觉得他和那个大鹅分手了？"

她妈胸有成竹地说："绝对被人给踹了。"

她爸点点头，目光坚定，看向秦钦说："现在就差你还不让人省心了。"

她妈说："多跟你弟弟学学。"

秦钦无比惊讶地问道："我学啥？学他被人踹？"

她妈说："那你要想比你弟弟强，你就踹别人。"

秦钦的鲜血在胸中郁结，又难受又难过，她脸上挂着牵强的微笑，说："赶紧上车，挑个好座儿，舒服到家，二老走好，一路顺风！"

他爸妈这才转身上车，上车的时候她听见她妈对她爸说："这次没白来。"

她爸对她妈说："是，收获挺大。"

她突然觉得她爸妈就是姻缘拆散大队的大队长和副大队长。

她爸妈前脚刚上车，秦科就跑来了，气喘吁吁，大汗淋漓，秦钦问："你怎么这么着急？客车又不像火车，客车多得是。"

秦科喘着气说："我、我、我、我没钱买票！"

秦钦想，是了，这又是他弟弟了。

等大客车刚刚启动，秦钦扭头就出了客运站，抬手就打了辆车，想尽快回家补眠。中途给主任打了个电话请假，说下午过去，其实秦钦不是要告诉主任她上午不去，而是要告诉他她下午去，现在大家基本都知道这个无法挽回的事实，所以几乎没人来上班，大家都忙着出去找工作。可秦钦没有，她想认认真真地在报社做到最后，她对待这份报纸从来都是认真负责的，她想一直如此，直到这份报纸停止心跳，虽然这多少有些逃避面对未来，但是这样很有用，让她每天有一种悲壮的幸福感，使她更加专注，更加忙碌，毕竟现在报社虽然活儿少了，但是人更少。

电话刚挂断,她爸的电话就进来了。

她爸在电话里很急,说:"闺女,我们没走!"

秦钦心里咯噔一下,心想这致命的威胁竟然这么快就实现了!难道他们之前听到她和邓展能偷偷打电话了?

她爸又说:"你弟弟不行了!"

秦钦想,嗯,确实致命。

她爸说:"肚子疼得受不了了,满头大汗的,我们下来了,现在正拦车呢!"

秦钦问:"你们具体在哪儿?我过去找你们!"

她爸说:"先不用了!有好心人给我们停车了!"

她爸把电话挂断了,估计是在扶秦科上车。

秦钦不知道现在要去哪儿,又把电话打给了她爸,好一会儿她爸才接,说:"哎闺女,那什么,我们碰上小邓了,我们要去四院,你也赶紧过来吧!"

秦钦的第一个反应是,小邓是谁?

听到四院她才恍然大悟,她嘴里答应着,脑袋里却想,怎么就这么巧?这个好心人就是邓展能。

秦钦和邓展能他们前后脚到的医院,秦钦一下车就看见邓展能正把秦科从车里往自己身上背呢,她妈她爸一边一个扶着,她妈一看见她,大喊道:"还愣着干吗!快来帮忙啊!"

秦钦马上"哦哦"着跑过去,邓展能背着秦科坐滚梯一直到了6楼针灸科。

秦钦问:"不坐直梯吗?"

邓展能说:"不用。"

秦钦她妈问:"不用先挂号?"

邓展能说:"阿姨,我有相熟的医生,还是先让他给看看吧。"

秦钦她爸说:"有认识的人那挺好,那挺好!谢谢你啊小邓!"

方平刚上班,就看见自己的弟弟背着另一个弟弟进来了,他下意识地问:"这怎么回事儿?"

他弟弟说:"方医生你好,我家亲戚突然肚子痛,还麻烦你给看看。"

方平一听这话就反应过来了,他把他们引到挂着白布帘的诊床上,装模作样地捏了捏几个部位,扒了扒眼睛,又问了几个问题。

然后把邓展能叫进了自己的休息室。

看着他俩的背影,她妈问秦钦:"这能靠谱吗?"

秦钦说:"这是正经的四院大夫怎么不靠谱。"

休息室里,方平小声问邓展能:"怎么回事儿?"

邓展能说:"演戏。"

方平说:"理发店那事儿我听说了。"

邓展能说:"那就扎吧。"

方平问:"真扎啊?"

邓展能说:"没听见她妈在刚才还在质疑我呢吗?"

方平说:"怎么扎?"

邓展能答:"不死就行。"

方平点了点头,两个人走出去,方平和秦钦的爸妈说:"我检查了一下,没什么事儿,就是刚才跑得太急了,岔气儿,扎两针就好了。"

说着从一个铁盒里捏了几根针掀开帘子往里走,秦科一看针头,吓得嗷嗷喊:"大哥,大哥!大哥!我害怕打针啊!"

邓展能说:"我去看看去。"

说着掀开帘子走进去,秦钦的爸妈也想跟着进去,被方平礼貌地拦住了,秦钦也在旁边助力:"咱别进去影响人家治病了行不?"

秦钦她妈说:"秦科怎么不喊我们,喊人家干啥呢?"

她爸说:"人家救了他,他对人家就热乎起来了呗,你别一口一个人家的,人家叫小邓!"

秦钦她妈这辈子无论大事儿小事儿都没示过弱,反驳她爸说:"你刚才不也人家人家的吗！"

她爸说："行行行，我错了，你小点儿声，这是医院。"

白布帘子里，秦科拉着邓展能的胳膊，把他拉近自己，一边继续大声"哎呦"一边小声说："真给我扎啊！之前讲好的也没这出儿啊，邓哥！"

邓展能轻咳了一声，也小声说："你知道我和你姐的关系吧？说实话你叫我邓哥我不是很高兴。"

秦科马上说："不不不，邓哥你误会了，她是我嫂子，你才是我亲哥！"

邓展能终于舒展了自己的嘴角，说："那行，那扎吧。"

秦科终于有点儿急了，问："扎什么针啊？到底要扎什么针啊？！"

邓展能说："放心，扎不死。"

秦科又问："那疼不啊？"

没人回答，方平直接上手扎了几针。

具体扎了几针，即使在帘子外面的人也能清楚地知道，秦科喊了"疼疼疼疼疼"，很明显，就五针。

针扎完了，秦科虚弱地说："邓哥，你答应我的事儿可千万别忘了呀……另外……这五针你还再给我加点儿啥……加点儿啥呢……"

说着说着就渐渐闭上了眼睛，睡着了。

邓展能小声问他哥："你给他扎的什么穴位？"

方平也眼皮都没抬："就是能让他安静一会儿的穴位。"

等他俩走出来，秦钦的爸妈走进去，看见秦科睡得安详，连忙感谢医生，方平摆摆手，继续照顾别的病人了。

邓展能说："叔叔阿姨放心吧，刚才大夫说，他收了针就能好。"

叔叔说："真谢谢你啊，小邓！"

阿姨这时候也说："辛苦你了，小邓。"

小邓匆匆督了秦钦一眼，像按动快门后的闪光灯一样亮。

28

准女婿上线

这 40 分钟,邓展能和秦钦爸妈的走位从面对面站着无语,到肩并肩坐着唠嗑,秦钦看在眼里,惊在心里,但她此刻是真的困,她多么想也挨上那么五针,然后像她弟一样躺在床上呼呼大睡,可她不能,因为走廊的公共座椅非常紧张,都没有她坐的位置。

她偷偷溜进针灸室,趁着方平忙碌的空隙,小声对着方平的耳朵说:"方医生,我能不能借你的休息室用一下,我太困了。"

方平赶紧带她进去,进了屋,方平说:"你在床上睡吧,床单枕套都是今早换过的。"

秦钦此刻觉得方平身上都带着光环,她说:"谢谢你啊,方医生!"

方平微笑说不客气,他这个人平时看起来很严肃,笑起来却非常温柔,他一笑,秦钦就不由自主地对着他笑。

秦钦说:"对了方医生,你晚上想吃什么?"

方平说:"没关系的,你先陪家里人吧,我们改天再约也行。"

秦钦说:"那怎么行啊……"

还没说话,邓展能就推门走进来了,方平一看自己弟弟的脸色,就转头对秦钦说:"你先好好休息吧,我去忙了。"

说着就往出走,邓展能说:"今天谢谢你了,哥。"

方平没说话,笑着拍了拍邓展能的肩膀就出去了。

方平走后,邓展能问秦钦:"聊什么呢?"

秦钦坐在床沿上，低头边玩儿手指头边说："就是我太困了，想借方医生的休息室用一下。"

邓展能问："就这些？"

秦钦没回答，抬头问邓展能："你和我弟弟搞什么鬼？"

邓展能说："指不上你，就只能我自己努力了。"

秦钦问："我弟弟能这么好心帮你？你答应他什么了？"

邓展能说："答应哄他的妞儿开心。"

秦钦皱了一下眉头，马上问："怎么哄？"

邓展能终于笑了，也坐在床沿上，挨着秦钦，斜着眼睛看她，低声问："吃醋？"

秦钦说："才没有！你别和他瞎搞，我弟弟这人不是好东西！"

邓展能转动身体，让自己和秦钦之间拉开一定的距离，仿佛要把她看完整，看清楚，然后说："有你这么说自己弟弟的吗？"

秦钦说："反正他是个闯祸精，你别忘了你第一次是怎么见到他的！哎，你到底答应他什么了？"

邓展能说："这个你不用管，我还是能应付的，我今天表现得不错吧？"

秦钦问："你困吗？"

邓展能依然说："不困。"

秦钦觉得自己都多余问这个问题。

邓展能又问："我今天表现得怎样？"

他坐在他身边，用一双眼睛仔细地瞧着她，像个你不在乎他，他就磨人的孩子。

秦钦看着邓展能这个样子，突然就有点儿感动，她很真诚地说："你很好，真的很好。"

邓展能低着头，意外得有些不好意思，他低下头，此刻特别想抽根烟，但这里是医院，他轻咳了一声，说："你休息吧，我出去看看。"

邓展能出去了，秦钦就睡觉，20分钟以后秦钦被邓展能叫醒，可以走了。

下楼的时候，邓展能故意拉着秦钦走在后面，向秦钦详细询问她爸妈的各种喜好，然后带着他们选择了一家他觉得最适合秦钦爸妈的早餐店，离四院有点儿远，但是开车可行。

吃完早餐，对面和平一校的孩子们正在做早操，秦钦的爸妈看向窗外，脸上也出现了更为放松的神态。秦钦说自己今天可以请假陪他们，并且建议他们先回去休息一下，中午吃完饭再往客运站走。

秦钦她妈立刻严肃表示："不行，你得好好工作，不要动不动就请假，虽然你的工作很稳定，但也不能不珍惜，你不珍惜领导该对你有意见了，他对你有意见，你以后还怎么当领导？"

邓展能赶紧说："对，秦钦，你快去上班，我陪着叔叔阿姨。"

秦钦她爸也笑呵呵地说："就是啊秦钦，你那么好的工作，可要珍惜啊！不能总请假！上次你妈摔断腿你请那么久的假，单位肯定都对你有意见了。再说了，今天秦科不是也要回老家嘛，就让他跟着我们就行，小邓都陪了我们一上午了，年轻人还是事业为重，都去忙你们的吧。"

秦钦暗暗地叹了一口气，一点儿都不敢把单位要黄的事儿告诉已经劳累了一上午的二老，只能硬着头皮觍着脸让秦科代自己尽尽孝了。

"对啊，你不是要回老家嘛！"她拿眼睛斜自己的弟弟，还噙着世故的嘴角，表示她知道秦科撒了一早上的谎，她更知道他现在只能把谎撒下去。

秦科一副病恹恹的样子说："我病还没好……"

秦钦说："大夫说你就是岔气儿。"

秦科说："大夫让我好好休息。"

邓展能说："大夫是这么说的。"

秦科说："我现在要回家休息了。"

邓展能说："那你快回去吧，身体最重要。"

秦科说:"那再见了邓哥,再见了三叔三婶,再见了……那个什么……"

秦钦想,演吧,演吧,你俩就在我面前对台词吧,她特意看了一眼她妈,她妈的眼中没有任何异常,秦钦心里很雀跃,这老太太早上还说秦钦傻,现在看看,谁傻!

秦钦她爸说:"回去吧,回去休息休息也好。"

秦钦她妈问:"你怎么回去?"

秦科说:"邓哥给我打车钱了。"

她妈问:"什么时候给的?"

刚才进行体验派表演的两位男主角都是一愣,秦钦心想,不好,她妈开始思考了,她妈的智商就要赶上她了。

秦科"呃呃"了两声,邓展能及时地举起了自己的手机,说:"阿姨,我没给他钱,我是帮他叫了个车,您看,很方便的,一会儿秦科到了会告诉我,我给他付钱就行了,正好他报平安,您也放心。"

秦钦她妈看着邓展能没马上说话,她显然是在思考,她爸早就迫不及待地道谢,还要自己给邓展能掏打车钱,被邓展能以订单无法取消给回绝了,这时候她妈才说了一声:"那就谢谢你了,小邓!"

她妈终究还是没发现破绽,秦钦放心了,可又有点儿为难,她还是不放心她爸妈和邓展能单独在一起,于是又试图说自己单位最近要让大家拉广告,请假很方便,基本说走就能走。

她妈说:"那你去拉广告啊!你和我们吃早餐干什么?你得努力工作!"

她爸说:"是啊,你得给领导留下好印象才行!"

秦钦还要试图说什么,邓展能把她叫到结账处一起帮忙核对账单,他对她小声说:"你让我白使这么大劲儿留下他们?别给我捣乱!"

秦钦低着头一边看账单一边说:"可是你没和他们单独在一起过,我怕你会应付不了他俩……"

邓展能拿出手机扫码，嘀的一声，仿佛在提示秦钦快停止继续她的害怕，他没有再说话，直接向秦钦爸妈笑着走去。

秦钦回到报社，社里只有五个人，还算上主编和她自己在内，秦钦什么都没说，简单地打了个招呼，就去干活儿了。没了那些人事关系和大会小会，她的效率反而更高。

中途胡总出现了一次，他走到中央办公区，深情地看着忙碌的五个人，然后点了点头，说了一句："好好干！"

那几个人笑呵呵地回复胡总一定一定，只有她和主编反应冷淡。

秦钦心想，还是主编想得开，现在这个节骨眼儿上还坚守在报社干活儿的谁还在乎他？反正她不在乎，她好好干又不是为了他，也不是为了钱，她就是想好好干，纯为了自己，她30岁的时候还可以只为自己忙碌一段儿，多带劲儿。

所以她去资料库拿打印纸路过深情的胡总时也没有深情回望，回来再次路过深情的胡总时也没有深情回望，不仅没有深情回望，她还很冷淡地告诉胡总："胡总，你拉链就拉了一半。"

胡总终于停止释放他的深情，转身去拉拉链。

秦钦心里暗爽，她也算是报了与胡总初见时赶她出会议室的仇。

下午的时候，秦钦给邓展能打电话，问邓展能她爸妈上没上车，没想到邓展能那边特别吵，说听不见她说什么，他们现在正在七星山的水库看瀑布。

秦钦很惊讶，问："不是说要回家吗！怎么跑到景区去了！"

邓展能说："那当然是因为我啊！还能因为你吗！"

秦钦无话可说，她知道她爸妈其实一直想去一次七星山，但她都没有为他们实现，不是因为这个事就是因为那个事，好像所有的事都比带她爸妈去旅行重要，这件事连通马桶都比不了，真的比不了，有一次差点儿都去了，徐来向自己家里借了车，车子都要发动了，徐来她妈打电话，说马桶堵了，让他过来通马桶。

邓展能听不清便挂断了电话，秦钦接着工作，晚上 6 点的时候，秦钦同时收到两个条短信：一条是来自邓展能，问晚上要不要一起吃饭；一条是来自方平，问晚上还一块儿吃吗？

秦钦想了想，觉得约方医生不容易，这次又是方医生主动约的自己，而且自己真的欠了他好大的人情，早晚都得还，但晚还不如早还，她这个人实在是不愿意亏欠别人的，于是给方平回的要，给邓展能回的是不要。

邓展能问为什么不要，她下意识说要和同事聚餐，秦钦最近经常吃散伙饭，只要有同事想要吃串儿喝啤酒，他们就会组织去吃散伙饭，这样的同事还是很多的，他们只能一次又一次地散伙，所以邓展能也就没再多问。秦钦还让邓展能把她爸妈送回去就快回去休息，今天真的很感谢他。

邓展能问：你让我回哪儿去休息？

秦钦回答：你可以回你姑姑家。

邓展能就没再回复。

与此同时，秦钦和方平约好了吃饭的地点，是方平选的，在他女儿补课的地方附近，吃完饭他要接女儿回家的。

走的时候，秦钦有点儿偷偷摸摸，心里还隐隐愧疚，她出门前特意换了个低调的口红颜色，把帽檐拉低，又拿出一张面纸展开后按压面部，假装是在吸油，其实是在挡脸，当她意识到自己的动作和神情是在偷偷摸摸的时候，她自己就很生自己的气，这是在干吗呢，她又没有和方平怎么样，她偷摸个啥，愧疚个啥，她可真是个乖孩子啊！一想到这一点她就更气了。

出报社的大门前，她把手里的面纸揉成团，然后狠狠地丢在大门垃圾桶里。

29

远亲不如近邻

他们约在一家日本料理店,店内的环境不错,主要是不吵,说话很方便。

落座后,方平问秦钦:"觉得怎么样?如果不喜欢我们可以换个地方。"

秦钦说:"不用换!我一直想来,但是总舍不得,今天请你,物有所值,我跟着你借光了。"

方平笑着说:"不,是我找你的,应该我请你。"

秦钦马上抗议:"方医生你给我个机会吧,欠别人人情我会生病的,真的,这是从小被我爸妈教育出来的条件反射,到时候我可能还得去医院找你,然后可能又要欠你人情,然后你不让我还一下,我就又要生病,这是恶性循环啊医生。"

方平微笑着摆摆手说:"一会儿再说,先点菜。"

点完菜,方平问秦钦:"奇奇和叔叔阿姨……"

说到一半,方平可能意识到秦钦不习惯听到邓展能的小名,就改口道:"我是说展能和叔叔阿姨相处得还融洽吗?"

秦钦马上回答:"我知道。"

反倒是弄得方平一愣,知道什么?

秦钦接着说:"我知道奇奇就是邓展能,邓展能就是奇奇冰激凌上的小白胖子。"

秦钦一脸兴奋，像知道某个明星内幕消息的娱乐记者。

方平有点恍然大悟的样子，说："哦，那我明白了。"

秦钦追问："明白啥了？"

方平看着秦钦，摇了摇头，想转移话题，说："理发店那天的事我听说了。"

秦钦好像错过了一个八卦一样，一脸好奇地凑过去追问："明白啥了？"

方平没办法，只能隐晦地说："明白……你应该是……看过他的文身了。"

秦钦的脸"唰"地红了，她把她刚刚凑过去的脸又赶紧退了回来，低下头假装喝水，这下方平就更明白了。

菜上来了，方平说："先尝尝吧。"

两人就闷头吃饭，吃了两口，缓解了尴尬的气氛，方平才说："奇奇是个很执着的人，他认准的事情，从不会轻易放弃，这一点很像我爸，其实他只是我爸的侄子，他管我爸叫姑父，可是他却是咱们家最像我爸的人，我爸也是对他最好的，我父母都是，虽然他现在和我爸之间有……"

方平没再说下，他低头吃了口菜，还让秦钦也多吃，两人就这家日本料理店的味道又闲聊了几句。

秦钦突然想起来刚才方平发起却被自己的愚笨打断的话头儿，于是又拉回来说："上次理发店的事儿，真的不好意思，毕竟是我弟弟有错在先，是他太喜欢你们家的毛毛了，我代他向你妈妈道歉，还麻烦方医生帮我转达一下，或者有机会，亲自道歉也可以的。"

方平摇头说："不，秦钦，其实我今天找你来，是我爸让我这样做的，他现在身体不好不方便，但是他让我告诉你，我妈反对你们，你千万不要理会，他很支持你们，只要你们彼此喜欢对方，他都会非常支持。"

秦钦缓缓地低下头，又缓缓地喝水。

方平接着说:"我妈这个人,自从……自从奇奇的父母去世了以后就再也没工作过,照顾我爸和我们三个孩子,她的性格就是有点儿大大咧咧,家里人又都是男的,都宠着她让着她,所以近些年,她越来越飞扬跋扈,拆散别人的事儿,她也不是第一次做了……"

方平慢慢地陈述着,越来越慢,说到这里,他下意识地用拇指揉搓了一下无名指的根部,仿佛在怀念那里曾经套牢他的金属。

又来了一道菜,服务员简单介绍了一下这道菜的特点,等服务员走了,方平好像恢复如初,又笑着说:"所以我爸特意找我过来和你说,就是怕你会因为这件事受到影响,今天看到你和奇奇,奇奇是很努力的人,我弟弟这个人,一旦对谁好,就会全心全意地好,这点和我爸也很像,否则也不会容忍我妈一辈子。"

方平黑完了自己的老妈也忍不住笑了,秦钦觉得方平的笑有一种魔力,就是会让对方也跟着他笑,秦钦认为,方平的这种笑,可以称之为笑中之王了。

一顿挺愉快的晚餐,最后还是方平付了账,他有这家的VIP卡,谁有了这个卡,连收钱都是优先人家的,秦钦没办法,但方平说一会儿要给藕儿打包一份晚餐,她最喜欢吃这家店做的炸猪排饭,这个可以由秦钦阿姨来请客。秦钦这才喜笑颜开,兴高采烈地去付钱,刚要付款又折回来了,问方平孩子喜欢喝什么饮料吗,可以一起买了,方平说不用,他从不让孩子喝饮料。

方平说既然给孩子买了晚餐,怎么也得送到她手里,饭店离补课机构不远,开车10分钟不到,他们来的时候,方藕儿刚好下课,然后秦钦后终于不再是雪糕阿姨了,她成了炸猪排阿姨。

方平被老师叫去了,交代一下孩子最近的学习情况。方藕儿在休息室吃饭,秦钦坐在方藕儿对面,看着她的吃相,觉得她长得很像一个人,但又一时想不起来像谁。

方藕儿说:"问,炸猪排阿姨,你在和我爸谈恋爱吗?"

秦钦浑身都在拒绝，说："你放心，绝对没有。"

方藕儿点点头说："不要蹚趟这混水。"

秦钦："嗯？"

方藕儿又和秦钦说："我奶奶可不是省油的灯。"

秦钦："嗯？？"

有人走了进来，两人都往门口看，秦钦一看，是张哥。

张哥看到秦钦，露出一脸少儿不宜的微笑，秦钦赶紧推着张哥往外走。

一直推到走廊，张哥问："你推我干啥？"

秦钦说："我这是为了你好，张哥，你刚才那个表情太变态了，孩子看见了下次就不能在你这儿学了。"

张哥揶揄道："哎哟，孩子，谁的孩子啊？"

秦钦说："你说谁的孩子！当然是你们补课班的金牌会员了！"

张哥说："行，你就装吧，听说你最近每天勤勤恳恳地去报社上班呢，你有她给你当后闺女你还上什么班呢！"

秦钦说："我和她爸什么都没有！"

张哥又露出了那种少儿不宜的表情，说："行，你说没有就没有，但可别忘了请我喝喜酒！"

秦钦说："张哥，报社要黄了，咱们以后做不成同事了，但是妹妹真心劝你一句，你就好好在补课班里给嫂子打更吧，嫂子的买卖红火一天，就包养你一天，千万别再出现这样的微笑了，太容易给嫂子挡生意了！"

张哥不乐意了，他说："谁说我得靠给她打更过活？！哥理想远大着呢！哥偷偷告诉你，报纸这种陈旧的媒体都耽误我了，这回哥一定要在新媒体中心大干一场！"

"新媒体中心？"

张哥看见秦钦那一张疑惑的脸，他就摆出了一张比秦钦更疑惑的，问:"你不知道?"

秦钦惊讶地摇摇头。

张哥也很惊讶:"那你这个时候这么勤勤恳恳的上班干活儿是为了啥?难道不是为了让胡总留你去新媒体中心吗?"

秦钦说"当然不是啊!是为了认认真真地送这张报纸最后一程啊!我从毕业就在这里工作,最后一段时间了,我就想不辜负这段人生啊!"

张哥也摇头,说:"妹妹,你可太傻了!我还以为你知道成立新媒体中心这事儿呢!所以我就没再和你说,你看那谁、那谁、那谁,还有那谁,他们都是因为想去新媒体中心但没有门路,所以才每天过去表现的!"

秦钦瞪大了眼睛问:"难道就没有和我一样的人吗?"

张哥斩钉截铁地说:"没有。"

秦钦问:"那主编呢?他这个老新闻人,我不相信他每天坚守岗位不是为了情怀!"

张哥说:"主编倒是,但主编还有俩月就退休了,你也要退休了吗?"

秦钦此刻倒不是想退休,她想退货,上帝给她安排的什么人生,退了退了!

张哥说:"我媳妇儿不愿意我在家闲着,我也觉得去哪儿都不如去老地方更自在,我让我媳妇儿和众泽那边的高层说了一下,我肯定能去上了,我觉得你也差不多,你每天这么拼命地干报纸收尾的那摊活儿,胡总肯定都能看在眼里,我感觉他应该能留你,你这也算歪打正着了。"

秦钦再一次觉得生活太草率了。

张哥说:"妹妹,别想太多,时间不多了,好好干,哥在背后也给你和胡总说说,你现在都要和优尔的大公子修成正果了,这事儿就更好办了。"

秦钦觉得累,总反驳他太累,累得她此刻只能和张哥断绝同事关系。

等秦钦再进休息室的时候,方藕儿已经吃完饭了,方平正拿着她的卷子在表扬她，说她今天测验考得很好，可以实现她一个愿望。方平看见秦钦出现，就说要送秦钦回去，秦钦说不用送，方平说没关系的，秦钦用余光看见不远处的张哥的笑容，又连忙同意了。

方平把事先准备好的衣服给方藕儿披上，最近入秋了，晚上的天气有点儿凉。他们走到停车场，方平为秦钦和方藕儿打开后座的车门，外面的天空已经黑透了，停车场又有点儿隐蔽，方平的车灯亮起时，好像一只睡龙突然张开了双眼，等他们开走了，停车场又沉寂了下来，不过没多久，另一只睡龙也张开了双眼，那是渠澜的车灯，渠澜坐在车里，表情有些复杂。

秦钦下车的时候，自己的身体又忍不住要呈现出一种偷偷摸摸的状态，她打开车门后下意识地左顾右盼，就怕遇见邓展能在楼下，这个时间，他应该会偷偷去遛狗，她很怕被他抓个正着。

方平和藕儿说："你和秦阿姨说再见。"

方藕儿问："炸猪排阿姨，你到底是喜欢我爸还是喜欢我三叔？"

方平和秦钦齐声："啊？"

方藕儿指了指外面说："这不是我三叔的小区吗？"

方平和秦钦一时都没反应过来要说什么，愣了一会儿，方平才有些严肃地说："不许没礼貌。"

又对秦钦说："不好意思，小孩子妈妈不在身边，都被我宠坏了。"

秦钦带着笑连忙摇头说："没关系。"

又对方藕儿说："一个小区有很多房子嘛，我们住在不同的房子里啊……"

方藕儿问："那你们熟吗？"

这次方平是真的生气了，他叫："藕儿！"

秦钦马上回答："就……还行吧……嘿嘿嘿嘿嘿……"

方藕儿说："我要上楼去看我三叔的宠物，爸你带我去！"

201

方平惊讶，秦钦又惊讶又尴尬。

方平的声音柔和了下来哄着方藕儿："今天有点儿晚了，你三叔可能都困了，你也要回家睡觉了，咱们明天过来看好不好。"

方藕儿并不为所动，她把细细的手臂抱在胸前说："你别骗我，我三叔精神头最好，才不会这么早睡觉，你刚才还说要实现我的愿望，现在就请实现，不然就是说话不算数！"

秦钦说："要不……你们就上去坐一会儿吧……"

方平也有点儿为难，他问："叔叔阿姨……应该也在楼上呢吧……"

秦钦说："那没关系……他们应该在邓展能那间房子里呢……"

其实还有一个原因方平没说，他顾及秦钦刚才偷偷摸摸下车的原因，又想起今天他弟弟看到他和秦钦在休息室时的表情，为了他弟弟的和谐幸福，他不能让他女儿现在上楼去捣乱。

于是方平又哄藕儿："你乖乖和我回家，我可以实现你两个愿望哦。"

方藕儿说："你一个都实现不了，我怎么还能相信你两个？爸爸，不要再拿我当小孩儿了！"

秦钦有点儿想笑，她不是小孩儿是什么？小祖宗吗？哎……看现在的样子，说不定还真是个小祖宗……

方平终于不再淡定，厉声说："现在必须回家去！"

没想到方藕儿"哇"的一声哭了出来，边哭边说："爸爸说话不算数……你这怎么能养好小孩儿……我长大以后要是变坏了都是因为你现在说话不算数……"

方平也有点儿不高兴了，冷着声音说："你现在是威胁我吗？"

秦钦看不下去了，她说："要不、要不我带她上去看看？"

方藕儿马上变脸，嚷着："太好啦！看小动物去喽！炸猪排阿姨你真好，你比我爸爸好一百倍！"

秦钦被小孩子哄得只会"嘿嘿嘿"地傻笑。

方藕儿也不经她爸的同意，开了车门就要跳车，秦钦赶紧扶着她慢慢下来,这时候方平才说:"20分钟就回来,听见没?"

又说:"那就麻烦你了秦钦。"

秦钦也没听见,因为方藕儿早没影了,秦钦只能在她屁股后面追。

可进了电梯,方藕儿就像是换了一个小孩儿一样,脸明明还是那张稚嫩的脸,但表情颇为老成,她问秦钦:"你可以进我三叔的房间对吗,你有他家的钥匙吗?"

秦钦温和地说:"我有啊。"

方藕儿又问:"你都有他家的钥匙,你怎么还能说跟他的关系还行呢?"

"嗯?"

方藕儿感叹道:"你们大人怎么都这么虚伪。"

"嗯?"

方藕儿接着说:"你明明和我三叔住在一起,还和我爸一起来接我,你觉得这样好吗?"

"嗯?"

方藕儿最后说:"你这样我奶奶不会饶了你的,我之前不是跟你说了吗,她可不是省油的灯。"

"嗯?"

等秦钦"嗯"完了最后一次,电梯门就开了,方藕儿自在地走了出去,然后转过头对着还在轿厢里的秦钦说:"出来开门吧。"

等秦钦开了门,方藕儿又问:"你只会嗯吗?"

"嗯?"

方藕儿说:"那我以后不叫你炸猪排阿姨了,我叫你嗯嗯阿姨怎么样?"

秦钦终于忍不住了,赶紧制止她:"千万别!这名字听起来像是在拉屎……"

方藕儿就哈哈大笑,这样一笑,就又是个孩子模样了。

203

孩子进了屋,家里的猫猫狗狗们都对她态度挺好,方藕儿不是逗逗这个就是摸摸那个,拿着个逗猫棒还背着手,看起来像是个来视察的领导。

这位领导视察了一圈,终于抬眼看了看她身边无所适从的秦秘书,然后问她:"你知道我三叔最喜欢喝什么吗?"

"嗯?"

方藕儿说:"你的冰箱里肯定有。"

"嗯?"

方藕儿说:"快去给我拿来吧,谢谢!"

秦钦这才想起来冰箱里有可乐,她说:"你爸不让你喝饮料……"

方藕儿说:"是吗,我怎么不知道,那要把我爸叫上来再问问吗?"

事到如今,秦钦已经可以确定这是个小祖宗无疑了,她转身打开冰箱的时候想到了家里的另一个小祖宗,她想,这俗话说一山不容二虎,那这一个家里存了两个小祖宗这让她心里隐隐慌张,恐有大事发生。

等秦钦把可乐拿出来的时候,她知道她担心的事情还是发生了,她看见大门被打开,外面的方藕儿正在敲另一扇门,她赶紧跑了过去想阻止,门就开了,她就这么跑进邓展能的视线里,秦钦很惊讶,邓展能很惊讶,方藕儿吐了吐舌头,说:"三叔……原来你在家啊……嗯……有件事儿我想告诉你……小祖宗刚才跑出去了……"

秦钦大喊了一声:"啥?!"

把自己的爸妈给喊出来了,她爸问:"你回来了?"

她妈问:"这孩子是谁?"

秦钦憋得满脸通红,她爸又忍不住问:"你喝酒了?"

她妈又重复一遍:"这孩子是谁?"

邓展能看了看秦钦的样子,又向方藕儿看了一眼,然后转过头说:"是隔壁家的小孩儿,猫丢了,让我帮忙去找找。"

方藕儿本来就心虚,刚才邓展能看她那一眼她就知道三叔心情非常不好，现在听到他这么说也不敢反驳，只能又吐了吐舌头。

她爸说："那……一起找找吧。"

说着就和她妈往外走，走出来一看，隔壁门口处竟然蹲着两只狗两只猫，都盯着她看呢。

她妈问方藕儿："这都是你家养的？"

方藕儿看着邓展能点点头。

她妈说："你家怎么样这么多猫狗？那家里得多少毛啊！你家大人怎么想的？哎，你家大人呢？"

方藕儿此时不敢说话了，看向邓展能。

邓展能转头连忙说："叔叔阿姨，你们回去休息吧，我们去找找就行了。"

秦钦她爸说："没事儿，都是邻居，远亲不如近邻嘛，这孩子家长也不在家，我们帮忙找找吧，猫叫什么名儿？"

秦钦说："不用了……"

她妈也说："赶紧的吧，一会儿更找不着了！"

秦钦看了看邓展能，小声说："小祖宗……"

"叫啥？"

秦钦调高了一个音量说："小祖宗……"

"小祖宗？？"

她妈的白眼翻上了天，问方藕儿："你家长什么毛病？给宠物起这么个名儿！"

方藕儿没说话，又看向邓展能。

她妈又说："行吧，你们去吧，我就不大半夜的满院子找祖宗了。"

又和秦钦她爸说："你也别去了，我怕你们老秦家的祖宗不高兴，你毕竟是个男的，让她去，她是姑娘，早晚要认别人家的祖宗当祖宗的。"

又对着秦钦说："秦钦你和小邓去吧，给人家好好找啊！"

门关了，邓展能也没再多问，只和秦钦商量，让藕儿跟着秦钦顺着

205

楼下找,他坐电梯去一楼,顺着楼上找。

说完就乘电梯先下去了,秦钦带着方藕儿一层一层地往下找。

找了两层,方藕儿说话了。

"我本来就是想捉弄你,还有你爸爸妈妈。"

秦钦问:"为什么?"

方藕儿说:"当然是因为你啦,我劝过你的,可你还是上了我爸的车,你这叫不听劝,那我当然要给你点儿颜色瞧瞧。"

秦钦边找边说:"所以呢?"

方藕儿看秦钦对自己如此不当回事儿特别生气,她这个年纪的小孩儿最讨厌别人对自己不在乎了,她已经出了铁拳,可对面的炸猪排阿姨以为那是猫爪子吗?

她插着腰大声说:"那你离我爸远点儿,我爸是我妈的,我妈早晚会和我妈和好的!"

秦钦忍不住想笑,她停下动作,看着方藕儿说:"你可真厉害啊,小朋友。"

方藕儿这下可得意了,她仰着头,大声说:"那当然了,我可是我们学校最聪明的小孩儿了!你遇到对手了!"

秦钦点点头,说:"是哦,我遇到对手了,但是我告诉你,你今天把小祖宗弄丢了,小孩子做错事也是要付出代价的,你今天必须要向你爸爸实话实说,并且向我和你三叔道歉!"

秦钦越说越严厉,学着方藕儿的样子,也插着腰叉着腿,在这四下无人的楼栋里,坏阿姨就要撕下面具了。

方藕儿没想到刚才看着挺好欺负的秦钦竟然突然狰狞起来,但她也不是被吓唬大的小孩儿,她说:"你敢威胁我!我告诉我爸爸,不,我告诉我奶奶去!让她收拾你!"

秦钦冷笑说:"知不知道你奶奶能收拾我得有个前提,就是我得给她当儿媳妇儿?小姑娘,你听过灰姑娘的故事吧,你现在离法定找王子的年龄还有好多年,你信不信,你今天要是不认错不道歉不好好给我找猫,我就给你当后妈!"

还没等方藕儿发声,就听见楼下发出了一个男生愤怒的声音:"你干吗吓唬我侄女!"

随后邓展能出现在楼梯转弯处,他缓缓走上来,带着微微的喘,也不知道是气的还是累的,方藕儿看见她三叔来了,连忙跑过去抱着他三叔的腿,拖着长音大喊了一声:

"三叔!"

"这个女的欺负我!"

他三叔伸手就把她阻挡在身外,低头说:"你的帐我一会儿跟你算。"

方藕儿一下子就没气焰了,低着头小心翼翼地看着邓展能。

邓展能继续往前走,边走边问:"你要给谁当后妈?你要嫁给谁?你要干什么?"

他一句一大步,直到给秦钦逼到墙角,逃无可逃,近到她一噘嘴,就能碰到邓展能的鼻头。

这时候他才轻声问了一句:"今天晚上跟我哥干吗去了?"

他这个样子,看起来竟然有点儿委屈,秦钦一下子也没脾气了。

她伸手轻轻推他一下,他一动不动,好像监狱的锈铁栏杆,经年累月,岿然不动。

秦钦只能回答:"我就……我就和他吃了个饭……然后……然后一起去接了藕儿……真、真的……"

方藕儿在后面说:"秦钦阿姨确实和我爸来接我了,还带着饭,但他俩在接我之前是不是只去吃饭了,我就不知道啦!"

秦钦想,果然是他们学校最聪明的小孩儿啊。

邓展能也没回头,就盯着秦钦,走廊的感应灯隔不了多久就会灭一次,方藕儿就帮忙喊亮,她可不能让这女的跑了,她得帮她三叔看着她。

207

邓展能问:"为什么和他吃饭?你约的他?"

秦钦连忙摇头。

邓展能又问:"那就是他约的你?"

秦钦的眼睛开始看向别的地方。

邓展能说:"那就是他约你的。"

秦钦忙说:"其实也不是,要不我也想请他吃饭的,毕竟上次他帮了我那么大的忙……"

邓展能打断秦钦说:"他找你干吗?"

"嗯?"

"找你说什么?"

秦钦说:"邓展能,你能不能别这样。"

邓展能没说话。

秦钦又用手推他,说:"你、你别这样,小祖宗还没找到呢……"

邓展能还是推不动。

秦钦又说:"你、你真的别这样,孩子还在这儿呢……"

邓展能这才动了动,让开点儿地方让秦钦挤过去,然后才说:"这以下的楼层我都找过了,没有,出去找吧。"

又对方藕儿说:"你爸在楼下呢吧,先给你送下去,然后我再给你奶奶打电话让她收拾你。"

方藕儿一听这话直接哭出来了,她说:"三叔我错了,小祖宗没跑,被我关进洗衣机里了,你可千万别告诉我奶奶啊!"

邓展能听完赶紧往楼上跑,秦钦带着方藕儿坐电梯,等她们到楼上的时候,小祖宗已经被放出来了,正在地上伸懒腰呢,这时候秦钦的手机响了,是方平打过来的,秦钦刚要接,就被邓展能夺过去了,他说:"哥,你等一下,我们这就下去。"

他们走下来,邓展能抱着方藕儿,亲自把她交给了方平,然后亲自告了方藕儿的状,方平表示,自己回家一定好好教训她,方藕儿则表示,她以后再也不喜欢三叔了。

最后，方藕儿还是向秦钦道了歉，邓展能说：

"哥，你以后别这样了，你让孩子误会，孩子当然会做这样的事，本来她最喜欢我了，你看现在都不喜欢了。"

方平没说出来话，他弟弟的意思很明白，这事儿全怨他，他此刻有点儿里外不讨好，他看见邓展能强拉着秦钦的手，一直都没有松开，而秦钦却一直看着方平，眼神颇为含情，一看就是有话要说，方平拍拍邓展能的肩膀赶紧走了，他再不走，就该兄弟反目了。

开车之前，方平对方藕儿说："这件事一定要让你奶奶教育你。"

方藕儿"哇"的一声又哭了。

等方平开走了，邓展能问秦钦："上楼？"

秦钦说："上楼可以，但不能发脾气！"

邓展能拽着秦钦的手就走了，什么都没说。

两人进了宠物的房间，都忙活了一会儿，铲屎，喂食，打扫房间。

最后秦钦来到奇奇的房间，跪坐在地上轻轻地给它梳毛，邓展能也走了过来，坐在对面静静地看着她，像她第一次来到这间屋子那样。

秦钦说："小邓，我挺喜欢你姑父的，我觉得他是个不错的老头儿。"

邓展能笑着移开眼睛，说："你才见过他几次。"

秦钦说："一次，但是我能感觉得到，我从前做过记者，见过很多人，也见过一些有钱人，但是你姑父，和他们不一样，你姑父……我觉得他应该是个更重情的人。"

邓展能又转过头问："我大哥和你说这个？我大哥和我姑父最像了，性格好。"

秦钦乐了，她说："真是有趣啊，他说你跟他爸最像，你说他跟你姑父最像。"

邓展能低着头笑，仿佛自言自语："真够绕。"

秦钦说："其实我觉得都像，都是他的孩子，怎么能不像呢。"

邓展能又不笑了，他看着秦钦狐疑地问："我大哥到底和你说什么了？"

秦钦说："他没说什么，但是你姑父说了。"

邓展能忙问："他带你去见我姑父了？"

秦钦说："没有，但你姑父让他捎话给我，他为你姑姑向我道歉，让我好好和你相处，他不反对，只要你喜欢，他都支持，多好的长辈，善解人意的长辈是可遇而不可得的。"

邓展能又把头低下去，没说话。

秦钦说："但是方平说，你们之间有隔膜，他没和我细说，就打岔过去了，我也就没再问，我想我为什么问他呢，和他比，我还是和你更亲近一些的。"

邓展能又没说话，秦钦靠在奇奇身上，又暖又舒服，屋子里没有声音，奇奇有些困了，枕着自己的爪子眯着眼睛，好长一段时间后，邓展能起身坐过来，他坐在奇奇旁边，摸着奇奇的头，好像那里可以给他勇气。

邓展能说："我大四那年，进入优尔集团实习，就在配送部，从搬东西做起，那时候我姑和我姑父很明确我的未来，他们说优尔就是我的，将来也还是我的，年轻力壮先从配送部开始实习，然后在每一个部门都轮一遍岗，对我以后做管理有好处，可是在配送部没做多久就出了事情。"

秦钦问："什么事情？"

邓展能说："偶然一次，我看到了当年的配送值班表，我父母出事那天本来不应该是他们值班送货，应该送货的人，就是我姑父。"

秦钦没说话，她的手和邓展能的手几乎在同一节奏撸狗毛，好像他俩的心也在同步跳动着，奇奇躺在那里，感受到了所有的心照不宣。

邓展能说："听集团的老人们说，那天，我二哥哭闹，说自己身体不舒服，非不让我姑父去上班，好像预感到要有什么事情发生似的，我姑父没办法，只能和我父母换班，我后来想，为什么我就没有那样的预感呢，为什么我要那么安静，我要那么乖。"

秦钦的手跑去拉住邓展能的手,在奇奇身上一直那么同步的两只手,终于拉在了一起。

邓展能说:"后来我就开始厌食,吃不进去东西,医生说是心理作用,最后把我饿得没有办法,偶然试着吃了口狗粮,发现我竟然能吃进去,后来我就离开优尔,当了狗粮品尝师,吃过很多款狗粮,所以我告诉你哪款狗粮最好吃,那绝对是权威的。"

秦钦说:"其实那天你让我吃狗粮的方式过于激烈,所以我啥都没尝出来,一会儿我再试试。"

邓展能说:"因为做狗粮品尝师,我开始接触小动物,我最难过的时候都是它们陪着我,后来我就想开家宠物店,我很排斥优尔,它让我感到伤心、矛盾和被安排,但开宠物店是我自己越来越想做的一件事。"

秦钦说:"有自己想做的事儿多好。"

邓展能说:"那段时间我也拒绝和方家人联系,大哥很伤心,二哥却很气,因为我们俩年纪差不多,我姑姑从小到大都对我比对他更好,他一直觉得是我抢了他妈对他的爱,其实不是。"

邓展能笑着看向秦钦,说:"真实的原因,是因为他是计划外的二胎,刚开始我姑姑姑父根本没想要他,他早知道,不愿意承认而已。"

秦钦也笑,邓展能也笑。

笑完了,邓展能又接着说:"现在都过去了,都没事儿了,除了二哥越来越提防我的存在,其他都和从前一样,只是,只是我再想和姑父像从前那样却很难,我总觉得那一段很对不起他,每次看到他,就会想起拒绝和他们联系那一段时间,一想起那个,反而更不知道怎么去相处了。"

秦钦把头枕在奇奇的身上,抬着眼睛看邓展能,好像在讲别人的事情,连伤感都看起来只有一点点,让人想去抱,却又不是因为想安慰他,而是想满足自己心里那难以消受的疼爱。

邓展能说:"我知道,那时候我那个样子,我姑父是最难受的,但现在，我看到他那个样子，我是最难受，因为我们是最明白对方，只是不说。"

秦钦说："下次能不能带我去见见他，他爱吃桃子不，艳红桃正当季，我给他买点儿桃子吃。"

他说完忍不住伸手摸摸她的头，温柔地说："怎么这么乖呢，像小孩儿。"

手被秦钦打掉，说："谁像小孩儿，你比我小！"

邓展能不服，问："我哪儿小？"

秦钦刚要回嘴，她妈就来电话了，问她祖宗找着没，她说找着了，又问小邓呢，她说小邓怕他们都睡了，就先回家了，她妈说那你还不回来睡觉！秦钦说哦，这就回来。

秦钦要走，邓展能说："我和你爸妈说好了，明天要带他们去植物园玩儿。"

秦钦说："我明天一早得去趟报社，最晚 9 点之前也能回来了，你们等我，我和你们一起去！"

接着又补充道："谢谢你了，小邓！"

邓展能拉住秦钦说："谢我，那让我亲一下。"

秦钦说："不行不行，隔壁听到了可咋办。"

邓展能又问："那你答应我，别单独和我哥见面。"

秦钦说："不行不行……"

邓展能马上就急了："这也不行？！"

秦钦说："哎呀！你给我小点儿声儿啊祖宗！"

邓展能说："下次不许骗我。"

声音虽小，但带着命令。

秦钦这才点点头。

30

铲屎官，您好

秦钦回去睡觉，邓展能一咬牙一跺脚决定原地睡觉。他半夜被小祖宗压得喘不过气，床上的动物毛发又弄得他很痒很难受，他睡不着，在心里暗暗感叹方藕儿的确是他们家最聪明的孩子，她怎么就能想到把小祖宗放进洗衣机里这个绝妙的主意？

实在睡不着，他起来洗了澡，围着浴巾，喝着可乐，看着茶几上的钥匙发呆，那串钥匙里有隔壁房间的钥匙，他现在很想打开隔壁的门，进屋和秦钦一起睡，可是如果被秦钦的爸妈发现了，这两天的表现就前功尽弃了，秦钦有多尿他也知道，她爸妈是关住她的一扇门，如果他想要打开那扇门，就得忍着不打开隔壁那扇门，可他又觉得不甘心，他都为她被小祖宗坐脸了，她应该补偿他。

就这样想着想着，一罐可乐喝完，又喝了一罐，就听见门外有动静，他赶紧站起来，走到门口，弯腰看了看门镜，竟然是秦钦的爸妈。

她爸问她妈："到底去哪儿啊？"

她妈大概起床气挺重，说："不知道！"

她爸说："那咱俩就在这儿站着？"

她妈说："反正我早上在家憋不住，晨练几十年愣憋了我两天，我的舞技都快荒废了！"

邓展能走到离门口最远的位置，给秦钦她爸打电话。

邓展能问："叔叔，您和我阿姨都醒了吗？"

秦钦她爸答:"醒了。"

邓展能问:"您想去买最新鲜的蔬菜吗?"

秦钦她答:"想啊!"

邓展能又问:"阿姨想去更专业的广场舞团队舒展筋骨吗?"

秦钦她爸看了一眼她妈,说:"太想了!"

邓展能说:"秦钦这人粗心大意,但是我和她不一样,我都知道在哪儿,你们在小区的中央喷泉那里等我一会儿,我 20 分钟以后就到。"

秦钦她爸此刻十分激动,只能连着说:"太麻烦你了,小邓儿!太麻烦你了!"

小邓说:"没关系,叔叔,我开车过去很方便的,先不说了,我这就出发了。"

挂断电话,秦钦她爸和她妈说:"这小邓儿怎么像咱们肚子里的蛔虫一样,怎么那么懂事儿呢!"

秦钦她妈说:"那你还愣着干吗,还不赶紧照你肚子里的大宝儿说的做!"

邓展能趁着他们下楼,赶紧溜进自己的房间洗漱换衣服,看秦钦还在睡,摸也不醒,亲也不醒,就有点儿生气,他昨晚被折磨的一夜没睡好,她倒睡得这么香,于是把她整个人打横抱起来,扔到宠物房间的床上,心理这才有一点点平衡,看着她也能露出温柔的微笑,还有闲心想如果下次滚床单,也可以试试这张床。

邓展能看了看时间,差 10 分钟到五点钟,差不多要走了。

他看了看奇奇和鲍勃,水和粮食还够,但猫咪的屎要铲,狗狗也要遛一下,他拿了一只黑色的白板笔,在秦钦的左脸上写:要铲屎,右脸上写:要遛狗。

他整体看了看他在她脸上的题词,不错,很对称。

然后心满意足地下楼。

秦钦是被闹钟叫醒的,一睁眼,就看到小祖宗的屁股,黑了。

小祖宗的屁股黑了!

秦钦迅速地伸出双手握住小祖宗准备往前走的一双后腿,小祖宗挣扎了两下没挣扎开,于是十分不满地转头冲着秦钦喵了两声,这一回眸倒是生出一股子神气来,秦钦真的被震慑住,连忙下意识地松手,小祖宗得了自由转过身,冲着秦钦又喵了两声,像是警告,也像是指责,然后又转身跳下床去吃饭了。

秦钦就一直目送着小祖宗的屁股消失在床沿,她恍恍惚惚地想,是不是这个神兽半夜屁股喷火升天汇报工作,把周围的毛给燎黑了?

秦钦坐在床上百思不得其解,只能把这个异常告诉给邓展能,邓展能正和她爸在菜市场买今天去公园要带的食物,接到秦钦的电话笑到颤抖,他说:"你快去洗洗脸吧!"

秦钦挺着急,说:"我跟你说正经的呢你让我去洗脸干吗!"

邓展能说:"你快洗脸吧,一会儿该迟到了。"

秦钦站在了洗手间的玻璃前才看到自己脸上的字,等她把这一切做完,时间果然不够用了。于是来不及吃早饭,匆忙去报社干活儿,主编看到秦钦,就问她:"你看到今天的报纸没?"

秦钦说:"还没来得及看呢。"

主编说:"你拉来的那个广告上了,占了两版呢。"

秦钦很好奇,等干完了手头的工作,赶紧去扯了一张最新的报纸看看,广告果然醒目,但秦钦没想到,这竟然是一个优尔集团 25 年庆的征文比赛广告,我与优尔——寻找曾经的童年味道与美好记忆,字数在 2500-7000 之间,秦钦第一个想到的就是奇奇冰激凌,一下子来了兴致,她看了看截稿日期,决定参加比赛。

她把报纸折好放进包儿里,电话响了,是渠澜的,渠澜问秦钦上班了吗,秦钦说上班了,渠澜说自己刚好路过报社楼下,还没有吃早饭,问能不能一起吃个早饭,她请客。

秦钦正好也没吃早饭,当然答应。

她见到渠澜,渠澜今天没怎么化妆,把头发扎起来,穿着清爽的运动服,两手插在裤兜里,冲她微笑,看起来倒是很像大学时的样子,秦钦发现,她除了很像大学时的样子,还很像一个人。

渠澜说:"你忙不忙?如果不忙,咱们去远一点儿吃早饭。"

秦钦说:"今天早上的事儿已经忙完了。"

渠澜说:"那回去晚了领导会不会有意见?"

秦钦笑着说:"有啥意见,报社都快黄了。"

渠澜说:"那挺好!"说完才发现说错话了,赶紧纠正,"啊!我不是说你快失业挺好,我是说,我可以请你去吃一家特别好吃的早餐店,不好意思!"

秦钦笑着说:"那有什么,能有好吃的吃最重要了!"

渠澜开车去了上次邓展能带她爸妈去的那家早餐店,今天更早一些,对面和平一校的小学生们正在陆续进校门,渠澜挑了一张靠窗户的位置坐下。

渠澜点了满满一大桌,秦钦说:"吃不完啊!"

渠澜说:"没事儿啊,吃不了可以剩下,可以给你打包带走,赚钱就是想吃什么就吃什么嘛。"

秦钦心想,有钱可真好。

两人就默默吃,渠澜每一样都吃了一口,然后就不吃了,望着窗外发呆。

秦钦问:"怎么不吃了?"

渠澜说:"吃饱了。"

秦钦说:"我最讨厌跟你这种人吃饭,以前和唐……"

她说到一半就止住了嘴里流出来的话,专心用它来吃饭。

渠澜问:"那个诅咒信……你后来扔了吗?"

秦钦嘴里还有食物,只能先摇头,再说:"没有,一直在身上带着呢。"

渠澜问:"干吗带在身上。"

秦钦说:"反正也送不掉,把它带在身上,霉运来的时候会更精准地找到我,不会殃及身边的人。"

渠澜就笑:"你可真逗。"

笑完了渠澜又说:"不过不连累别人是一种美德,也是一种心安理得,我连累了我最爱的人,现在的我很痛苦。"

秦钦问:"你连累了谁?"

渠澜说:"我的女儿。"

秦钦嘴里嚼了三分之二的包子都要惊讶地掉在地上了,她说:"你结婚了??"

渠澜看着秦钦的眼睛回答:"没有。"

这回包子彻底掉地下了,渠澜又给秦钦夹了个新的。

渠澜说:"我毕业之后 5 个月就怀孕了,男朋友是个医生,是我在医院里给追来的,当时爱得挺疯的,怀孕了他就把我带回家,要娶我,回他家我才知道他们家条件挺好的,他爸人不错,但她妈不行,我也是外地的嘛,就只能在他家养胎,她妈给我请了两个保姆,但这 10 个月从来没关心过我,你懂吗,我们共处一室,虽然他家大了点,但是从来都没有看见过我。"

渠澜喝了一口海鲜粥,边想边说:"那句话怎么说来着?你永远都叫不醒一个装瞎的人。"

秦钦说:"所以你就……离家出走了?"

渠澜摇摇头说:"没有,那些我都忍了,但是后来发生了一件事。"

秦钦问:"啥事儿?"

渠澜说:"那时候我女儿都 5 岁了,我一直没有工作,全心全意在家照顾孩子,他妈妈也开始同意让我们去登记结婚,但从来不提办婚礼的事儿,我那时候也是年轻气盛,我说不办婚礼我就不登记,我必须名正言顺的嫁到他们家,两边就这么耗着,有一天,我偶然在小区门口看见他妈和别人说话，我们打了招呼，都走过去了，我听见那人问他妈，这个女的是谁啊，我看总领着你孙女，她妈说，是家里的亲戚。我不知道那个人是谁，但我知道她妈为什么这么说，我心里有东西一下子就碎了，真的，连声音我都听到了，所以第二天我就走了。"

她用食指按下放在桌子上的碎蛋壳，像在按一个人生的应急按钮，蛋壳被这么一按，就更碎了。

渠澜说："孩子他爸找过我很久，还去过我老家，也去过我后来工作的城市，其实爷爷也找过我，还表示奶奶已经知道错了，看在孩子的份儿上希望我回来。但我都拒绝了，我觉得我一定要变得更好，才有底气回来见他和我女儿。"

渠澜说这句话的时候，好像浑身都在发着光，可秦钦却觉得这个逻辑并不是单行道，她如此拼命地工作，如此努力地争取，只是为了有朝一日能够光彩熠熠地站在她爱人和孩子的面前，那什么才是她最强大的支撑呢，明明是她的爱人和孩子呀。

可这种光瞬间就消失了，她听见渠澜说："他等了我这么多年，现在喜欢上了别人，我无话可说，我也……我也希望他可以找到自己的幸福，可我只想提一个请求给你，秦钦，麻烦你好好照顾我的女儿，方藕儿，谢谢你。"

秦钦听完渠澜的话，惊讶到连生命体征都不那么明显了。

早餐店里还吹着微微的冷气，让秦钦的鲜血慢慢凝结，秦钦想，原来是这么样，我说方藕儿怎么越看越眼熟呢，原来是这样。

渠澜微笑着，笑得很真诚，想伸手去握住秦钦的手，仿佛一种交接仪式，可餐桌太宽，渠澜一伸手没够着，秦钦也没表现出想回握住渠澜的意思，于是只好顺手拿走了秦钦面前的萝卜糕，缓解自己的尴尬，可她的笑也从刚才的真诚，变成现如今的苦涩。

秦钦看出了渠澜的苦笑，这才反应过来，连忙回应道："不是不是不是！"

边摆手边跺脚边吵吵，几乎在用全身在否定渠澜。

秦钦说："我没和方平谈恋爱啊！你女儿昨晚还在教训我让我离她爸远点儿她妈是一定会回来的！你前男友昨天说到她妈拆散别人的时候还在捏自己的无名指啊！哎，你俩之前戴过婚戒吗？"

渠澜说："我怀孕的时候方平就买了一对婚戒，我们一直戴着，直到我走。"

渠澜把衣服里的吊坠拎出来给秦钦看，说："就是这个，我一直当项链戴，看来他现在已经摘下来了……"

她说这话的时候眼底有无限的伤感。

秦钦说："你不也摘下来了吗。"

渠澜反对："我这不戴脖子上了吗？"

秦钦说："那你怎么知道人家没戴脖子上！"

换渠澜这次没话了，若有所思之后，表情也缓和了下来。

秦钦问："下一步你怎么想的？"

渠澜说："不知道。"

秦钦嘲讽道："你个女强人咋还这么尿啊！"

渠澜挠着自己的脖子说："毕竟……毕竟是我先走的……"

秦钦说："那又怎样啊！他们家也有错在先啊！"

渠澜面露难色，说："可是……可是这么久了……不好面对……"

秦钦说："知道了，这么多年你内心的支撑是有了，但内心的架子也搭起来了，你说你为了自己，为了女儿，有啥不能冲的！"

这么多年被班长说，如今可以有机会说班长，秦钦怎能轻易放过。

渠澜低着头不说话。

给秦钦急的，就说："那要不我去说！"

渠澜问："你和方平是怎么认识的？"

秦钦就把和方平是怎么认识的，后来又发生了什么，又怎么怎么样了，包括昨晚方藕儿怎么教训了她，她怎么教育了方藕儿，她都一五一十地说了。

渠澜听完一副恍然大悟的表情，说："哦……原来你是和小邓好啊……"

秦钦回想她刚才的整个讲述过程，她有提到邓展能吗？她没有啊！那渠澜是怎么知道的呢？

她惊讶地问渠澜："你、你是怎么知道的？"

渠澜说："我见过小邓一次，就在我俩从唐静家出来的那天，你喝多了，我送你。"

秦钦更惊讶，说："他竟然没告诉我……"

渠澜就笑，说："他没告诉我我告诉你，我还告诉你，他挺在乎你的，他能对你不错，他们家的男人都这样，一旦喜欢上了会使劲儿宠你，只是有一点，你想有好的爱情，你自己本身就得足够好，不然再好你也要不起，不一定是真的要不起，但会产生要不起的心态，这种心态很致命，它会拖垮你，我就是例子。"

这话，秦钦也听进去了。

邓展能发微信问她可以回家了吗，他过来接她。

秦钦说不用，有人送她回去。

渠澜送秦钦回了家，带着刚刚打包的食物，她妈终于酣畅淋漓地跳了一场符合自己水平的广场舞，心情大好，看到秦钦就和她抱怨，早知道今天去植物园，就把家里的橘色纱巾拿来拍照了，她还问秦钦有没有颜色鲜艳点儿的纱巾借给妈妈戴戴，秦钦想了想说，纱巾没有，但有布艺的围巾，她妈就说布的也凑合戴着吧，有总比没有强，她妈问，是什么颜色的，秦钦说，是绿色的，她妈当场就翻白眼了，说去植物园还戴绿色的，我真给人家当绿叶儿去了我。

邓展能把水果都洗好了，带上秦钦一家去植物园。

植物园确实都是植物，生态环境特别好，秦钦有点儿怕虫子，到了这里每走一步都小心翼翼，她妈倒是很英勇，在草坪上打着滚儿地做高难度性感姿势，碰见花儿都凑过脸去和人家做鲜明对比，一口一个老秦老秦地让她爸拍照，拍了又说照得不好看让重拍，秦钦忍了一段终于忍不了了，对邓展能抱怨道："你下次可别带我妈去她喜欢去的地方了，整个园区都找不到比她更疯的老太太！"

邓展能说："他俩这样多好，没空顾别的，我还可以牵你的手，接吻都成。"

秦钦给邓展能白眼，说："你提这些干什么？"

邓展能也还给秦钦一个白眼，说："我提这些干什么你不知道？你就装。"

秦钦问："我今早怎么在那屋儿呢？"

邓展能一脸认真，说："你半夜来找我的你不知道？"

秦钦看着邓展能，看了一会儿才说："扯淡！"

邓展能说："真的，我也吓了一跳，你还非要睡我。"

秦钦说："怎么可能！"

邓展能说："真的，奇奇它们都可以作证的。"

秦钦想，这不完蛋了吗，这大概是上次跑出去以后留下后遗症了。

她问："那后来……后来怎么样了……"

邓展能说："后来，我就劝你，我说虽然这件事我马上就可以办到，但是你还是先忍一忍，我不能在你爸妈睡觉的时候在隔壁睡他们的女儿，这不太好。"

秦钦彻底傻住了，她说："这不可能！我不是那样的人！"

邓展能说："我还以为你不是半夜会跑到别人床上的人呢，可你看看，你第二天早上还不是出现在我床上了。"

秦钦只剩下一句又一句的"不可能"。

邓展能看着秦钦的样子心想，这可比往她身上放大虫子有趣多了。

到了午饭时间秦钦爸妈才想起来他俩，因为食物都在他俩手里，他们吃饭也基本上是分着吃的，像秦钦妈妈这种心怀天下的大姐，一块野餐布根本兜不住她的屁股，早跑到鱼塘一边观锦鲤一边用膳了。

她爸怕她妈掉下去，当然也跑过去了。

邓展能觉得挺好，这一趟与他俩单独来也差不多。

邓展能说："这次不错，以后带奇奇它们来。"

见过渠澜，秦钦对以后这个词突然敏感起来，他们还有没有以后，或者奇奇还有没有以后，她都恐惧，她突然想起渠澜说的话，想有好的爱情，你就得好，这个"好"是指什么呢，大概也包括内心吧，反正她知道像她现在这样的患得患失就不是好。

"和你说话呢。"

邓展能半天没等来秦钦的回话，因为她没听清。

秦钦这才转过头笑着说："好。"

这一趟秦钦爸妈玩得不错，主要是秦钦的妈妈，没有橘纱巾，一样很开心，这次回去的路上，她和邓展能交代了不少，基本都是以一个老丈母娘对未来女婿的口吻，直到快进屋了还不紧不慢地交代呢。

秦钦她妈说："我闺女的工作可比你的工作稳定多了，而且很体面，要说找一个比你条件好的，那还是很容易的，但是你小伙子人不错，还行，继续努力。"

邓展能温和地说："是。"

秦钦她妈又说："你年纪也不怎么好，比我闺女小那么多，很多事情肯定还不太成熟，我希望你尽快成熟起来，好照顾我闺女。"

邓展能温和地说："是是。"

秦钦她妈说："家境嘛也比较一般，父母去世得早，姑姑又比较刁，不过也没事儿，你可以把我们当成你的父母嘛，以后有了孩子我们也可以帮着带，你看我跳广场舞是干吗的，不就是为了保持这个身体好，保持这个这个这个灵活性，为了以后能撵得上孙子的脚步嘛。"

邓展能温和地说："是是是。"

秦钦她妈又说："还有，你们年轻人要懂得省钱，本来赚得就不多，还这么浪费，租这么好的房子干吗呢，老旧小区我看也都挺好，只要屋子里干净就行。"

邓展能温和地说："是是是是。"

邓展能正低头翻钥匙，就听秦钦她妈说了一句："哎，这个门怎么开啦？是不是进贼了？"

邓展能一抬头，就看见门被大力地推开，里面出现了一个愤怒的胖太太，那正是她的姑姑。

他姑姑说："不是进贼了，是主人来了！"

秦钦她妈赶紧回头看邓展能，问："这怎么回事儿？"

秦钦连忙挤过去挡住她妈说："姑姑您好……"

他姑姑说："你让开！"

秦钦她妈一把把秦钦推一边儿去，说："你怎么跟我闺女说话呢！"

他姑姑说："你怎么跟我大侄子说话呢！"

邓展能叫："姑！"

他姑姑喊："小地方人啥都不知道跑我们家撒野来了！"

邓展能叫："姑！"

他姑姑喊："这两间房子都是我给邓展能买的，这间给他住，对门这间给他的狗住！"

邓展能叫："姑！"

他姑姑喊："我就不怕告诉你，优尔集团就是我们家小邓儿的知道不！"

邓展能叫："姑！"

他姑姑喊："他是实际控股人，他爸妈去世，这个企业就是留给他的，连我们家老头子都只是给他打工的！"

邓展能叫："姑姑！"

他姑姑喊："他早晚得回来当董事长，还我们配不上你们，你也不看看你闺女什么样儿！"

223

邓展能也喊:"姑姑!"

邓展能叫了这么多声姑姑也没能阻止他姑姑把话说完。

秦钦她妈这回一句话没有了,她觉得邓展能他姑和邓展能两人一句一句交替着说话就像在交替着打她的左右脸,她挺着听他俩说完,然后才说:"知道了。秦钦,咱们走。"

邓展能说:"阿姨,咱们有些误会……"

秦钦她妈说:"是误会了,现在误会已经解除了,我们也差不多该回去了。"

她妈说完就要进屋收拾行李,秦钦感到前所未有的绝望,她终于也感同身受了当年的渠澜,她觉得这才是真实的世界,童话本身没有问题,信以为真才是问题,而问题只出现在自己身上,谁让你相信的。

秦钦也跟着她妈往里走,邓展能拽住秦钦的手,被姑姑一把打掉了。

邓展能也没遇过这么棘手的状况,又看向一直站在后面的秦钦爸爸,她爸爸一脸忧伤地看着邓展能,转过身去。

他姑姑气得呼呼直喘,邓展能问:"姑,你怎么来了?"

他姑说:"啊!我听方平说藕儿在你这儿捣乱了?我就过来看看小祖宗,顺便再给你拿点儿咸蛋,我估摸着你差不多也快吃完了。"

邓展能说:"那我把这屋门给您打开,您先进去看看它们。"

他姑说:"我不去!我等该走的人走了我再去!"

邓展能还是打开了门,想哄他姑先进去再说,结果门刚打开秦钦她妈就和秦钦就走出来了,她爸早按好了电梯,看见秦钦和她妈出来,赶紧先进去,秦钦最后要进去的时候被邓展能抓住手腕。

他姑本来都进屋了,这下子冲出来打掉邓展能的手,被气得直想哭说:"你还拽着她干什么!你看看他们一家人,有正常的吗,她弟,她妈,你还拿她当个宝贝!她在乎你她能让她妈这么说你!"

电梯门缓缓地关上,秦钦最后和邓展能小声说:"我先送他们回去吧,你让姑姑也消消气。"

邓展能看着电梯下行的数字也很颓，努力了这么多，最后都白费了。

他低着头缓了好一会儿才抬起来，双手扶在腰上，背有点儿驼，勉强笑了笑说："姑，我先送您回家吧。"

31

是时候作出改变了

邓展能送姑姑回家，不到五分钟，姑父就知道这件事儿了，因为就从他俩进门时的那个表情，姑父就知道肯定是出了什么事儿，结果一问，两人都说没事儿，邓展能是轻描淡写地说没事儿，姑姑是火气冲天地说没事儿。姑父知道了，就从姑姑下手。

经过几轮的"下手"，姑父终于套出了这件事的始末，然后当场就怒了，本来因为最近在做化疗身体就很虚弱，他拄着拐杖也站不住，邓展能和方政赶紧扶着他坐下来，姑父喘着气说："你这脾气秉性什么时候能改改，方平和渠澜的事儿你还没接受教训？你想让奇奇也被你弄得像方平那样痛苦？"

方政从茶几上拿了一个洗好的桃子开始剥皮，他爸喜欢吃桃子，生病之后就不吃桃子皮，说干巴巴的没味道，非得叫人剥了给他吃。

姑姑一下子哭了，她说："你是没看见秦钦她妈说话那个样子！我当宝贝一样养着的孩子就被她妈那个小市民那么欺负？我这心里能不委屈吗？"

姑父一看姑姑可怜巴巴的样子，也不好再说什么重话，只是劝说道："人家也是不了解情况嘛，奇奇也没和人家明说，这不能怨人家。"

姑姑婆娑着泪眼说："你怎么还替他们说话！这样的家庭怎么能行呢！以后奇奇接了你的班儿，这种家庭还不得给他拖后腿？"

邓展能开了开口要说什么，被姑父先说了。

姑父说:"你看你,又来了又来了,我看秦钦那孩子不错,你不了解人家怎么知道人家能给奇奇拖后腿?"

姑姑说:"你又见过几次?你又了解吗?这可是终身大事,能马虎吗?"

姑父说:"孩子们都大了,有自己的评判标准和喜好,你不能总拿你那一套来限制他们。"

邓展能这时候开口说:"所以我想一直开宠物店,我喜欢干这个,以后也并不想去接我姑父的班儿,这一点我之前就表达过了。"

结果姑姑和姑父异口同声地说:"不行。"

这一声"不行"叫得方政剥桃子的手一顿,桃子皮太难剥了,越来越剥不下来,索性递了一个新桃子给保姆,自己手里的那一颗被他送到嘴边赌气似的咬了一大口,倒溅了一身的汁水,方政不禁感叹:"这桃子怎么水分这么大!"

他妈说:"废话,这是好桃子,新摘的艳红桃,刚从丹东送过来的。"

方政起身去换衣服,没走两步,就听见姑父说:"奇奇,你记着,只要有我在,优尔就永远姓邓,不然我怎么对得起你父母,我身体越来越不好了,我打算过一阵子就公布把位置让给你,大家都只知道我,不知道你,现在也是时候把你正式推出来了。"

邓展能一听到父母也沉默了,没再继续反驳,方政听到邓展能的沉默就更沉默了,连上楼的脚步声都重了起来。

姑父现在已经不能长时间地保持精神的状态,不一会儿,他就被姑姑推去卧室休息了。邓展能心烦意乱,他刚才尝试着给秦钦发微信,没回,于是转身去院子里抽烟。

院子里都是姑姑和姑父种的花儿和菜,这几年姑父得了肺癌,一家人又搬回了老院子住,说这里环境好,院子大,可以种很多植物,对身体好,邓展能看着前方的那一株海棠正发愣,想着秦钦今天在植物园的样子。方政走了过来,给自己点了一支烟,邓展能看了看自己的二哥,他换了身衣服,又是那个对自己的外表的要求没有一丝瑕疵的二哥了,他从来都是这样,连出门左转买瓶酱油都要穿戴得一丝不苟,活得多用力,多认真。

他二哥说:"刚才你的话,我挺感动。"

邓展能知道他是指刚才他表示不会继承优尔的事儿,那是他二哥一直梦想的事儿,他太知道了。

方政接着说:"但有一点你得承认,是我爸让优尔有如今这个规模的,如果还是你爸妈来负责,那优尔现在可能还是个小食品厂,或者有可能都已经倒闭了。"

他看着邓展能摆摆手说:"我说这话你别介意,我没有别的意思,只是想阐述客观事实。"

邓展能没说话,又抽了口烟。

方政说:"只是我爸生病这几年也老了,保守了,有点儿跟不上时代了,我提融资他也摆手,提做高端餐饮他也摆手,提上市更摆手,说做食品没那么多弯弯绕,用心做得好吃才最重要,其实还哪能是从前那个样子,现在靠炒作,靠营销,一片吐司,5元不到的成本可以买到50元甚至500元,现在的人,吃东西都只吃个概念,概念到位了,什么都好吃。他思想太守旧了,那么大个身价,现在还只穿20元的地摊货,说是纯棉的最舒服,也不知道钱都省给谁。"

邓展能知道方政意有所指,他问:"你是什么意思?"

方政说:"没什么,就是我爸打下的江山,我不能让他的心血白费,刚才我也听出来了,谁都知道我爸的身体状况,我希望你不是在玩儿什么欲擒故纵,你不想要,我想要,而且我想要的我一定要,二哥就是想给你提个醒儿,接下来如果发生什么事儿,别怨二哥,都是为了理想。"

邓展能说:"二哥,我知道你玩儿营销那一套玩得好,但我劝你,你做什么我不管,你冲我怎么来都可以,但不能伤害家里人,你要是伤害到他们,那我也有可能改变主意,你是太在乎,我是无所谓,真争起来，不一定谁更狠。"

方政本来都要走了，听到邓展能这么说，又折回来，比刚才两人站的位置还近，方政一字一句地说："你放心，那是我的家人！"

秦钦把她爸妈送到客运站，路上，她妈给了她一张卡，卡里有3万块钱，让她先找个房子住，秦钦不要，她妈说就当是借的，到时候我收你一分利，秦钦一听，就更不要了。

她爸说："你妈开玩笑的，咱们家虽然家产不多，但都是你的。"

秦钦拿了卡，没说话，她想起了自己的汽车。

送她爸妈上车的时候，她和她妈道歉说："妈，不好意思了。"

她知道她妈是一辈子要强的人，她有记忆以来她妈就从没和谁服过软，也没和她说过一句软话，硬到连小名儿都没给她取过一个，还吃奶的时候叫她就跟叫革命战友一样庄重。

这次她妈说："闺女，你记住妈妈的话，在外面硬气点儿，咱不欺负别人，但谁也不能欺负咱，心情不好，你不爱和我说，你就和你爸说。小邓，你就别想了，真不是一路人。"

她爸在旁边也叹着气说："真不是一路人……"

车开走了，载着自己添了新愁的爸妈，秦钦心里真不是滋味。

她回去，把修好后一直停在路边的车在二手车网站上做了登记，终于决定卖了它，她给它拍照片的时候觉得自己挺惨，卖二手和当年买一手时候的钱数没法比，她这也算是投资失败了吧，可她看了看她妈给她的卡，心里更不是滋味，因为她妈，比她投资更失败。

登完记，她上楼开始收拾屋子，收拾收拾，又觉得可以和行李一块儿收拾，于是拿了箱包打开，一边收拾屋子，一边收拾行李。

箱包打开后有两面儿，小祖宗走进一面儿，趴着，纳瑞和纳瑞第走进另一面，也趴着，秦钦每往里放一件衣物，它们就很自觉的趴在那件新放进去的衣物上面，让自己充足的毛发最大面积地粘在新衣物表面，一层又一层，这三只猫好像在不辞辛劳地用自己的毛给饼干刷夹心，好像在表达，你走了，就你这样子，不多带点我们的毛防身，日后谁罩着你。

邓展能回来的时候直接开门进了宠物的房间，看秦钦在收拾行李，他马上就不淡定了，冷着脸问："干吗呢？"

秦钦轻描淡写地说："收拾屋子。"

邓展能指了指地上那三只猫，说："行李怎么回事儿？"

秦钦手上的动作不停，说："就顺便也收拾一下行李。"

邓展能问："为什么？"

秦钦不看邓展能，嘴上说："行李箱好久都没放东西了，这不是浪费嘛。"

邓展能最受不了秦钦这个样子，他忍不住大声："跟我装！"

秦钦终于不动了，脸上也悄然爬上情绪，她把手里的衣挂放下，终于慢慢抬眼看邓展能，她低头抿一抿嘴唇，好像要阻止那些脱口而出的话，那些开始在身体里活跃乱流的情绪，她说："小邓，我今天很难过。"

邓展能马上说："我代我姑姑向你和叔叔阿姨道歉。"

秦钦说："不！"

她急于表达否定，急得上前了两步，邓展能站在那里没动，接受她向他靠近。

秦钦说："你姑姑今天说，我要是真喜欢你，怎么能让自己的父母这么轻贱你，我觉得你姑姑说得对，我没有保护好你，我觉得非常难过。"

秦钦的眼圈红了，红得人心疼，看得人也心疼，他想抱她，很想，想让她别难过，特别想。

邓展能的表情缓和了一下，他说："没关系的，我都不在乎。"

秦钦说："但是我在乎，我在乎自己为什么没有好好保护你的能力，为什么要让我父母那么说你，为什么要在你姑姑面前让你感到难堪，是我的问题，是我懒惰只想逃避，是我自卑不想面对，你太好了，你这么好，我也得要得起。"

邓展能也上前一步，两双眼睛紧紧地盯着秦钦，问："那你什么意思？"

秦钦下意识地往后退了退，低着头说："其实……如果我可以再年轻一些，再自信一些，有一份引以为傲的事业，或者，或者就是再幸运一些，我有了更强大的心理支撑，那我可能也会更勇敢，但现在不是这样的……"

邓展能简直要被秦钦气死，他说："你别做梦了，你不会再幸运了，你遇到我就是最大的幸运，你现在倒霉也不是因为诅咒信是因为我，你的幸运都花光了，你剩下的人生就只能倒霉了，你再找1个也只剩倒霉，再找10个也只剩倒霉，你要怨就怨我身上，你的锅我认，你可以赖着我。"

秦钦听得目瞪口呆，她惊讶地说："我的天啊……我已经够倒霉了你还诅咒我？"

邓展能说："对啊，我诅咒你了，诅咒你这辈子都不会找到比我更好的，你有本事留下来找我算账！"

秦钦沉默了，奇奇正在喝水，舌头撩起水的声音哗啦哗啦的，等它"哗啦"完，秦钦说："你得给我时间，或者不是你给我，是我自己要给自己时间，我得变得更好，不然这种不匹配的心理感受早晚也会拖垮我的。"

渠澜就是例子，她不能重蹈渠澜的覆辙。

邓展能把刚才想抱秦钦的手臂用在了抱住自己上，说："你又尿？"

秦钦点头说："对，你想这么理解我也没意见，但我这次确实是想改变了。"

邓展能说："你改变的方式就是不要我，然后从这里搬走？"

秦钦说："从这里搬走是第一步吧，我总得做点儿什么，以示我想要改变的决心。"

邓展能说："那奇奇怎么办，你之前说好要照顾它的，它也是你的狗。"

秦钦说:"奇奇我已经想好了,我可以把它带走。"

邓展能刚降下来一点儿的脾气瞬间又飙升上去,他说:"你做梦!"

秦钦反驳道:"你刚才还说它也是我的狗?"

邓展能说:"你当初死气白赖非让我留下它的时候你怎么说的!"

秦钦说:"现在和那时候不一样了!"

邓展能说:"怎么不一样?哦!你现在就仗着我喜欢你,可以和我提无理要求了。"

秦钦说:"不是!我现在可以负担它的一切了。"

邓展能说:"你怎么负担?你从这儿搬出去连住的地方都没有!"

秦钦说:"我把车挂到二手车平台了,过两天就有钱了。"

反正车子也是为徐来买的,现在花在奇奇身上,她心甘情愿。

邓展能说:"你要卖车?"

秦钦说:"总得做出点改变,不然永远这个样子!"

邓展能说:"你就根本没使对劲儿!"

他被秦钦气得脑袋疼,低头冷静了一会儿,说:"车别卖了,你的第一步,把搬走改成学车吧。"

秦钦想,也行啊,练好了以后还可以带奇奇复查,还可以开车送爸妈回家,还是小邓脑子好使。

秦钦说:"你看,我脑子这么不好使果然配不上你,所以你真得给我点儿时间去改变自己。"

邓展能走之前说:"你要气死我!"

秦钦小声说:"你别生气⋯⋯"

邓展能说:"气死了!"

然后"砰"的一声把门关上了。

32

很欣慰，你成长了

邓展能好像真的生气了，两天都没有出现，宠物们都是秦钦在照顾，她一面忙着报社的工作，一面给自己找了个驾校教练，专教自己上路，这期间，她抽空给优尔的征文大赛投了稿，想了个笔名叫二狗和三猫。

然后，秦钦终于迎来了报纸的最后一期。

这天早上人最全了，那些找到工作的、没找到工作的、曾经从这里辞职的人们几乎都来了，走廊里挤满了人，有想要见证的，有想要记录的，还有退订报纸的，秦钦今天非常忙碌，因为后续的事情几乎全是她跟进的，今天问她问题的人很多，需要她解决问题的人也很多，她在报社的办公室里飞来飞去，像一场葬礼的女主人，显示着她与逝者的亲密关系。

秦钦觉得这样很好，这是她想要的结局，她想起她妈妈伺候她姥姥最后的日子，把姥姥接回家，全心全力照顾到最后一刻，她姥姥95岁去世了，她妈妈的兄弟姐妹都在从葬礼回来的路上哭得一把鼻涕一把泪，只有她妈妈靠在椅背上呼呼睡大觉，她希望今天过去了，也能拥有这份安心。

下午三点，该开的会还是来了，最后一次全体会议上，胡总正式宣布，这份报纸，从明天开始停刊。最好的时候，这份报纸曾经有上千名的工作人员，创下过一天广告300多万的纪录，年收入近2亿，最高时发行量40万份，现在一个小小的会议室就装下了所有的人。

233

会开完了，趁着光线正好，大家下楼去拍集体照，秦钦被安排在了左边，最靠近报社的牌子，她梳着当年来报社时候的发型，站在几乎和当年照相时一模一样的位置，本来想和当年一样笑来着，但想想还是算了，再怎么笑也笑不出当年的懵懂和憧憬，毕竟年纪不一样了，而且这么多年终究还是成长了，和当年的笑容不同了。

照完了相，大家开始投入最后一份报纸的制作过程中，谁也没有废话，谁也没有怠惰，都是很认真地做自己手头的事，连张哥也不开玩笑了，罗齐丽丽也自己倒垃圾桶了。

明天的头版，胡总想要发四个字"凤凰涅槃"，主编拿着这四个字上了最后一次编前会，大家都觉得不太满意，后来有人提出"不说再见"也有人觉得有些矫情，最后胡总说，主编跟着这份报纸二十几年，从创刊以来他就在，那就请主编来操刀吧，主编也没推辞，他理了理存量不多的头发，然后用钢笔在本子的空白页上写下几个字："谢谢你们看过我们的报纸"。

胡总再也没说什么，签了这最后一版的大样。

接下来就开始做版，每一步都是一个小而隆重的仪式，以往最稀疏平常的工作今天做起来却带着伤感。

工作终于做完了，今天还比平时更快一些，也许是大家异常认真且专注，也许是最后一版的内容本来就不多，开始有人哭泣，秦钦看见张哥也在偷偷抹眼泪，但更多的是沉默。秦钦忍着没哭，她是少数几个不知道明天该干什么的人，但她一直微笑，一直表现得乐观美好，天已经完全黑了下来，同事们开始陆续离开了，秦钦送走了每一位同事，大家相互告别，说着有空聚，有空见，但其实心里都很清楚，哪有那么多空闲，也许就再也见不到面了。

最后一波同事也走了，办公室里就剩下主编、秦钦和之前一起做收尾工作的其中两个人了，主编说："你们都走吧，我等你们走了我再走。"

秦钦怕主编一个人留下了会更伤感，说："主编，咱们还是一块走吧，你不用再值夜班了，早点儿回家陪陪嫂子。"

主编点点头，同意了。

他们和往常一样，收拾东西，关了窗户，检查了电源，最后一步，该锁门了，主编这时候却说：

"门就不锁了吧，就留个随时能回来的念想。"

秦钦这时候真的要哭出来了，可是走廊的灯还亮着，她哭别人就看见了，那她今天憋了一天不就前功尽弃了吗，于是只能一忍再忍，直到走出报社，走进黑夜。

另外两个同事也走了，剩下主编和秦钦，主编说："小秦，以你的工作能力和文笔，你应该去更好的地方，但你还是太乖，不喜欢有变化，这样不行啊，你还年轻，别再耽误自己了。"

主编刚说完，秦钦的余光就扫到一个熟悉的车影停在路边，紧接着，一个熟悉的身影从车上下来了，她转过头确认再确认，黑夜里，她确认出这是让她心动的人。

主编说："小秦，还愣着干吗呀，有人来接了，快走吧。"

直到主编上了自己的车开走，秦钦还愣在那里。

邓展能只能自己走过去，他看着秦钦笑着问她："不认识啦？"

秦钦问："你怎么来了？"

邓展能也问："不能来？"

秦钦之前憋了一整天的眼泪一下子就出来了。

邓展能像看小孩儿似的笑着问："哭什么？"

秦钦边哭边大声说："我哭我明天终于可以不用上班了，不上班真好，老子明天终于可以不上班了！简直爽翻！"

她此刻终于爆发，连跳舞的心都有了。

邓展能手里没有纸巾，就用手帮她擦眼泪，边擦边说："再懒你也别忘了遛狗和铲屎。"

秦钦哭着说："呜……我知道了……"

235

邓展能牵她的手说:"走吧,回家。"

他的手湿湿的,是她刚才的眼泪,在秋意渐浓的夜晚,他给了她意想不到的温暖。

秦钦跟着邓展能上了车,邓展能给她拿纸巾,然后开车,没主动和秦钦再说话。

这次倒是秦钦主动了,她说:"小邓,我今天又长大了一点儿,我知道我要尽力过好这一生,去爱自己想爱的,去做自己想做的,不去在乎别人,才不会在最后的时候后悔。"

邓展能笑着说:"像鸡汤一样的话。"

秦钦一愣,合计自己都跟你掏心窝子了你咋还嘲笑我呢。

邓展能继续说:"像鸡汤一样的话,只有在真正经历了才知道都是真的,可大部分人经历了也没有用,对他们来说,这还是一锅不咸不淡的鸡汤,想爱自己想爱的人,做自己想做的事儿,太难。"

秦钦说:"啊,你这也是鸡汤,毒鸡汤。"

邓展能说:"所以就别说,有本事做给我看。"

秦钦又不说话了,邓展能就笑,秦钦问他笑啥,邓展能就摇头。

第二天早上,秦钦还是被吵醒了,她想自己昨天不是关了闹钟?后来仔细辨认才知道,这不是闹钟,这是电话铃。

秦钦迷迷糊糊地接起电话,竟然是张哥,张哥说这是胡总让他打来的,邀请她加入今天新成立的新媒体中心,早上十点正式开成立大会,胡总让她九点钟去他办公室一趟。

秦钦问:"在哪儿啊?"

张哥说:"还是原址,昨天谁最后走的?怎么不锁门呢。"

秦钦万万没有想到,她昨天刚丢了报社的工作,今天就要在新媒体中心正式上岗了。

人算不如天算,她今天还是得去上班。

秦钦看了看表,七点半,赶紧起来洗漱,铲屎,添粮,加水,然后出门去开会。

等她到了单位,还是那个地方,可今天一派欣欣向荣的景象,那些被邀请来新媒体中心的老同事们真是一扫昨晚的阴霾,看着一个比一个欢实,让她产生了一种魔幻般的错觉,人生果然是太草率了。

张哥的大脸强行进入了她的视线框,跟她说:"还在等什么,还不马上去找胡总道谢去!"

秦钦点点头,冲着办公室走去,张哥在后面追问:"有毛儿没?"

秦钦说:"没毛儿。"

秦钦见到了胡总,胡总说:"坐啊。"

秦钦就座。

胡总说:"小秦啊,报社最后那段时间,你辛苦了,本来我想着你能主动跟我提来新媒体中心的事儿,结果到最后你也没提,昨晚有挺多别的同事在,我也不方便说,你呢,就是太乖了,有啥不好意思的,你的能力我还是很认可的。"

事情发生得有点儿快,秦钦此刻只能下意识地说:"谢谢胡总还想着我。"

胡总说:"客气了,去吧,一会儿开会。"

这个会开得,是兴高采烈,慷慨激昂,胡总的意思是,报纸这个媒介已经被淘汰了,现在是新媒体的时代,在座的各位老同事昨天遭遇了失业,那不是因为各位能力不行,而是因为报纸这个老旧的媒介耽误了大家,现在终于可以不用再被耽误了,终于可以大显身手了,新媒体中心是总公司给予极大厚望的,希望大家珍惜这个机会,忘掉过去,凤凰涅槃!

凤凰涅槃,胡总终于用上了他昨天被大家否掉的词汇,可是这个凤凰在涅槃的时候为什么还没把罗齐丽丽这种人给涅槃掉呢?

罗齐丽丽坐在秦钦和张哥的对面正在认真听着胡总的发言,她把两只手都放在会议桌上,像个即将发言的三好学生,可是秦钦知道,她这样的姿势，只是因为她涂了新的指甲油。

秦钦小声问张哥："罗齐丽丽不是去了电视台吗？"

张哥说："是去了电视台，但是又不去了。"

秦钦问："为啥？"

张哥说："她自己说是因为电视台太累，那边的领导只喝手磨咖啡，其实不是。"

秦钦问："其实是啥？"

张哥说："其实是被劝退了，那边嫌她啥也不会，还懒。"

秦钦："哦。"

张哥说："保密啊，尤其不能在她面前说，说了她能炸毛儿。"

秦钦心里有一种不好的预感，这个新媒体中心也许还是老样子。

自从那天邓展能接她回去，然后秦钦就再也没见过邓展能了。

新媒体中心刚刚成立，什么活儿都抛给她，她忙得脚打后脑勺，也顾不上别的，可是又过了两天，邓展能却又出现在她的生活里，不过是以流言的方式。

起初是自称优尔老员工儿子的人在网上爆料，说当年优尔老板的遗孤邓展能被自己的姑姑收养，姑姑一家待他非常好，但是孩子不争气，长大后曾经离家出走，嗜酒如命，现在也只是做与食品无关的小生意勉强过活。

然后各个社交网络但也相继出现了附和的爆料，这孩子私生活特别乱套，上大学的时候女朋友数不清，换女友如同换裤衩子一样频。

接着就是他的生活照被放在网站，很多人评论说这个长得挺帅，但是人品不行。

接着又有人说他刚毕业的时候在优尔实习过，对别人的态度非常不好，从不认真负责，有一次对接错了货品，害公司损失了几十万，结果让老员工背锅，害老员工被迫离职，走的时候哭得特别惨。

又爆料他和有钱的老女人混过，那女人给她买了一辆宾利，他转眼就和小女友开着这车去开房了。

接着开始有人人肉他，不到2天，连电话号码和家庭住址也被泄露了。

秦钦很惊讶，她甚至在有一天早上开门的时候，看到了等在邓展能门外的记者，记者问秦钦："请问这是邓展能的家吗？"

秦钦认识她，他们本地媒体圈的都或深或浅的有交情，可秦钦故意装着不认识，说："不知道。"

女记者这时候好像也认出了秦钦，说："哎，你是新媒体中心的秦姐吧。"

秦钦按亮了电梯，笑着说："知道我是新媒体中心的就知道我不会骗你，隔壁是不是邓展能家我不知道，但我知道隔壁闹鬼。"

说着就上了电梯。

这件事儿让她忍了又忍，忍了又忍，终于忍无可忍地把电话打给了方平。

结果电话迟迟没人接，她心里就不往好的地方想，是不是邓展能出什么事儿了，于是电话里传来的每一声"嘟嘟"都让她心惊。

终于，电话接通了，秦钦急地开口就说："你好，方医生……"

结果那边传来一声稚嫩地质问："你还敢给我爸打电话！"

秦钦知道是方藕儿，方藕儿继续说："你胆子可以的你！别再打了！"

秦钦知道她要挂电话，马上说："别别别，我不找你爸，我找你！"

方藕儿果然被唬住了，问："你找我干什么？"

秦钦说："我找你当然是为了你妈妈的事儿，我知道你妈妈是谁了，我们竟然是大学同学，你说巧不巧？"

方藕儿彻底震惊了，她激动地问："我妈在哪儿？"

秦钦说："那你得先告诉我你三叔在哪儿？"

方藕儿说："他在医院呢。"

秦钦问："他怎么啦？"

方藕儿说："他没怎么样，是我爷爷住院了，他在这儿照顾我爷爷。"

秦钦问："是哪家医院？"

方藕儿说："当然是四院啊，我妈到底在哪儿？"

秦钦说："你妈就在这座城市里，但你要是想知道具体的，你也得告诉我具体的。"

方藕儿又把具体的病房楼层和门牌号码告诉了秦钦。

秦钦去水果店买了最好的艳红桃去了医院。

到了医院，只有方藕儿和姑父、姑姑，还有一名护工在，姑父看到秦钦非常热情，他看起来很憔悴，但在尽量保持良好的精神状态，但是看得出来，姑姑和方藕儿对秦钦的到来持警惕的态度。

姑父一声轻咳，方藕儿立刻说："秦阿姨好。"

姑父又一声轻咳，姑姑说："你坐啊，小秦。"

说完，姑姑就坐下了，继续剥手里的桃子皮，不知道是因为秦钦来了太紧张还是因为什么，姑姑手里的桃子没拿住掉在了地上，滚了两圈落败地停在那里。

姑姑肥胖的身体正要做高难度的下腰动作，被秦钦制止，说："我来捡吧。"

秦钦捡了桃子，又拎着自己拿来的桃子去了洗手间，方藕儿迫不及待地跟着过去了。

秦钦哗啦啦地洗桃子声盖过了方藕儿的态度不良，她说："快告诉我我妈在哪儿！"

秦钦说："我问你，你爸以前是不有个戒指？"

方藕儿说："是呀。"

秦钦问："现在在哪儿？"

方藕儿没好气地回答："丢了！"

秦钦心里顿时凉了半截儿，连洗桃子的手都停住了，不知道还要不要再干涉这件事,如果这不是你情我愿的事儿,那她的干涉是不是会造成二次伤害。

方藕儿等不及,又问:"你快告诉我我妈在哪儿?"

秦钦继续洗桃子,然后小心翼翼地问:"是你爸他……自己扔掉的?"

方藕儿说:"不是啊,是我不小心给弄丢的,我爸还差点打我来着!"

秦钦说:"哦,这样我就放心了!"

方藕儿简直要气哭。

秦钦说:"你先别这么看着我,你要说你爸因为你弄丢了戒指而想要打你,那你妈妈应该能回来的,因为那是你父母的订婚戒指,你懂吗?"

方藕儿很认真地点点头说:"我懂。"

秦钦把渠澜的电话号码告诉了方藕儿,并和她说:"注意方式方法啊,你爸妈可不年轻了。"

方藕儿说:"我明白,他们俩不行,还得看我的。"

秦钦和方藕儿从卫生间走出来的时候,邓展能已经回来了,可是姑父看起来却比刚才更虚弱,他喘着气,好像刚刚经历了一场怒,邓展能站在旁边给他顺着后背,一抬头看见秦钦捧着一盆桃子站在他面前,他手上没停,眼睛却亮了亮。

姑姑说:"行啦行啦,你也不能怨你的老部下,他也是为公司着想。"

姑父说:"你说……是不是……是不是老二?"

邓展能马上说:"不可能,二哥不会这么做的,他是最以公司的利益为重的人,把我搞臭,对优尔的未来也不好。"

姑父的面部表情扭曲在一起,艰难地说:"他搞臭你,好逼我为了公司的未来把位置和股权都给他!"

邓展能说:"不是二哥,我查了,就目前的证据,应该不是二哥做的。"

姑父灰白的脸这才慢慢地缓和了一下。

邓展能马上说:"姑父,您别操心,这件事我来操心,您安心养病。"

姑父看了看邓展能，脸上有了欣慰的血色，他说："我要吃桃子！"

秦钦马上捧着新洗的桃子走了过去。

姑姑拿了一个，说："他要吃剥了皮的。"

邓展能接过去，说："我来剥。"

姑姑也就没再说什么，伸手调整姑父身后的靠垫儿，想让他更舒服一些。

邓展能站在那里认认真真地剥桃子，秦钦看了半天，邓展能剥下的桃子皮面积不及普通人的一口，秦钦实在看不下去了，伸手拿过来，三下两下就剥完了，递给了姑父。

姑父非常惊讶，没想到秦钦是个剥桃子皮小能手。

姑姑有点儿不服气，也拿了一颗，说："她买的这个桃子好剥吧？"

说着就开剥，结果仍然没拿住掉在了地上，秦钦捡起来还是三下两下把剩下的皮都剥了下来，然后对姑姑笑着说："这个桃子洗洗我吃了吧，别浪费了。"

后来，她给每个人都剥了一个桃子，姑姑甚至还在暗暗地计算时间，看她剥一个桃子到底需要多久。

姑父可开心了，好像这是他今天最开心的事儿，他吃着秦钦给他剥的桃子，笑着说："小秦以后常来啊，一定常来！"

秦钦笑着说："放心吧姑父，我还从来没在一件事儿上这么有成就感，谢谢您挖掘了我的才华。"

邓展能他姑父哈哈大笑。

秦钦想，人果然还是要有一技之长才能在社会上立足，她的一技之长虽然看起来有点儿扯淡，但是它是真长啊，而且在当下非常实用。

邓展能这时候说："我出去抽根烟。"

秦钦还在那儿陪着姑父哈哈笑。

邓展能又说："我出去抽根烟。"

秦钦还在那儿陪着姑父眯眯笑。

姑姑都看不下去了，和姑父说："你中午想吃什么，我叫人给你送来。"

方藕儿都看不下去了，对秦钦说："阿姨，我要喝可乐，出去给我买好吗？"

秦钦和邓展能就一起出去了，秦钦问："这儿哪有买可乐的？"

邓展能没好气地白了她一眼说："买什么可乐！"

医院外面有一个中心花园，邓展能带着秦钦穿过中心花园，找到了一个隐蔽角落的墙根儿。

邓展能点燃一支烟，秦钦问他："我刚才路过花园的时候看见长椅了。"

邓展能说："长椅留给出来散步的病人们坐吧。"

秦钦想也是，但也不是，又问："那为什么我们一定要来这么隐蔽的墙根儿底下？"

她抬头看了看，整座楼都透露着隐蔽和破败。

她说："也许这栋楼是什么废弃的实验室，楼里全是泡着福尔马林的尸体什么的。"

邓展能就咬着烟笑，说："那不正好吗，咱们要是干点儿不想让活人看见的事儿，也方便。"

秦钦有点儿害怕，问："什么事儿？"

邓展能斜着眼睛看她，说："你想让别人看见咱们俩接吻？反正我是无所谓，看你。"

秦钦在心里为邓展能竖起大拇指，说："你这个时候还有心想这事儿？"

邓展能就低头嗤嗤地笑，然后抬头说："我太有心了，就看你配不配合。"

秦钦泄了气地靠在墙上，说："行，我本来还想安慰你来着，遇到了这么倒霉的事情。"

邓展能说:"哪有什么倒霉不倒霉,都是生活,面对而已。"

秦钦就没再说话,静静地陪邓展能抽烟,这个位置很安静,对面是废弃的自行车车棚,几辆锈迹斑斑的自行车被无规律地放在棚子底下,让人忍不住猜想它们的主人最后一次离开它们的时候都经历了什么,是不是有它们不再被想起的原因。

这时候,邓展能说:"是我二哥。"

"嗯?"秦钦一时没反应过来。

邓展能说:"网上的那些抹黑我的帖子,是我二哥做的,我有证据。"

秦钦很惊讶,问:"那你刚才怎么说不是?"

邓展能说:"我姑父快不行了,癌细胞已经扩散了,所以这个时候我难道要让他认为我们兄弟俩反目?当然不能。"

邓展能吸了一口烟,又很快吐出来,好像这缕烟并没有入肺,好像这个真相也并没有上心。

但秦钦这里却生发出了一股力量,这股力量很奇怪,也从未出现过,她说不清这是什么,像闭着眼睛去辨别一口食物都曾经加过哪些料,她并不擅长,此刻只简单辨别出了愤怒和心疼,她说:"那你可以去找你二哥谈啊,你去打他!"

邓展能好像没想到秦钦会这么说,他看过来,看着秦钦因为气愤而发生变化的表情,他觉得有些好笑,但他憋住了笑。

他摇摇头说:"没办法单独见到他。"

秦钦问:"他不来看他爸?"

邓展能说:"来,来得比较少,而且每次来,身边都跟着许多优尔的副总和老员工,没法谈,连姑父都不能当着大家的面问这个问题。"

秦钦说:"那我去找他!"

邓展能说:"你更找不着他,而且他也不会给你机会见面的。"

秦钦说:"那就让他白这么诬陷你!"

邓展能这时候表情比刚才认真了些，他问："你怎么知道是诬陷？"

这一问，给秦钦问愣了。

不是诬陷吗？

邓展能看着愣在那里的秦钦，说："有一些话是真的。"

秦钦觉得她手里有点儿微微出汗，远处有一位老大爷慢慢悠悠地往他们这个方向走来，她轻声问：

"什么？"

"什么是真的？"

还是都是真的，这句她没问出口。

邓展能说："离家出走是真的，这你知道，还有就是……酗酒，也是真的。"

秦钦想，哦，这样。

然后她就这样说了："哦，这样。"

邓展能说："我那时候心情很不好，怎么都不对劲儿，后来有一次胃出血，也是我姑父救了我，后来就再没这样过。"

秦钦说："嗯。"

秦钦这个态度让邓展能有点儿紧张，他追问："你会在意吗？"

秦钦想了想说："不会，我认识你到现在你就没碰过酒，身上也没出现过酒气，你已经好了，我为什么要在意。"

邓展能仿佛真的松了口气，说："是，早就好了。"

两人又不说话了，老大爷走了过来，开了一辆老旧的自行车，车锁发出清脆的一声，在这个安静的地方显得特别活泼，看不出来那么破旧的自行车，还得发出这么年轻的声音。

这让秦钦的心情突然就好了起来，可也没有怎么太好，于是她叹了一口气。

"唉……"

邓展能问："叹什么气？"

245

秦钦说:"我还想问个问题。"

"说。"

秦钦问:"真的只有离家出走和酗酒才是真的吗?"

"嗯。"

秦钦说:"真的?"

邓展能挑了挑眉毛,问:"你什么意思?"

秦钦憋着一口气说:"换女朋友跟换裤衩那个说法真的不是真的吗?"

邓展能说:"你放心,不是真的,傍富婆也不是,我姑姑就是富婆,我犯不着再找个姑姑。"

秦钦说:"哦。"

邓展能说:"嗯。"

秦钦说:"那你有几个前女友?"

邓展能想,该来的,还是会来的。邓展能又点燃了一支烟,烟雾中,他眯着眼睛问:"你是以什么身份问的?"

秦钦想了想说:"以新媒体中心记者的身份。"

邓展能说:"那我凭什么告诉你?"

秦钦说:"凭我找到了你啊!你知道吗,好多人想找你都找不到呢,还有记者在你家门口堵你被我撞见了呢。"

邓展能点点头说:"你知道我最近很抢手就好,你想在我这里得逞,也得先让我在你那里得逞才行。"

姑姑发来微信,问秦钦晚上在不在这里吃饭,她要叫人送饭来的。邓展能问秦钦,秦钦说不好吧,邓展能就回复了姑姑:好。

吃完饭,邓展能想送秦钦回去,秦钦说不用,一是照顾姑父要紧,二是怕再遇见记者什么的,邓展能就把秦钦送到门口。

入秋,晚上越来越冷,邓展能把自己的外套给秦钦穿上,他只穿着短袖。

秦钦问:"你不冷?"

邓展能摇摇头说:"我年轻。"

秦钦觉得这个问题就像前一阵子问他困不困一样自讨没趣。

两个人终于走到了大门口,秦钦说:"你回去吧。"

邓展能问:"还来吗?"

秦钦说:"来呀!不然我这剥桃子皮儿的手艺谁来欣赏!"

邓展能就笑,和她说:"麻烦照顾奇奇它们。"

秦钦点头。

又说:"我在练车呢,说不定过几天就能开车来了。"

邓展能点头。

邓展能把秦钦送上出租车,又嘱咐她到家了给他来个消息。

关车门的那一刻,邓展能想说"辛苦了",但没说,秦钦也想说"辛苦了",也没说。

33

终于走运了

那晚,秦钦回家给每一只宠物都拍了照片,用微信给邓展能发过去。还问邓展能拍得好看吗,邓展能老半天没回复,秦钦又问了一遍,邓展能才回复说,我姑父说以后可以多拍一点。秦钦很开心,让她多拍一点,那就是在夸她拍得好看呀!她以前从来没给家里的宠物们拍过照片,这次拍照让她觉得非常有趣,而且还被人夸拍得好,想到这一点,她今晚有点儿兴奋,有点儿自信,最近可能真的转运了,天赋什么的,被一个又一个地挖掘了出来,虽然晚了点儿,但是毕竟挖掘了出来。

秦钦觉得,邓展能的姑父可真是个优秀的挖掘机。

第二天一上班,罗齐丽丽就过来跟秦钦嘟嘴,说:"秦姐,秦姐,我今天那个来了,身体不舒服,不能和张哥一起去采访了,我已经和胡总说了,他让我留下来休息,让我再找个人陪张哥去,我就只能找你了秦姐,谁让咱们俩好呢。"

其实秦钦今天也来那个了,而且她手头还有一个"图片城市"的活儿。

她说:"可我现在手里有个图片新闻的活儿需要做好了今天中午发出去啊。"

罗齐丽丽说:"没关系秦姐,我帮你做,你把文字和配图给我,我给你弄。"

秦钦有点儿不大放心,这个栏目一直由她负责,她不想出什么纰漏。

她说:"你不是不会在微信上弄图片吗?"

罗齐丽丽说:"我差不多了,你放心吧秦姐,我一定给你弄得好好的。"

秦钦就跟张哥去了,路上,张哥哼着鼻子说:"什么身体不舒服,她就是看今天要去地铁采访,得下到工地去,她怕危险。"

其实秦钦也想到这一点了,也知道罗齐丽丽一贯这样,她就没计较什么。

张哥有说:"不过你跟我来我也挺高兴的,咱们效率肯定高。"

结果效率确实高,回去的时候,罗齐丽丽正在喝着冰咖啡和新来实习的两个小姑娘闲聊,她们背对着门的方向,声音不大也不小,秦钦正好都听见了。

她说:"我见过那个邓展能,报社还在的时候他就来过,和你们秦姐不清不楚的,后来有一次我送秦钦回家又见过,当时他下来接秦姐的时候,就和我眉来眼去的,还管我要过电话号码我没搭理他。"

小实习生说:"真的呀,长得真那么帅吗?"

罗齐丽丽说:"那又怎么样,装得像个人似的,没想到是个人渣。"

秦钦听见罗齐丽丽的话,大脑瞬间变成蘑菇云,她把手里的包儿"啪"的一声掷在办公桌上,然后大声叫道:"罗齐丽!你图片城市的微信弄完了吗?"

罗齐丽丽被吓了一跳,她最讨厌别人叫她身份证上的名字,她跟所有人都强调过很多遍,她不叫罗齐丽,她叫罗齐丽丽。

所以她是带着白眼转身的,可转过身来看到秦钦一张她从未见过的愤怒的脸,也被惊到了,她尴尬地说:"哎呀秦姐!你回来得也太快了,我还没来得及做呢!"

秦钦说:"那还不快去做!在那儿废什么话呢?!"

办公室里所有人都惊呆了,认识她年头最久的人也从来没见过秦钦现在这个样子,罗齐丽丽一脸不服地坐下,这才把电脑打开,准备工作。

秦钦就站在她旁边,一动不动地怒视着她。

罗齐丽丽捣鼓了半天,实在受不了秦钦这样看着她,她也实在不会,就说:"秦姐,我实在不会弄这个图,还是你来做吧。"

罗齐丽丽又站了起来,把冰咖啡拿在手里慢悠悠地喝了一口,才觉得舒服起来。

秦钦说:"那你之前和我说的是在放屁吗?"

她把两只手抱在胸前,说:"还是你本来就是一个说话像放屁一样的人。"

罗齐丽丽也惊呆了,她说:"秦姐,你什么意思啊!你把话说清楚!"

秦钦说:"说清楚就是……"

秦钦一字一顿地接着说:"你再敢说邓展能一句难听的话,我就饶不了你!"

"可真逗……都那么渣了还护着呢。"

罗齐丽丽摇头晃脑地哼笑着,还不敢大声说。

但秦钦敢大声,曾经在医院墙根儿底下生发出的那股力量又来了,这次颇为急切和凶险,冲破她从出生到现在养成的所有得过且过和息事宁人,她此刻的大脑简单到只有一个概念:怎么搞我都可以,说邓展能一句就不行!

秦钦大声说:"就你这种听风就是雨,落井下石,每天只想着不劳而获只知道护肤、美甲、买包、买鞋、买衣服的垃圾有什么资格说别人是人渣?邓展能比你强一万倍都不止,你有什么资格说人家!"

罗齐丽丽也上脾气了,她说:"秦姐你可别逗了,我作为一个和有钱人有不少接触的名媛在这儿好心提醒提醒你,我不知道你是怎么跟邓展能这种人好上了,不过这种公子哥对待你这样的从来都是玩玩而已,你可别真把自己当回事儿陷进去了,到时候人家拍拍屁股走了,倒霉的还是你!"

她不说倒霉这两个字还好,说了秦钦的脾气如同惊涛骇浪一般打了过来。

秦钦说:"你可别逗了妹妹!你一个连手磨咖啡都不会泡的,被电视台退回来的废物还好意思说自己是名媛?邓展能就是爱我,优尔的公子哥现在哭着喊着要和我好呢,至少他上次来这儿找的是我不是你,我也没看见哪个公子哥跑到这里来找你,公开说他是你的男朋友,你爸让你嫁给有钱人的愿望眼看就要落空了,别再心存不切实际的幻想了,我看你才应该醒醒!"

罗齐丽丽被气得连拿咖啡的手都在发抖,她说:"我看你也就是被人家骗了一次炮,还真当是爱情了,这么大岁数了不仅没有自知之明还这么不要脸!"

秦钦抢过罗齐丽丽手里的咖啡,然后挥手就泼在了她身上,罗齐丽丽吓得大声叫喊,张哥这时候才反应过来,赶紧去拉住秦钦,被秦钦给甩开,她摊着手,一脸无辜地说:

"本来说得渴了,想借你一口咖啡喝,结果没想到是冰的,不好意思,我也来那个了,碰不了冰的,只能还给你了。"

罗齐丽丽怒吼一声然后张牙舞爪地就向秦钦扑过来,秦钦也不甘示弱,准备迎战,被在座的同事蜂拥而上七手八脚、乱七八糟地拉扯着。

秦钦在人群中大喊:"我告诉你们!以后谁再让我听到有人说我男朋友,到时候我有冰的泼冰的,有烫的泼烫的!"

一顿混战中迎来了一个声如洪钟的"住手"!

因为声音太洪亮了大家都想看看是谁发出来了所以全住手了。

一看,是胡总。

罗齐丽丽看到胡总之后反应极快,"哇"的一声就哭了,赶紧扑到胡总面前跟胡总哭诉:"胡总,秦姐疯了,拿冰咖啡泼我!我不活了我!"

胡总指了指新来的实习生,说:"那谁,快带丽丽去擦擦去吧,小秦你跟我去办公室!"

说完就往办公室走去,罗齐丽丽被带到厕所,张哥拉住刚抬脚的秦钦小声问:"你现在到底和优尔的哪个小子好呢?你咋还脚踏两只船呢?"

秦钦怒气未平,张口就说:"我脚踏两只船?我还脚踏八只船呢我!"

然后就英勇地走向了胡总的办公室,张哥看着秦钦的背影,心想原来不止两只,比他知道的还要多六只,他默默地点了点头,觉得这个妹妹果然是成长了。

秦钦进去直接在对面坐下,昂着头,挺着胸,做好了被辞退的准备,等着胡总开口。

胡总说:"小秦啊,你一向成熟稳重性格随和,今天这是怎么了?"

秦钦:"有人说我男朋友的人渣,要您您能忍吗?"

胡总皱眉:"你男朋友?不是开宠物店的吗?丽丽说他干吗?"

秦钦说:"所以我用咖啡泼她啊,这很合理吧。"

胡总说:"哎呀,今天丽丽不舒服,你就体谅一下她嘛。"

秦钦说:"我已经够体谅她了,她今天的外勤是我给她出的,我手里的工作都不做了我去体谅她,我走的时候她答应得好好的帮我弄'图片城市',结果回来的时候还没弄呢,然后又说不会弄,还得我自己来弄,这事儿我找您说理您能给我做主吗?"

胡总说:"丽丽她可能就是今天不太舒服,弄得不那么顺手,你是咱们的优秀员工,多教教她嘛。"

秦钦说:"她不舒服我也不舒服,她来大姨妈我也来大姨妈了,怎么,她的姨妈就是亲戚,我的姨妈就不亲了吗!而且我优不优秀也是和她拿一样的钱,我赚多少她赚多少,我跑外勤下工地做采访,她在室内喝咖啡聊八卦,是不是咱们新媒体中心的正常运转就是由我这样的人辛苦养着她这样的人得来的?"

胡总有点儿不高兴,说:"小秦,怎么这么说话呢。"

秦钦站起来说:"不好意思胡总,我今天身体也不太舒服,我得请假回家休息一下。"

胡总也站起来说:"哎,小秦,别这样啊!"

秦钦说:"而且,我再告诉您一个常识,来大姨妈不能喝冰的。"

说完秦钦就走了。

秦钦走后,胡总把张哥叫到办公室,问这是怎么回事儿,张哥说,胡总您虽然统领大局、日理万机,又是铮铮铁骨,但平时也得看点儿八卦,尤其是热门八卦,对新闻工作有好处。

胡总在张哥的指导和讲解下,在网络和口述的结合下,终于得出了结论,说:"哦……原来是这么回事儿啊……怪不得小秦之前能拉到优尔的广告……"

秦钦走出新媒体中心,门外风卷残叶嗖嗖凉,可秦钦的心和身体却正在体验着前所未有的滚烫,她觉得此刻就算地球毁灭、时空错乱、人类消亡,或者这三件事情同时发生,都奈何不了这个滚烫滚烫的她。秦钦也万万没想到那股力量会这么令人惊喜,她果然是她妈的亲女儿,她的基因被彻底激活,她觉得今天的这场仗真是自己送给自己的一份大礼。

就在此刻,她接到了一个陌生的电话,电话那头,一个干练的女声说:"喂,您好,是二狗和三猫吗?"

秦钦想了一下才反应过来这是之前给优尔投稿时的笔名,她说:"是,请问您是?"

"您好,我是优尔集团广告部的,我叫陈璐,您是前一阵子参加了优尔集团举办的征文大赛是吗?"

秦钦说:"是。"

陈璐说:"恭喜您,获得了一等奖。"

"啥?!"

陈璐又说:"我们觉得您作品的质量非常高,恭喜您,一等奖。"

秦钦觉得她要起飞了,嘴上连说着谢谢,心里却在努力回忆,一等奖给啥来着?

陈璐说:"不客气,您确实很优秀,同时也邀请您来参加我们这个月30号的颁奖典礼，30号下午3点正式开始，到时候优尔集团的广告部总监方政会亲自来颁奖，很多媒体和作家也会来。"

秦钦问："方政会亲自来颁奖？"

陈璐说："是啊，怎么，您认识我们小方总吗？"

秦钦连忙笑着说："哦……那个……谁不认识他呀，经常在媒体上露面的明星企业家，还长那么帅，身材又好，衣品又好，试问哪个女孩儿不动心，呵呵呵呵呵……"

秦钦心想，可算被我给逮着了。

陈璐也在电话那头笑，说："是有挺多女孩儿觉得我们小方总不错的，但是我想和您说的是另一件事。"

秦钦问："什么事儿？"

陈璐说："请问您现在说话方便吗？"

秦钦说："太方便了。"

陈璐说："那就好，请问二狗和三猫小姐……额……算了，请问您贵姓？"

秦钦说："我姓秦。"

陈璐说："秦小姐，请问您现在是什么职业？方便透露一下吗？"

秦钦说："是做新媒体的。"

陈璐说："是这样的，您的征文我非常喜欢，您的文笔以及对优尔文化的把控都非常好，我们广告部现在正好缺一名文案，我想问问您有没有这个兴趣？"

秦钦没想到陈璐会这么说，她想这算不算越不厌越幸运。

秦钦说："我有兴趣。"

陈璐说："当然，虽然您不需要再笔试了，但是我们还是要做一个面试的，如果您有兴趣，那么我想请您30号那天早2个小时过来，我们省去一切中间的烦琐环节，就由我对您进行一个简短的面试，您有什么问题也可以问我，我们坐下来谈谈，相互了解一下，您看行吗？"

秦钦说:"行。"

挂断电话,秦钦第一个想到的就是邓展能,她想把今天发生的所有事情都和邓展能讲,她想看他听到这些事情的表情,非常非常想,所以,她又去买桃子去了。

秦钦推开病房的大门,竟然看见了渠澜,方藕儿和方平也在,邓展能看见她拎着东西,赶紧过来接下,问她:"你怎么这个时候来了?你不是去上班了吗?"

秦钦说:"是啊,我请假了。"

邓展能问:"怎么了?"

秦钦想了想说:"因为……有值得高兴的事儿。"

邓展能立刻问:"什么事儿?"

秦钦小声说:"等一会儿我单独告诉你。"

邓展能也模仿他小声回答:"好。"

方藕儿说:"三叔,你觉得你们这样好吗?"

她可得帮她亲妈抢回今天病房探病人员C位的身份。

方平拍了一下方藕儿的左肩膀,渠澜本来想拍右边,看他爸已经拍了,她就把手收回去了。

姑父今天看着很开心,他说:"小秦来啦,快来给我剥桃子,他们剥的都不行。"

秦钦也很开心,她看见渠澜出现在病房里,就知道她和方平好事将近了,看来方藕儿的办事效率果然是可以的。

秦钦赶紧过去,让姑父挑一颗,姑父说:"你让我挑,你不挑个好剥的吗?"

秦钦说:"我要挑好不好剥,那不是对不起姑父对我这份天赋的挖掘嘛。"

姑父笑着说:"好好好,就它了。"

姑姑问:"听说你们是大学同学?"

秦钦和渠澜都点头。

可姑姑的愁容却上了眉头,媳妇儿们要是联了盟,做婆婆的还不得哭去?

方平说:"爸,我看时间也不早了,我那边还得上班,藕儿下午也要上学,渠澜还有工作,那我们就先走了,晚上再过来看您,您好好休息。"

渠澜也说:"是啊,您好好休息。"

姑父问方平:"你让我好好休息?"

方平被问得愣住。

姑父又问渠澜:"你也让我好好休息?"

渠澜也得问得愣住。

姑父说:"那你俩去领证去吧,要不我休息不好。"

姑父吃了一口姑姑喂给她的桃子,转过头又说:"还愣着干吗呢,快去吧。"

姑父看了看手表,说:"现在是 12 点半,你俩到民政局正好赶上下午上班,今天也不是什么特殊的日子,排队的人不多,下午三点就能拿结婚证回来了,到时候给我看了,我就好好休息。"

方平和渠澜彻底傻眼,她姑姑在旁边也没有一句反对,也没有一句赞成。

姑父说:"中午饭就别吃了,一顿不吃也饿不死。"

渠澜还是不动,她低着头,一句话不说。

方平看了看亲妈,又看了看渠澜,然后又看向自己的亲妈。

姑父也看向自己的亲老婆,方藕儿也看向自己的亲奶奶,邓展能也看向自己的亲姑姑,只有秦钦,不知道看哪儿,所以都看了。

屋子里很安静,这时候谁说话也没用,只有姑姑好使。

姑姑低头用铁勺子认认真真地刮着桃子的果肉。

这时候两个小护士进来了,给姑父进行常规检查,姑父咳了咳,配合着护士。

姑姑突然说:"户口本在我卧室五斗橱的第二个抽屉里。"

众人的目光全部看向渠澜,渠澜还是低着头,眼眶红了。

又过了几分钟,姑姑终于抬起了头,看着渠澜说:"一会儿回来想吃什么,藕儿妈妈?"

渠澜终于掉下泪来,姑姑也没忍住红了眼眶。

小护士夸姑父:"老爷子今天看着状态不错嘛。"

姑父说:"可不是嘛,有喜事儿啊。"

小护士问:"哟,啥喜事儿啊?"

姑父说:"一块心病要解决了!"

小护士也是嘴甜,说:"那可是好事儿,心病好了,身上的病也就快好了,您好好休息吧。"

姑父笑着说:"是能好好休息了。"

等小护士走了,秦钦忍不住过去抱了抱渠澜,和她说:"别哭,别哭啊,一会儿照相不好看。"

等方平一家走了,姑父心满意足地说:"能办一件是一件。"

邓展能说自己要回家里取点东西,拉着秦钦也走了。

出来的时候,秦钦问:"你怎么也走了。"

邓展能说:"我姑姑能说那句话不容易,怎么也得给他们单独相处的时间,而且我还想快点儿知道你今天到底有什么好事儿。"

秦钦说:"那咱们现在去哪儿?"

邓展能说:"当然回家。"

秦钦说:"哦。"

一路上,邓展能问秦钦到底是什么好事儿,秦钦表示,既然你要回家,那就回家再说,不然我还得说两遍,和你说一遍,和宠物们说一遍。

到了小区门口,秦钦说:"你先别下车了,我回去看看,没什么情况我再给你打电话。"

257

邓展能说:"怕什么,你都跟别人说有鬼了,他们还会来?"

两人一起走到家门口,发现堵他的人倒是没有了,但是他家门上用白色喷雾写着两个大大的"垃圾"。

秦钦简直要气死了,要去擦掉。

邓展能说:"别管它,我想和你撸狗,听你说好事。"

两人就进了宠物的房间。

进了屋,猫猫狗狗们对他都很亲热,邓展能对它们也很亲热,可能是许久未见,今天小邓对家里的"孩子们"表现出了超乎寻常的温柔和腻歪,蹭蹭摸摸抱抱,像个大男孩儿那样带着点儿撒娇,很是惹人爱,秦钦看在眼里,萌在心里,抑制住内心深处想要扑住他的冲动,表现得冷静而成熟,最后邓展能抱着奇奇,拉着秦钦不放,让她说。

秦钦说:"你知道优尔前些日子举行了征文大赛吗?"

邓展能说:"不知道。"

秦钦说:"我获得了一等奖。"

邓展能笑着问:"奖品是豪华版的优尔大礼包吗?"

秦钦说:"我走了,再见。"

秦钦就猛地起身,邓展能就用力一拉,又给拉回来了。

他说:"恭喜你,我很高兴。"

秦钦看着邓展能的眼睛,想看出他是不是在很真诚地高兴。

看了半天,真是越看越真诚,秦钦就松动了自己刚才紧绷的身体,坐了下来。

邓展能说:"我很高兴,不止因为你获了奖,更是因为你愿意把这个消息第一时间告诉我。"

秦钦说:"你怎么知道我是第一时间告诉你的?"

邓展能说:"不然你请假干吗?"

秦钦说:"我请假那是因为……"

想了想觉得还是不把和罗齐丽丽吵架的事儿告诉他了,也不把陈璐要面试她的事儿告诉他了，于是秦钦重说：

"我请假那是因为确实是想把这件事情第一时间告诉你，你说得没错，你真棒。"

邓展能弯起的嘴角根本就收不回去，秦钦觉得他这样简直好看死了。

秦钦说："30号下午3点会有颁奖礼，我……我希望你能来参加。"

邓展能听见秦钦的话，笑容渐渐逝去，可握她的手却越来越紧。

他说："我一定争取过去，不过姑父……姑父最近身体状况越来越差了，可能真的就……没有多长时间了……如果那天还算稳定，我就一定过去。"

秦钦觉得此刻的邓展能一定很累，很累很累，她突然很感谢自己参加了这个比赛，获得了一等奖，倒不是因为别的，只是因为在邓展能这么累的时候，能给他说一件高兴的事儿，哪怕就是一点点高兴，她也觉得这件事有了大大的意义。

晚上秦钦刷门的时候，先给门拍了个照片，然后用力刷用力刷，越刷越用力，越刷越有力，心里默念了一万倍，方政，你给我等着，咱们颁奖典礼见！

秦钦特意为颁奖礼挑了一套连衣裙，渠澜陪她买的，又高贵又大气，把秦钦衬托出了前所未有的高级感，总之就是美。

渠澜觉得非常好，在秦钦还在为价格犹豫的时候直接跑去结了账，秦钦说："不行不行，怎么能让你买呢，我得奖有奖金的，我来买。"

渠澜说："我结婚，就当是送你的新婚礼物。"

秦钦就笑，说："送反了吧，应该是我送你新婚礼物啊，又不是我结婚。"

渠澜说："反正就送你，老娘有钱。"

秦钦点头说："行，这一点我还真反驳不了你，等奖金到手请你吃饭。"

渠澜笑着摇头说："等小邓到手了你再请我吧。"

秦钦就不说话了，抿着嘴笑。

渠澜说："真的秦钦，我都听方平说了，我觉得你和小邓与我和方平的情况不一样，咱们具体问题具体分析，但是有一句话我得和你说，煮熟的鸭子，一开始你嫌烫嘴你不吃可以凉凉，但你只要还想吃，你就不能凉时间太长，因为时间太长了它就飞了。"

秦钦想了半天，然后问渠澜："……所以小邓……是鸭子？"

渠澜大声说："我说的是爱情！鸭子指的是爱情！"

她边往外走边感叹："心真累，心疼小邓。"

秦钦赶紧拿上购物袋跟着她，说："知道了，知道了。"

30号那天，秦钦穿着新买的连衣裙，第一次开着自己的车，独自一人，向着优尔集团出发。

毕竟是第一次上路，她本来以为自己能开上一个小时，结果半个小时就到了，秦钦挺开心，因为来得早，车位随便挑，她选了一个最靠近大门的地方。成功停好车，秦钦的成就感油然而生，于是走进优尔的脚步都生着风。

她和陈璐约好了在会场二楼的一间休息室见面，秦钦敲门进屋，看见陈璐的那一刻愣住了，陈璐也愣住了。

陈璐心想，这不是吃雪糕的一号女嘉宾吗？

秦钦心想，这不是让我吃雪糕的那个女策划吗？

陈璐先开了口，笑着说："原来你就是二狗和三猫啊。"

秦钦也说："原来你就是陈璐啊。"

两个人多少都有些尴尬，陈璐说："请进请进，请坐请坐。"

秦钦就过去坐下了。

陈璐问秦钦想喝什么饮品，秦钦说喝水就行，陈璐就给拿了矿泉水。

陈璐说："那个广告的那个事情……还请你不要介意，现在已经撤了，如果给你带来了什么负面影响那我们向你道歉……"

如今再回想，其实这也不是什么大不了的事情，就好像小时候在全班同学面前刮破了裤子，当时觉得天要塌，现在想起，也只会觉得好笑。

秦钦微笑说："没关系，都已经过去了，那是很成功的广告，是我想向你学习的原因，也是我学会保护自己的经验。"

陈璐说："你能这么想就太好了，我们对于想招你来我们部门还是很有诚意的。"

秦钦问："这件事小方总知道吗？"

陈璐说："他一般不管招人，因为具体做工作的还是我，其实优尔招聘应该是人力资源部的事儿，但是我们部门比较特殊，是小方总直管的，所以我们权限比较大，我基本就可以拍板定夺，到时候再去人力资源那边走一下程序就行，所以你不用担心，我们谈就可以。"

秦钦点点头。

接着，两个人又聊了聊具体的工作内容和薪资待遇，陈璐说："虽然你是我们特招来的，又有这次比赛一等奖的光环，但是你毕竟没有从事过此类工作，需要从头学习，所以一开始薪资不会很高，不过如果适应快，表现好，加薪是没有问题的。"

秦钦点头表示赞同。

陈璐又说："我们这个工作加班是经常的，这个你要想好，不过加班都有加班费，每个月底都会计算绩效，按照绩效发放工资和奖金，做得多赚得多。"

秦钦又点头表示赞同。

两人又聊了一些，谈得差不多了，秦钦又问："陈姐你用不用带我去见见小方总？"

陈璐说："不用。"

秦钦又问："那他现在已经来了吗？"

陈璐看了看手机，说："已经在准备了。"

秦钦说："那他现在已经在会场了吗？"

陈璐就笑着说:"你这么想见他吗?等一会儿颁奖的时候你会见到的,到时候小方总会穿着优尔第一代冰激凌吉祥物的衣服给大家颁奖,然后我们会有一个答记者问,会回答一些最近关于优尔的热门话题什么的,还有就是推出新产品,这些一会儿把控流程的工作人员都会和你们说的,要不你先休息一下吧。"

秦钦说:"不,我十分想见小方总,其实我想找小方总签名,你看,我纸和笔都准备好了!"

秦钦说完就在低头在包里掏啊掏,掏到了一支笔,可纸怎么也掏不着,总不能拿面巾纸出来,那样也太假了,于是又掏啊掏,终于在包包的夹层中掏到了一张折叠得很整齐的纸。

秦钦一手拿笔一手纸,嘴角上扬,两眼放光,向陈璐展现自己虚假的诚意。

陈璐笑着说:"那你去找他吧,他就在一楼会场大屏幕后面的102房间。"

秦钦说:"太好了,谢谢陈姐!"

秦钦抬屁股就跑,脚上踩着高跟鞋当当响,身上穿着大裙摆悠悠晃。

秦钦跑出去才发现那张纸正是唐静给她的诅咒信,秦钦心想,这诅咒信也算帮了她一次,她又把它和那支笔一起塞回包儿里。

方政很烦躁,因为他本来是想穿着衬衫西裤来套这身奇奇的人偶服,但是工作人员说这么穿一会儿要热死的,方政没办法,只能脱了衬衫又脱西裤。

方政说:"我一会儿穿着背心裤衩怎么见人?"

工作人员说:"您不是穿着背心裤衩见人,您还有奇奇的人偶服呢。"

方政说:"那我一会儿颁完奖不是要见人的吗?"

工作人员说:"那也只是脱了头套露脸,大家都见不到您的背心裤衩,等到记者问答环节,您就换完衣服了。"

方政没好气地说:"行了我知道了你先出去吧我要休息一会儿!"

工作人员说:"还有半个小时颁奖典礼就开始了,要不您现在就穿上吧?"

方政说:"不是还有半个小时吗?"

工作人员说:"这件人偶服的设计比较特殊,头套这里有点儿复杂,还是我帮您先穿上保险。"

方政没说话,酸着脸用脚踢了踢摆在地上的奇奇人偶服。

工作人员弯腰把人偶服捡起来,给方政套上。

秦钦过来的时候刚好赶上工作人员出来,广播已经在请获奖人员去大屏幕底下集合了,秦钦就问:"请问小方总在吗?"

工作人员正在与人对讲,听见秦钦问,顺手指了指102的门。

秦钦走进去,一个巨大的布偶奇奇正躺在沙发上,白胖白胖的,像个巨婴。

秦钦叫:"方政?"

这个白胖白胖的巨婴瞬间从沙发滚到地上,他用两只圆手扶着他的大脑袋艰难地站起来,从奇奇那上扬的大嘴巴里发出一句瓮声瓮气的:"你怎么来了?"

秦钦走过去,贴着人偶服的肚皮,顺着奇奇的大嘴,差点儿把整个脑袋都探进去,果然看到方政那一张无比惊恐的脸。

方政用他的圆手去推秦钦,秦钦一手死死地抱着方政的脖子,像个猴子一样缠在这只硕大的巨婴身上,一手伸进奇奇的大嘴里,指着方政的脸,差点要指进他的鼻孔,恶狠狠地说:"你可算被我给逮到了你!"

方政想要叫人,奈何头戴这么大一个头套,所有的声音都拢在里面,他叫再大声,这个头套也只会帮他把音量调小。

秦钦说:"你这个哥哥当得好啊!全网黑自己的弟弟,什么让人背黑锅,换女朋友像裤衩子一样勤,被富婆包养,那些都是你的亲身经历吧!你还要不要点儿脸啊你!"

方政说:"你别乱说话啊!你怎么知道是我黑他!你有证据吗你!"

秦钦说:"我没证据但邓展能有啊!他为了不让你爸伤心都没告诉你爸是你干的,你爸现在躺在病床上你不知道吗?!"

方政边试图把秦钦从自己身上推下来边说:"我们家的事儿,关你屁事儿!你懂什么!我也有不得已的苦衷!"

秦钦说:"关我屁事儿?!我告诉你,邓展能现在是我的小伙儿,你敢黑他我就不能饶了你!今天我就替你父母好好教训教训你!"

秦钦抡起手里的包包,一把打在方政的头套上,方政咋的没咋的,秦钦包里的东西散落了一地。

秦钦知道,头套那么大,打头毫无意义,于是改用脚踹肚子,肚子那么厚,踹了也毫无意义,于是踢掉高跟鞋,使尽全身力气用力扑上去,把方政扑倒,然后对他进行残暴的拳打脚踢。

秦钦说:"你看看你的手段,你还找人去你弟弟家门上写垃圾两个字,你家这三个兄弟,我看就你最垃圾!"

方政边挣扎边用力脱头套边说:"那个真不是我干的!那个可能是网友干的!"

秦钦丝毫没有手软,说:"那也是你带的节奏!你这个王八蛋!你一会儿上台就给我当着所有人的面儿道歉去!"

方政用手拼命去脱自己的头套,怪不得刚才工作人员说这个东西不好穿让他提前穿,不好穿也就意味着不好脱,他两只圆手根本分不开瓣儿,只能靠蛮力来挣脱,一边还得躲开秦钦的猛攻。

方政在地上艰难地爬行,大声喊:"凭什么!凭什么他抢了我的东西,我要跟他道歉!"

秦钦的拳头更猛烈,现在她总算有点儿明白她当时和罗齐丽丽吵架时涌动的那股未知的力量是什么了,而此刻,这股力量更为强大,简直要冲破屋顶,冲上云霄,若不是穿着臃肿的人偶服,方政都有可能被秦钦给打死。

秦钦说:"你放屁!优尔本来就是人家爸妈创建的,现在还给人家有什么问题!"

即使穿着人偶服,方政也有点儿扛不住了,他说:"他爸妈创建的又怎么了?当年只是小食品厂,那不还是我爸爸一手发展起来了,没有我爸爸,那个小食品厂还不知道倒没倒闭呢!谁来关心我爸爸的付出了?"

秦钦说:"就是你爸爸要把优尔还给邓展能的呀!你有什么资格反对!你算老几!"

方政说:"我算我爸的亲儿子!我算唯一珍惜他一辈子辛苦付出的人!我算最爱这个家的人!"

秦钦的拳头更重了,说:"扯淡!扯淡!扯淡!"

一个"扯淡"配一例重拳,拳拳打在方政的腰上,方政在说话的间隙,还忍不住发出"啊啊啊"的惨叫声。

方政呐喊道:"对!我就是爱这个家!爱我们方家!就是姓方这一家!只是姓方这一家!"

秦钦说:"邓展能怎么惹到你了?!你这么不待见他!你简直就是自私鬼!没想到一个大男人会这么自私!"

方政终于把头套脱下来了,脱下来的那一刻,甩了秦钦一脸的汗,秦钦下意识地躲闪,方政就坐起来了,他说:"没错!我就是自私了!我明明只比他大几个月,可凭什么他从小穿的都是新买的衣服和鞋可我只能捡我哥穿剩下的?凭什么家里四菜一汤,我妈、我爸、我哥,还有他各点一菜可我只能点汤?凭什么都怕打雷,但我妈只搂着他睡觉可我就只能自己猫被窝里?凭什么我小时候的新玩具都要先可着他玩儿?凭什么连家里的宠物狗都跟他比跟我更好?凭什么他明明什么都没做却要当总裁而我付出了这么多却还是个广告部总监?凭什么自从他来我家我妈我爸的爱就都给了他?我表现得那么好,谁看见了?他抢走了我这么多,他和我道过歉吗!"

秦钦也愣住了,她看着方政一张痛苦的脸,再配上这身衣服,倒真像个巨婴。

这时候,两个人都察觉到了来自门那边的轻微动静,方政和秦钦同时看过去,就看见一只手机迅速的消失在门缝里,秦钦一下子站了起来,猛的把门打开,竟然看到了还没来得及逃跑的徐来。

徐来向秦钦讪讪地笑,举起手和秦钦打招呼,说:"嗨,秦钦,好久不见,请问厕所在哪儿?你知道吗,我找了半天没找到。"

秦钦却斜眼看了看他的另一只手,手机的录像功能还没有关掉。

秦钦笑着说:"厕所啊……我告诉你……就在……"

秦钦靠近徐来,然后扯住徐来的脖子,一把把他捞了进来。

徐来没反应过来,一个趔趄跪在地上,秦钦伸手去抢他的手机。

秦钦说:"你把手机给我!"

徐来要起身逃跑,边挣扎边说:"秦钦,你别这样,是电视台派我来工作的,我就是想找个厕所,你抢我手机干吗!"

秦钦说:"少废话,你录像功能还没关呢,你说我抢它干吗!"

方政也扑过来说:"别让他跑了!"

他笨重的身体负责死死地压住徐来,秦钦负责抢,徐来说:"秦钦,你真别这样!看在咱们好过一场的份儿上,你就让我去上厕所吧!"

不提这事儿还好,一提,秦钦"啪"地给徐来一个巴掌说:"快把手机给我!"

徐来就大声喊:"快来人啊!快来人救我啊!"

他喊和刚才戴着头套的方政喊不一样,声音是真的很有穿透力,情急之下,秦钦随手抓了地上的一张纸塞进徐来的嘴里,三个人扭打在一起,秦钦和方政使劲儿一捂,徐来竟然不小心把那张纸给咽进去了,他也顾不上自己的手机了,用力推开他俩,喘着粗气,捂着自己的喉咙咳嗽。

他问:"你给我吃什么了?"

秦钦也不知道他刚才一着急把什么给他塞进去了,她看了看散落了一地的自己的物品,又去翻了翻包,然后说:"啊,我刚才不小心把诅咒信给你塞进去了，就你给我那个。"

"啥？！"

秦钦一脸无辜："那我也没让你咽进去啊。"

徐来此刻像疯了一下，大叫着冲了出去，然后，各位媒体的记者，颁奖典礼的嘉宾以及各位工作人员和观众，就看见一个男的，疯狂大叫疯狂跑，最后消失在会场的大门外。

有人问："他怎么了？"

有人答："可能是找厕所去了吧……"

秦钦和方政打开徐来的手机看，发现幸好抢过来了，因为从秦钦叫方政名字的时候就已经在偷录了。

方政要抢，秦钦反手把手机塞进了自己裙子的衣领里。

这时候工作人员过来说："方总，马上开始了，但是第一名找不着了。"

秦钦转过身举着手说："这儿呢这儿呢，我我我！"

工作人员说："快快快！"

秦钦穿上高跟鞋，走之前跟方政小声说："一会儿你要是乖乖配合我就还给你，不然……哼！"

秦钦走了，方政瑟瑟发抖，那种之前在医院时被支配的恐惧感又来了。

34

倒霉女神和她的幸运宠物

秦钦终于知道为什么优尔要让方政穿着奇奇的人偶服去颁奖了,因为获奖的很多都是小孩子,秦钦与他们站在一起,非常格格不入。

她在台下寻找邓展能的影子,但是没有找到。

方政终于穿着人偶服上来颁奖了,颁给秦钦之后,方政按照流程和工作人员的帮助,摘下来头套,展现了自己的迷人微笑,头发虽然全湿,但看起来很性感,台下报以热烈的掌声。

这时候,主持人表示请方总先下去换衣服,接下来请大家欣赏一场表演,接下来是答记者问环节。

秦钦想,嗯,是时候表演了。

她抢过主持人的话筒,说:"小方总请留步,我有几个问题想问你可以吗?"

全场愣住。

秦钦又问:"可以吗?"

主持人微笑着表示方总换个衣服一会儿就来回答问题了。

秦钦说:"不用换,就这么答就行。"

方政无奈,只能点头。

秦钦说:"你等一下啊。"

然后她从把手伸向裙子的衣领,把手机掏了出来,大家都看傻了眼,只见她开始拨电话。

刚开始一个没拨通。

秦钦说:"等一下啊,我再打一个。"

于是又问方平:"你哥电话多少?"

方政叹了口气,没说话。

秦钦就催:"快点儿!都等着呢!"

方政无奈报了一串数字,在场的保安和工作人员要上台,被方政制止了,这回电话拨通了。

秦钦现场连线问:"怎么又是你接的电话,你爸呢。"

"哦。"

"你三叔呢?"

"来看我了?"

"你爷爷现在状态怎么样?"

"你手头有没有手机,会不会看直播?"

秦钦报出了一个在场当地直播媒体的名称,让方藕儿给爷爷看这个。

然后她挂断电话,问方政:"请问你对优尔当年的遗孤邓展能被网络暴力事件怎么看?"

方政说:"那都是谣传,我在这里向大家郑重声明,所有流言都是谣传,我们将对散播流言的人发出警告,必要的时候,我们将使用法律的武器。"

秦钦又问:"然后呢,然后你就没有什么想说的吗?"

这时候邓展能赶到了会场,秦钦看到了邓展能,方政也看到了。

他看着自己的弟弟,又低了低头,然后抬头说:"我想说,我弟弟,是个非常优秀的人,他从来都有他自己想要去实现的梦想,并为之努力,也很爱他的家人,可以说是每一个家人,包括家里的狗狗和……和小金鱼。"

邓展能走近了一些,他看着自己的哥哥,他的哥哥也看着他,兄弟俩从来都没有这样对视过,从来都没有。

方政继续说："其实……其实我都明白，我明白他是个很善良的人，从来不骄傲，从来不跋扈，他失去父母，来到我家，几乎连哭闹都没有过，从小就是很讨人喜欢的孩子，他点菜都点我喜欢吃的，因为新玩具都会让我先玩儿，所以我有的时候会被批评不让着弟弟，他的新外套，在学校都会让我穿在身上，他对家里的每一个成员都在尽自己的能力照顾他们，所以，连小动物都跟他更好，还有他……还有他对我……"

邓展能又走近了一些，这时候有媒体注意到了邓展能，又把他装进镜头里，兄弟俩终于同框出现。

方政终于又清了清嗓子说："还有只属于我们两个人的成长记忆，很抱歉我不想和大家分享，我也从来没和别人说过，我们俩知道就行了，男人之间，我是说，兄弟之间，从来都不需要说什么，但是，但是今天，当着这么多人的面，我只想说一句……"

这次，很长很长时间，方政都低着头没有说话，会场安安静静，连音乐声都没有。

就这样，仿佛静止，就像邓展能看着他二哥的眼神那样，静谧而悠长。

终于，方政再次抬起头，因为穿着人偶服太久，他脸上的汗更多了，可他却用奇奇的圆手擦了擦自己的眼睛，他说："从小到大，我和我弟弟都没怎么表达过什么，但是，我想说，如果哥哥有对不起你的地方，还请多包涵。"

方政说完就自己走回102房间了，主持人反应挺快，赶紧接上接下来的表演，热闹的歌声一起，仿佛刚才的事情都没发生过。

秦钦能感受到邓展能的感受，不知道为什么，她就是能，她的鼻子一直酸酸的，下了台，直接奔着邓展能走去。可中途接到一个电话，是方平打来的，方平说："藕儿说你刚才用这个号码给他打的，我爸突然昏迷了，你要是能联系到他俩……"

秦钦说："我马上带着他俩去医院！"

秦钦带着邓展能和只穿着背心裤衩的小方总穿过会场一路狂奔的画

面被记者们狂拍。

秦钦说:"坐我的车吧!我的车停得最近!"

三人上车,秦钦开车,邓展能和方政坐在后面。

到了医院,秦钦才发现这哥俩的手是拉在一起的,也不知道是因为姑父昏迷,还是因为坐了她的车。

医生和护士都在场,他们向家人表达了再多陪陪他的意思,姑姑哭成泪人,方政也哭成泪人,方平忍着和大家说别哭,最后的时候,还是笑着更好。

20分钟以后,姑父醒了,醒来之后,状态似乎比平时还要好,他先是叫方平一家过去,和他们说照顾好你妈,好好养孩子,好好过日子。

又叫了方政,方政还是忍不住哭了,像个孩子一样双膝跪着,扑在姑父怀里一声一声地叫着爸爸,姑父就一声一声地答应,没有一句责备,只是拍着儿子的头,像他小时候那样,和他说一家人要好好的,什么都没有家人重要,这一点你要明白,方政就使劲儿点头。

再后来叫了姑姑,姑姑也忍不住哭,姑父就抓着姑姑的手,和她说着悄悄话,后来,他对姑姑说:"孩子们都大了,不许再强硬地反对他们的选择了,否则我晚上就过来找你。"

姑姑就不哭了,只剩下点头答应的份儿。

最后,姑父叫邓展能过去,邓展能坐在姑父的床边,姑父拉着邓展能的手,只是看着他,不说话,好像一说话,就没法集中注意力好好看他了。邓展能却不敢看姑父的眼睛,怕一看到他的眼神,他的悲伤就会像冰山在海平面以下的体积那样庞大,会忍不住会放声大哭,比他二哥和他姑姑哭得还要命,可他不能这样,他还有句话想说,他还有句话必须得说,不说就真的来不及了。

他得抓紧时间,抓紧时间蓄积勇气去看姑父的眼睛,去说出自己想说的话。他回头去找秦钦,看见秦钦一直在用力地看着自己,就如同看着自己的内心一样,就这么一眼,他又转过头来,看着姑父的眼睛,对姑父微笑着，轻声说："没办法，你娶了我姑姑，这辈子我只能叫你姑父了，但是下辈子，如果可以，我想叫你一声爸。"

姑父没说话，他的表情突然就轻松了，好像忙碌的一辈子就这么彻底地轻松了下来，他缓缓地舒了口气，说："好想再吃一个小秦剥的桃子呀……"

邓展能就赶紧叫秦钦过来剥桃子，秦钦坐在邓展能的身边认认真真地剥桃子，其他的家人们也都过来了，站着或者坐在姑父的身边，姑父缓缓地看了一圈，然后好像困倦了，慢慢地闭上了眼睛。

可是姑父最终也没能吃到这一口桃子，半个小时以后，医生宣布了姑父的离开。

姑父走了，方平有了自己的家庭，方政出去旅行不知道什么时候回来，姑姑说自己一个人住空虚寂寞冷，要邓展能带着宠物搬回来，这自然是无可厚非，秦钦很赞同，邓展能也只能准备搬家。

秦钦向胡总递交了辞职信。

胡总说："别啊，小秦，你正想和你说呢，正好主编退休了，我想升你做主编，工资待遇这你都可以放心，和主编在位的时候一样，升你做主编，也配得上你以后的身份啊。"

秦钦明白胡总为什么要给她升职加薪，于是委婉拒绝，胡总就强势挽留。

几个回合下来，胡总也有点儿没耐性了，他问秦钦："你离开我这里，想去哪儿啊？"

秦钦就实话实说。

胡总听完，语气有点儿轻蔑，说："你都要成为优尔的女主人了，怎么他们还给你干这么辛苦的工作啊。"

秦钦说："我不知道优尔女主人这个名是谁跟您说的，谁说的谁就是在扯淡，我当宠物店的女主人倒是有可能，我想做凭本事吃饭的事儿，我爱我的本事，我希望它以后可以茁壮成长，成为我的人生依靠，谢谢您了胡总，再见。"

秦钦走出办公室，和要好的同事告别，最后张哥帮秦钦搬了东西，那本《如何预防宫颈癌》秦钦没有带走，放在了罗齐丽丽的桌子上。

邓展能要搬走的最后一天，秦钦说："我想带你去散散心。"

邓展能问："你想去哪儿玩儿？"

秦钦极力解释道："不是我想玩儿！是为了你散心！你不需要散心吗？"

邓展能看着秦钦，然后点了点头说："你想去哪儿？"

秦钦说："想去游乐场。"

邓展能说："行。"

当天晚上，秦钦穿得很漂亮，还化了精致的妆，邓展能问：

"你去游乐场穿成这样？"

秦钦看着邓展能，T恤衫，休闲裤，好像一会儿要去夜市吃辣炒花蛤，她叹了口气，点点头说："行，就这样吧，走吧。"

邓展能开车，带着秦钦去了星光游乐场，游乐场人不少，热热闹闹，秦钦仰着头看着大摆锤，跳楼机，过山车和海盗船。

最后，她咬了咬牙，指着海盗船说："咱们去坐这个吧。"

邓展能问："你不是害怕高吗？"

秦钦说："因为我有很重要的话要对你说，走吧，这已经是我的极限了。"

两人就上去了，坐在了最后一排，因为最后一排和前一排都没人坐。

还没开始秦钦就很紧张，双手抓着前面的栏杆，嘴里在嘀嘀咕咕地小声念着什么，邓展能就问她："你念什么呢？"

秦钦说："你一会儿就知道了。"

铃声响起，海盗船开始运作，刚开始只是小幅度的，后来摆动尺度越来越大，秦钦开始说："邓展能，我今天要和你表白！"

邓展能看着秦钦，微笑着，没有说话，等她说。

秦钦就继续说："虽然我比你大，缺点又多，但我现在已经有勇气爱你了！我不会再怂了！"

海盗船的摆动幅度越来越大，开始有人尖叫了，秦钦也很想尖叫，但是她还有台词没有说完。

"请你相信我！请你给我机会！"

她继续说："然后，谢谢你给我勇气，让我有了保护你的勇气的同时，也有了保护自己的能力！"

"这种感觉就像……"

海盗船的摆动幅度又大了。

"这种感觉就像……"

海盗船的摆动幅度又大了。

"这种感觉就像……"

海盗船的摆动幅度更大了。

秦钦的大脑一片空白，非常恐惧，她听见自己说："这种感觉就像……母亲对孩子的本能！"

邓展能的内心：嗯？

"就像护犊子！"

邓展能的内心：嗯？？

"就像谁敢在我家墙根儿底下拉屎我就跟谁拼命！"

邓展能的内心：嗯？？？

海盗船上一片尖叫，秦钦觉得在最高点的时候自己的上半身已经与地面成平行的角度了，她终于还是崩溃了，带着哭腔大喊道：

"不行了！"

"我怂了！"

"我错了！

"和年轻人谈恋爱太累了！"

"太可怕了!"

"这玩意儿什么时候能停啊!"

"怎么还不停啊!"

"妈妈!!!"

"我想下去啊!!!"

邓展能的左耳是风,右耳是秦钦一声又一声的尿叫声,他的手握住秦钦的手,觉得再没有比此刻更好的飞翔了。

秦钦几乎是手脚并用下的海盗船。

邓展能扶着她,看着她一张惨白的脸就想笑,其实这表白一开始挺好的,只是突然就往奇怪的方向冲过去了,秦钦现在连站都站不稳了,整个人倒在邓展能的怀里,邓展能抱着秦钦,对她说:"你的表白我接受了,我爱你,我会给你养老送终的。"

听到这句话,秦钦猛的从邓展能怀里挣脱出来,然后惊讶地指着他说:"你!"

接着又倒在邓展能的怀里,彻底蔫儿了。

邓展能弯腰扛起秦钦就往停车场走去。

一路开到家,扔到床上,他觉得秦钦现在这个样子非常好,没力气废话,更没力气反抗,有件事儿,他忍了挺久,现在他必须得做了。

年前,二哥回来了,邓展能让他二哥签合同,把姑父给自己的都给了他二哥。二哥一开始不同意,但是邓展能表示,他最近很失落,因为宠物店没人管都快黄了,他的梦想就快破灭了,他不想这样,姑父也肯定不想看到他这样。

二哥就签了。

签完两个人一起去优尔的天台抽了支烟,几个月不见,他过得怎么样,他又过得怎么样,谁也没说。抽完烟,二哥拍拍邓展能的肩膀,一起下楼。

晚上，姑姑召集一家人回家吃饭，秦钦也去了。饭中，说到她小时候时常给他们讲三只小猪的故事，方政就说："妈，您可别再说这故事了，老大不行，老二不行，就老三行，谁爱听啊！"

姑姑就笑，邓展能也笑，他觉得他二哥又是他那个骄傲的二哥了。

过年秦钦要回家，在房间里走来走去地收拾东西，邓展能心里总是隐隐不安，总觉得有什么事儿要发生，他问秦钦："什么时候回来？"

秦钦说："怎么也得初五吧。"

邓展能就说："怎么那么晚！"

秦钦说："这是过年啊老弟！"

邓展能就不吱声了，坐在那里生闷气。

过了一会儿，见秦钦不搭理自己，就走过去从后面抱住秦钦，嘴巴贴在她耳朵上，轻声说："早点儿回来行吗？"

秦钦边躲他让她发痒的气息，边答应："行行行。"

本来秦钦想自己开车回去，但是现在冰天雪地的邓展能不放心，邓展能想开车送秦钦回去，但是秦钦说她爸妈肯定会来车站接她，说到这儿，两个人都沉默了，然后一起想了个折中的办法，邓展能把秦钦送到家乡的车站。

邓展能戴着口罩，一直看着秦钦和她爸妈上了直达桃园小区的公交车才走。

除夕那天，一家子都在秦钦家过年，男人们打麻将，女人们包饺子，孩子们玩手机，老人们看春晚，外面冷得让人发抖，谁也不愿意出去放鞭炮。

可放鞭炮是不能不做的事儿，过新年，这个彩头还是一定要的，于是全家老少集体指派秦钦和秦科这两个未婚无孩儿的青壮年作为他们老秦家的童男童女出去放炮，尊老爱幼又无可奈何的他们，只能穿上厚厚的羽绒服去外面挨冻。

秦钦心情很沮丧，丧到连手机都忘带了。

她没想到此刻邓展能带着奇奇已经快到她家了。

两个小时之前，奇奇突然状态很不好，邓展能给宠物医生打电话，人家大过年的专门为奇奇去了一趟宠物医院。

到了医院医生一看就直说不好，应该是活不太久了，能不能过得去这个年都不好说。

邓展能想，一定要让奇奇见到秦钦，于是直接开车带着奇奇往秦钦老家奔。

这期间，邓展能给秦钦打了两个电话，都没人接，邓展能就继续开，就往桃园小区开。

到了桃园小区，邓展能却不知道秦钦家的楼号和门牌号，他想起秦钦第一次来他家住的时候他拍过秦钦的身份证照片，可现在却怎么也翻找不到了，他把车停在了一个相对僻静的地方，又打了个电话给秦钦，这次终于接通了，那边很嘈杂。

邓展能说："您好，我找一下秦钦。"

"你是小邓？"

邓展能也听出来这是谁了，就说："阿姨，您好。"

秦钦她妈显然是走到了一个安静的地方，她说："小邓，上次的事儿是阿姨的错，阿姨和你道歉。"

邓展能连忙说："阿姨，不是的……"

秦钦她妈紧接着说："但是你真的别再找秦钦了，你们不合适，我们也不同意，再见。"

邓展能还想说什么但电话只剩下忙音，再打，没人接了。

除夕夜，邓展能第一次感到不知所措，他回头看了看躺在后座的奇奇，奇奇仿佛比刚才更有精神了一些。邓展能下车，没有熄火，迅速地关上门，靠着车窗，低头点燃一支烟，他来得匆忙，身上穿的衣服看起来有些单薄，可他此刻却不冷，一点儿都不冷。

这一处应该不是最热闹的鞭炮燃放点，放鞭炮的人只有零星，地上有白色的残雪，白雪上有散落的鞭炮皮子，最多的是大地红，在雪地里红得扎眼，就算燃尽，看起来也依然喧嚣，依然热闹。

可他的奇奇就要走了，被这一年带走，被热闹和喧嚣带走，不能再陪着他们了，秦钦还不知道呢，想到这里，邓展能又猛吸了一口烟。

不远处有人放烟花，一大朵一大朵绽放在黑夜里，邓展能就抬头看，指了指天空。

他说："奇奇，你看，多好看。"

他转头看奇奇，想确认奇奇有没有和他一样，看到了刚才那一大朵人间的绚烂。

却发现奇奇在挠门，越挠越起劲儿，邓展能就把门打开了，没想到奇奇下车就跑。

秦钦和秦科准备放二踢脚，这是一个古老而凶残的鞭炮类型，二踢脚已经摆放到位，秦钦和秦科却只是庄严地看着它，谁也没动。

秦科吐着烟圈，秦钦呵着白气。

秦钦问："你和那个拨清波怎么样了？"

秦科叹了口气，说："分了。"

秦钦问："为啥？"

秦科说："她还是嫌我不够男人，幼稚，我也想了，自己也确实是这样，所以明年我打算脚踏实地，哪儿也不去了，在家开个理发店，给自己找个能养活自己女人的营生。"

秦钦没想到秦科会这样说，她说："看来受情伤还是很好使的，弟，你终于成长了。"

秦科说："所以姐，你得先借我 2 万块钱开店儿。"

秦钦明白了，哦，在这儿等着我呢。

她翻了个白眼说："没钱！"

秦科就"嘿嘿嘿"地贱笑,说:"我姐夫有啊!"

秦钦就"哼哼哼"地冷笑,说:"那不是你哥吗?"

秦科说:"那我管我哥借去,他肯定能借我。"

秦钦一把拔出秦科嘴里的烟,说:"别磨叽了,怪冷的,我去点火!"

秦钦过去点火,这是她第一次放二踢脚,她之前是连看都不敢看,听响都不敢听的。点燃了,她跑过去对秦科说:"你看见没,这才叫成长呢!"

秦科却看着二踢脚的方向说:"你看,姐!"

秦钦一转身,就看见奇奇正往他们这个方向奔跑,跑得又开心又热情,后面还跟着邓展能,二踢脚的导火线越燃越短,奇奇却离二踢脚越来越近。

情急之下,秦钦大喊:"尿尿啊!尿尿啊!"

许多天以后,秦科平躺在床上,才反应过来当时他姐喊的这一句尿尿是什么意思,他不禁感叹,他姐也太瞧得起他了!

后面的邓展能急中生智,弯腰握了个雪团冲着二踢脚扔了过去,雪团很精准地把二踢脚打倒,只是导火线还在继续燃烧,倒下的方向正好冲着秦钦。

这回邓展能也傻眼了,大喊快让开,秦钦却一下子蒙住了,一动不动,就在这时候,只见秦科一把推开了自己的姐姐,二踢脚冲着秦科的胸腔就冲过去了。

二踢脚发出了两声:咣!咣!

秦科发出了两声:"啊!啊!"

这叫喊声简直比二踢脚还要响亮。

然后,这个除夕夜,老秦家全家都去了医院,只有秦钦带着邓展能和奇奇回了家,家里有包了一半的饺子和打了一半的麻将以及没来得及启开瓶盖儿的啤酒。

秦钦给邓展能和奇奇煮了饺子,抱着奇奇看春晚,奇奇看起来很高兴，在他们怀里过了这个年。

第二天一早，秦钦爸妈回来了，回来就看到秦钦和邓展能抱着一条狗睡在地上。

秦钦她妈直接就火了："你们怎么回事儿！邓展能我跟你说过没，你们不合适，你赶紧走吧！"

秦钦从地上爬起来，揉揉眼睛，然后对她妈说："我也走。"

她妈问："你说什么？你再说一遍！"

秦钦看着她妈的眼睛，很坚定地说："我也走！"

她妈上去就要动手，被秦钦她爸从身后环抱住，秦钦说："妈，如果我没有自己的选择，一味只知道听您的，那我才是真的该打，合不合适是我说了算，不是您说了算，我知道您在担心什么，但是我有信心可以不让您担心，给我个机会。"

又说："妈我有事儿就先走了，饺子挺好吃，祝您和我爸新年快乐，万事如意，恭喜发财！"

最后照着她妈的脸狠狠地亲了一口，然后嘱咐她爸千万别松手。

秦钦亲完就往楼下跑，邓展能和奇奇就在后面追。

她爸在后面死命抱住她妈。

邓展能着急追秦钦，但也没忘走的时候转过头和她爸妈说："叔叔阿姨过年好，请放心，我一定会对秦钦好到底的！"

她妈简直要气死，她爸一手拉着她妈一手向邓展能挥了挥说："知道了，走吧。"

等秦钦他们没了踪影，秦钦她妈一屁股坐在沙发上，气呼呼地说："你听听他说的那话！我让他俩分开，他竟然说要耗到底！"

她爸就笑呵呵地说："人家说的是好到底！要是能好到底，那还劝他俩分开干啥，你担心的不就是这个吗。"

她妈说："我就是不放心。"

她爸看了看茶几上的剩碗，笑着说："有啥不放心的，孩子大了，饺子都会自己煮,就是不刷碗。"

她妈站起来说:"我去刷吧。"

她爸说:"那我给你煮饺子。"

邓展能带着秦钦和奇奇回家,当天就加上鲍勃一起去附近的海边租了一间漂亮的民宿,白天不冷的时候,他们带着两只狗去海边散步,玩儿球,吃好吃的,晚上邓展能要夜跑,秦钦陪着宠物们看电视。

秦钦问邓展能:"你最近的运动量为什么加大了?"

邓展能就说:"我答应了你要给你养老送终,你现在越来越胖,万一到时候你有什么事情,我抱不动你怎么办,那就只能我多练练了。"

秦钦除了叹气,无话可说。

初四的时候他们回去了,秦钦特意管张哥借了个特别好的相机在家里拍全家福,二狗三猫加秦钦和邓展能,奇奇是C位,小祖宗很不服,总想爬到奇奇身上去,邓展能和秦钦谁去抱咬谁,没有办法,家人之间只能互相包容。

初五那天晚上,奇奇真的不行了,它趴在秦钦和邓展能的怀里,喘着粗气,他们知道该来的还是要来了,秦钦一遍又一遍地抚摸奇奇的毛,不知道这样是不是能给它减轻一些痛苦,她说:"乖,不怕,乖,不怕……"

可自己却怕得要死,怕它真的就停止了呼吸。

邓展能抓住秦钦的肩膀,给她力量。

奇奇看着秦钦的眼睛,秦钦也看着奇奇的眼睛,一有眼泪涌出来,她就迅速地抹掉,怕少看它一秒,最后的时候,它也只是看着她,最后的时候,她也只是想记住它还在的样子。

终于,奇奇的喘息渐渐微弱,眼睛也不再那么有光泽,慢慢地,慢慢地,生命随着时光一起走远。她想起那天的事儿,徐来把奇奇领到自己面前,奇奇安安静静地看着她,它是怕她会不喜欢它吧,它是怕她会不要她吧,那一天,它肯定和她一样地难过,怎么她到现在才明白过来,如果早点明白,她会对它更好,所以还是后悔,还是抱歉。

281

秦钦低头，靠着奇奇的耳朵，她说：

"对不起，我没能幸运地陪伴你一生，但你陪伴我的这半年，却给了我此生最大的幸运。"

最后她说："我爱你，奇奇。"

奇奇终于停止了呼吸，邓展能紧紧地搂住秦钦，吻她的额头。